俄語能力檢定

「詞彙與語法」解析
・第一級B1・

張慶國／編著

前言

　　在台灣，俄語從來就不是一個熱門的外語。90年代初期，台、俄雙方開始在經貿、體育、教育以及文化的往來頻繁，雙方政府互設代表處，關係逐漸密切，學習俄語漸漸受到重視。20世紀末、21世紀初俄羅斯經濟突飛猛進，台俄雙邊貿易額大增，台商到俄羅斯經商的人數漸多，俄語人才需求明顯增加。在台灣，只有三所大學有俄語相關的學系，即政治大學斯拉夫語文學系、中國文化大學俄國語文學系及淡江大學俄國語文學系。三校每年培養大約180名以俄語為專業的人才。除了俄文系的學生之外，近年來，在若干大學也設有俄語選修課程，另外對俄語有興趣而自學人士的數量也逐年成長。為了要呈現並檢視學習成果，報考並取得俄語檢定證書自然是最公正、客觀的方式，而取得俄語檢定證書，對於在強化未來就業市場的競爭力，更有助益。

　　近年來，上述三校皆已制定所謂「畢業門檻」，也就是說，學生在畢業之前必須通過「俄國語文能力測驗TORFL」的第一級（B1）檢定考試。另外，有些低年級的學生，例如二年級生或是很多非俄文系修習俄語學分的在校生及自學者，對於報考俄國語文能力測驗也有很大的興趣。

　　俄國語文能力測驗的各級考試皆為5項測驗項目，分別是「詞彙與語法」、「閱讀」、「聽力」、「寫作」及「口說」。本書參考由俄羅斯聖彼得堡「Златоуст」出版社針對「初級A1」、「基礎級A2」與「第一級B1」的「詞彙與語法」測驗所發行的模擬題本：「Тесты, тесты, тесты... Элементарный уровень, Базовый уровень, I сертификационный уровень, Санкт-Петербург, «Златоуст», 2007」，經該出版社授權，針對「第一級B1」共計

1090個模擬試題，用最淺顯易懂的文字說明，做最深刻且詳盡的解析。同時透過模擬試題的演練，將能確實掌握試題的出題方向與解題技巧。就算暫時還不想報考檢定考試，相信讀者看過本書詳細的語法規則說明之後，將大大地提昇俄語語法的理解能力及俄語程度。

親愛的讀者們！不管您是以俄語為專業的學生，或是俄語自學者，只要您對俄語學習充滿熱誠、只要您對俄語檢定考試充滿信心，通過俄語檢定第一級B1的「詞彙與語法」測驗絕對是一件輕而易舉的事情。現在就讓張老師帶著各位來分析模擬試題吧。

編者
張慶國
台北 2017.8.8

目次
CONTENTS

第一級

ПЕРВЫЙ УРОВЕНЬ

📝 測驗一：單數變格

請選一個正確的答案。

1. У Антона есть ...
2. Он очень любит ...
3. Антон купил книгу ...
選項：(А) с младшей сестрой (Б) младшей сестре (В) младшую сестру (Г) младшая сестра

分析：第1題是基本句型。前置詞у＋名詞第二格＋есть＋名詞第一格表示「某人或某物有」，例如У меня есть машина. 我有一部車。若要表示否定的意義，則將есть更換為нет，之後接名詞第二格，例如У меня нет машины. 我沒有車。第1題為肯定句，答案應為名詞第一格，所以要選 (Г) младшая сестра。第2題的關鍵是動詞любит。該動詞的原形形式為любить，是及物動詞，之後應接名詞第四格或原形動詞，例如Антон любит мороженое. 安東喜歡吃冰淇淋；Антон любит читать детективы. 安東喜歡看偵探小說。本題應選受詞第四格 (В) младшую сестру。第3題的動詞是купил，其原形動詞為купить，為完成體動詞，未完成體動詞是покупать，意思是「買」。動詞之後接物用名詞第四格，若接人則用第三格，表示「買某物給某人」。本題книгу為第四格，所以答案是人應用第三格，應選 (Б) младшей сестре。

★ У Антона есть *младшая сестра.*

安東有個妹妹。

★ Он очень любит *младшую сестру.*

他非常疼愛妹妹。

★ Антон купил книгу *младшей сестре.*

安東買了一本書給妹妹。

---

4. Мой друг рассказал мне ...

5. ... находится в Москве.

6. Я никогда не был ...

選項：(А) в Большом театре (Б) Большой театр (В) о Большом
театре (Г) Большому театру

分析：第4題的關鍵是動詞рассказал。該動詞的原形形式為
рассказать，為完成體動詞，未完成體動詞為рассказывать，
意思是「敘述、講述」。動詞後接人用第三格，接物則用名
詞第四格或前置詞о＋名詞第六格，例如Антон рассказал сказку
на уроке. 安東在課堂上講了一個故事；Антон рассказывает
обо мне. 安東在講我的八卦。本題人мне是第三格，答案應
選 (В) о Большом театре。第5題有前置詞в＋名詞第六格並表
示一個地點「靜止」的狀態，另外有動詞находится搭配該
靜止的狀態。動詞為第三人稱單數現在式變位，原形動詞為
находиться，意思是「坐落於、位於」。本題缺乏主詞第一
格以配合動詞，故選 (Б) Большой театр。第6題的關鍵詞是
BE動詞был。動詞原形形式為быть，在句子中現在式省略不
用，只有過去式及未來式，試比較Антон студент. 安東是個
大學生；Антон был студентом. 安東曾經是個大學生；Антон
будет студентом. 安東未來會是個大學生。BE動詞在句中如果
與地點連用，則該地點應是「靜止」的狀態，用副詞或前置

詞в或на＋名詞第六格表示[1]，應選 (A) в Большом театре。
另外，BE動詞在本題或是類似的句子中最好譯為「移動」
的狀態，而非「靜止」的地點，以符合中文使用習慣。

★ Мой друг рассказал мне *о Большом театре*.
我的朋友向我敘述大劇院的種種。

★ *Большой театр* находится в Москве.
大劇院在莫斯科。

★ Я никогда не был *в Большом театре*.
我從來沒去過大劇院。

7. Мои друзья играют в баскетбол ...
8. Рабочие строят ...
9. Кто ходил ...?
選項：(A) в спортивный зал (Б) от спортивного зала (B) в
спортивном зале (Г) спортивный зал

分析：第7題主詞是мои друзья，動詞是играют，後接前置詞в＋
球類運動第四格（包含棋類в шахматы），句意完整。答案
選項為形容詞＋名詞，意思是「健身房、運動中心」。動
詞играют＋в баскетбол是「打籃球」的意思，所以後面應
接前置詞＋地點第六格，本題應選 (B) в спортивном зале。
另外，動詞играть後如果接的是「樂器」，則應用前置詞на
＋樂器第六格，例如играть на гитаре「彈吉他」、играть
на пианино「彈鋼琴」。第8題的主詞是рабочие，動詞是

---

[1] 本書所指「前置詞в或на＋名詞第六格」並不是唯一表示「靜止」狀態地點的方式，而是頻率較高的用法。俄語中還有недалеко от＋名詞第二格、рядом с＋名詞第五格等等其他組合來表示地點。此處「前置詞в或на＋名詞第六格」僅是一種代表該意義的說法，以下皆同。若是表示「移動」狀態，則本書亦用「前置詞в或на＋名詞第四格」來代替其他所有可能的表示方式，請讀者注意。

строят。動詞的原形形式為строить，是未完成體動詞，而完成體動詞為посторить。動詞後應接受詞第四格，所以答案為 (Γ) спортивный зал。第9題的關鍵詞是「移動動詞」ходил。移動動詞ходить之後應接表示「移動」狀態的副詞或是前置詞＋名詞第四格，例如Антон ходил в ресторан с Анной. 安東跟安娜今天去餐廳吃飯。餐廳ресторан在此為第四格，所以答案也必須選前置詞＋地點第四格的選項，應選 (A) в спортивный зал。

★ Мои друзья играют в баскетбол *в спортивном зале.*
  我的朋友在運動中心打籃球。

★ Рабочие строят *спортивный зал.*
  工人在建造一個運動中心。

★ Кто ходил *в спортивный зал*?
  誰去過了運動中心？

10. Мой друг учится ...

11. Я тоже хочу поступить ...

12. На этой улице находится ...

選項：(A) Медицинскую академию (Б) в Медицинской академии
     (В) в Медицинскую академию (Γ) Медицинская академия

分析：第10題的關鍵是動詞учится。動詞的原形是учиться，是未完成體動詞，意思是「學習、就學」，通常後接表示「時間」或「地點」的副詞或詞組，是一種「靜止」的狀態，例如Антон учится в Москве. 安東在莫斯科念書。在此в Москве是前置詞＋地點第六格，為「靜止」狀態，所以答案要選 (Б) в Медицинской академии。第11題的關鍵詞也是動詞。動詞поступить是完成體，其未完成體動詞為

поступать，意思是「進入」，後面通常接前置詞＋地點第四格，例如Антон поступил в МГУ. 安東考上了莫斯科大學。本題應選 (B) в Медицинскую академию。第12題與第5題的句型類似，都有動詞находится「坐落於、位於」。動詞後應接表示副詞或是「靜止」狀態的前置詞＋地點第六格，此處為на этой улице，所以缺乏主詞第一格，應選答案 (Г) Медицинская академия。

★ Мой друг учится *в Медицинской академии*.
　我的朋友讀醫學院。
★ Я тоже хочу поступить *в Медицинскую академию*.
　我也想考上醫學院。
★ На этой улице находится *Медицинская академия*.
　醫學院位於這條街上。

13. Мария хочет стать ...
14. Мой сын пойдёт ...
15. Эта статья рассказывает ...
選項： (А) о детском враче (Б) детским врачом (В) к детскому
　　　врачу (Г) у детского врача

分析：第13題的動詞стать是完成體動詞，其未完成體動詞是
становиться。二者構詞差異甚多，需特別注意。動詞在此
的意思是「變為、成為」，後接名詞第五格，例如Антон
стал хорошим студентом. 安東成為一位好學生。動詞後如
果接原形動詞，則是「開始」的意思，而原形動詞必須用未
完成體的動詞，例如Антон не стал звонить Анне. 安東沒想
要打電話給安娜。選項 (Б) детским врачом是答案。第14題
動詞пойдёт的原形是пойти，是移動動詞，意思是「去」。

動詞後應接表示「移動」狀態的副詞或是前置詞＋名詞第四格，例如Антон пошёл на почту. 安東去郵局了。若後面不是接地點，而是接人並表示「去找某人」，則應用前置詞к＋人第三格，所以本題應選 (B) к детскому врачу。第15題的關鍵詞是動詞рассказывает。其原形動詞為рассказывать，是未完成體動詞，而完成體動詞是рассказать，是「敘述、講述」的意思。動詞後接人用第三格，接物通常用第四格或前置詞о＋名詞第六格，例如Антон рассказывал нам историю Москвы. 安東跟我們敘說莫斯科的歷史；Антон рассказал Анне о своей жизни. 安東跟安娜講述了自己的生活。本題應選 (A) о детском враче。

★ Мария хочет стать *детским врачом*.
　瑪利亞想成為一位兒童醫生。

★ Мой сын пойдёт *к детскому врачу*.
　我的兒子要去看兒童醫生。

★ Эта статья рассказывает *о детском враче*.
　這篇文章在講述兒童醫生。

16. Моей сестре нравится ...
17. Завтра будет лекция ...
18. Он интересуется ...
選項：(А) французской литературы (Б) французской литературой
　　　(В) по французской литературе (Г) французская литература

分析：第16題是特殊句型，請讀者背下來。句中有表示「喜歡」的動詞нравиться / понравиться，則「主動」喜歡某人或某物的是「主體」，而非「主詞」，應用第三格；而「被喜歡」的人或物才是「主詞」，應用第一格，例如Анна очень нравится Антону. 安東非常喜歡安娜。第16題的詞組моей сестре為第三格，所以答案應為第一格的 (Г) французская литература。第17題也是固定用法。名詞лекция「課」與экзамен「考試」通常後接前置詞по＋學科第三格，而非直接用第二格來修飾名詞，所以本題應選 (В) по французской литературе。第18題的動詞интересоваться是關鍵。動詞後應接名詞第五格，表示「被感到興趣的事物」，例如Антон интересуется музыкой. 安東對音樂感到興趣。請注意，該句可改為Антона интересует музыка. 所以可以看到，「被感到興趣的」變成主詞第一格，而「主動感到興趣的人」卻是受詞第四格，請特別注意。本題應選 (Б) французской литературой。

★ Моей сестре нравится *французская литература.*
　我的姊姊喜歡法國文學。
★ Завтра будет лекция *по французской литературе.*
　明天有法國文學的課。
★ Он интересуется *французской литературой.*
　他對法國文學有興趣。

---

19. Джон купил ...
20. У меня нет ...
21. Я хочу прочитать статью ...
選項：(А) сегодняшней газеты (Б) сегодняшняя газета (В) в сегодняшней газете (Г) сегодняшнюю газету

分析：第19題的動詞покупать / купить是及物動詞，後接人用第三格，接物用第四格，例如Антон купил Анне дорогую машину. 安東買了一部昂貴的汽車給安娜。本題應選 (Г) сегодняшнюю газету。第20題是固定句型，可參考本單元第1題的解析。否定詞нет之後用第二格，所以答案是 (A) сегодняшней газеты。第21題的關鍵詞是名詞статью。該名詞是第四格，為動詞прочитать的受詞，是「文章」的意思。為表示是「報紙的文章」應用前置詞в＋報紙第六格，而非以報紙第二格來修飾文章作為「從屬關係」，請記住。本題應選 (B) в сегодняшней газете。

★ Джон купил *сегодняшнюю газету.*
   約翰買了一份今天的報紙。

★ У меня нет *сегодняшней газеты.*
   我沒有今天的報紙。

★ Я хочу прочитать статью *в сегодняшней газете.*
   我想讀今天報紙的一篇文章。

22. В моём журнале нет ...

23. Мне нужна ...

24. ... написал мой друг.

選項：(A) эту статью (Б) этой статье (B) эта статья (Г) этой статьи

分析：第22題中否定詞нет之後用第二格，所以答案是 (Г) этой статьи。第23題的關鍵詞是形容詞的「短尾形式」нужна，其陽性、中性及複數形式分別為нужен、нужно及нужны。該詞的意思是「需要」。請注意，表示「主動需要」的名詞為第三格，是「主體」，而「被需要」的反而是「主詞」第一格，所以「被需要的」人或物應與形容詞性、數相符，例如Антону нужен хороший преподаватель. 安東需要一位好老師；Антону нужна машина. 安東需要一部汽車；Антону нужно метро. 安東需要捷運；Антону нужны деньги. 安東

需要錢。本題為нужна，所以要選陰性名詞第一格 (B) эта статья。第24題的主詞在句尾мой друг，動詞為написал。動詞написал的原形為написать，是完成體動詞，其未完成體動詞為писать，後接受詞第四格，所以答案就是受詞，應選 (A) эту статью。

★ В моём журнале нет *этой статьи*.
　在我的雜誌裡沒有這篇文章。

★ Мне нужна *эта статья*.
　我需要這篇文章。

★ *Эту статью* написал мой друг.
　這篇文章是我朋友寫的。

25. Виктор поступил ...
26. Никита - студент ...
27. ... учится много студентов.
選項：(A) на физическом факультете (Б) физический факультет
　　　(В) физического факультета (Г) на физический факультет

分析：第25題的動詞原形是поступить，為完成體動詞，其未完成體動詞為поступать，意思是「進入、考進」，應視為是一種「移動」的狀態，而非「靜止」的狀態。既然是「移動」的動作，那就應用前置詞＋地點第四格，所以應選 (Г) на физический факультет。第26題的名詞студент就如同破折號之前的名字Никита一樣，為第一格。名詞之後接名詞第二格來「修飾」前一名詞，並作為「從屬關係」，所以答案為 (В) физического факультета。第27題的主詞在句尾много студентов，動詞為учится。動詞учится的原形為учиться，是「學習、就讀」的意思，後通常接表示靜止狀態「地點」

或「時間」的詞組。表示「靜止」狀態應用前置詞＋名詞第六格，所以要選 (A) на физическом факультете。

★ Виктор поступил *на физический факультет*.
維克多考取物理系。
★ Никита - студент физического факультета.
尼基塔是物理系學生。
★ *На физическом факультете* учится много студентов.
很多學生讀物理系。

---

28. Мы часто бываем ...
29. Здание ... находится в центре города.
30. ... 100 лет.
選項：(A) национальному музею (Б) в национальный музей (В) в национальном музее (Г) национального музея

分析：第28題的關鍵是動詞бываем，其原形動詞是бывать，為未完成體動詞，意思很多，有「在；去；發生；有時是；遇到」等等的解釋，建議讀者參考辭典。動詞後如接地點，應視為是一種「靜止」的狀態，所以用副詞或是前置詞＋地點第六格，所以應選 (В) в национальном музее。第29題的主詞是здание，後接動詞第三人稱單數現在式，以搭配主詞。動詞後與前置詞＋地點第六格，表示「靜止」的狀態。地點центре之後又有名詞第二格города來修飾前一名詞，作為「從屬關係」。句子意思完整，所以本題應選第二格詞組來修飾主詞，故選 (Г) национального музея。第30題是數詞後接名詞時，應用第幾格的問題。依照俄語語法規則，數詞1後接名詞單數第一格；數詞2至4之後用單數第二格；數詞5及5以上則用複數第二格，例如один студент、три студента、восемь студентов。至於十位數及以上的數詞，除11至19皆為複數第二格以外，其餘數詞的個位數後名詞之變格皆按照上述原則，例如42 студента、100 студентов、3704 студента、8385 студентов。本題的名詞лет為複數第二格，其單數第一格為год。為表示「人的年齡」或「物的歷史」，後接數詞的話，則人或物須用第三格，為「無人稱句」。本題應選第三格的答案 (A) национальному музею。

★ Мы часто бываем *в национальном музее*.
我們常去國家博物館。

★ Здание *национального музея* находится в центре города.
國家博物館的場館在市中心。

★ *Национальному музею* 100 лет.
國家博物館已有100年歷史。

31. Мы были на концерте ...

32. Друзья познакомились ...

33. Они поздравили ... с днём рождения.

選項：(А) известной певице (Б) известную певицу (В) известной певицы (Г) с известной певицей

分析：第31題的主詞是мы，動詞是были，動詞後接前置詞＋地點第六格，符合BE動詞的用法。地點第六格之後如再加名詞第二格，則做為修飾該地點名詞之用，是「從屬關係」，所以答案為 (В) известной певицы。第32題的關鍵是動詞познакомились。該動詞的原形為познакомиться，是完成體動詞，其未完成體動詞為знакомиться，意思是「與某人或某物認識、熟悉」。動詞之後通常接前置詞с＋名詞第五格，所以本題應選 (Г) с известной певицей。第33題的關鍵

詞是動詞。動詞поздравлять／поздравить這對完成體／未完成體動詞後接人應用第四格，而後再接前置詞 c＋名詞第五格，意思是「祝賀某人＋c＋某事第五格」，例如 Антон поздравил преподавателя с Новым годом. 安東祝賀老師新年快樂。本題應選 (Б) известную певицу。

★ Мы были на концерте *известной певицы*.

　我們去了一個知名歌星的演唱會。

★ Друзья познакомились *с известной певицей*.

　朋友們跟知名的歌星認識了。

★ Они поздравили *известную певицу* с днём рождения.

　他們祝賀知名歌星生日快樂。

> 34. Этот магазин находится ...
>
> 35. Я живу рядом ...
>
> 36. ... – это самый длинный проспект в городе.
>
> 選項：(А) Московского проспекта (Б) Московский проспект (В) на Московском проспекте (Г) с Московским проспектом

分析：第34題的動詞находится後必須接表示「靜止」狀態的副詞或是前置詞＋地點第六格，所以答案應選 (В) на Московском проспекте。第35題的關鍵是副詞рядом。副詞之後通常接с＋名詞第五格，表示「在旁邊、相鄰」，所以答案要選 (Г) с Московским проспектом。第36題的關鍵是「破折號」。該符號的左右兩邊應為「同位語」。右邊是самый длинный проспект第一格，所以左邊也應選第一格名詞，以符合同位語的意義，故選 (Б) Московский проспект。

★ Этот магазин находится *на Московском проспекте*.

這間商店在莫斯科大街。

★ Я живу рядом *с Московским проспектом*.

我住在莫斯科大街旁邊。

★ *Московский проспект* – это самый длинный проспект в городе.

莫斯科大街是城裡最長的一條街。

37. Где находится ...?

38. Я всегда беру книги ...

39. Здание ... построено недавно.

選項：(А) в городскую библиотеку (Б) городской библиотеки (В) городская библиотека (Г) в городской библиотеке

分析：第37題是有疑問副詞的疑問句。除疑問詞外，有動詞第三人稱單數的現在式находится，所以答案應選主詞第一格 (В) городская библиотека。第38題的主詞是я，動詞беру，受詞是複數第四格的книги。原形動詞是брать，為未完成體動詞，而完成體動詞為взять，意思是「拿、取」，真正意思要依據上下文決定，例如брать салаты в магазине是「買沙拉」、брать книги в библиотеке則是「借書」之意。本題句意完整，答案是表示地點的補充，因為是「借書」，所以地點應為「靜止」的狀態，要選前置詞＋地點第六格的 (Г) в городской библиотеке。第39題的解析可參考第29題，是用第二格來修飾前名詞，為「從屬關係」，所以答案是 (Б) городской библиотеки。另外，本題的построено是形容詞的短尾形式，而且它是「被動的」，主詞為здание中性名詞，所以短尾形容詞應符合主詞，也是中性。

★ Где находится *городская библиотека*?

市立圖書館在哪裡？

★ Я всегда беру книги *в городской библиотеке*.

我都在市立圖書館借書。

★ Здание *городской библиотеки* построено недавно.

市立圖書館的場館剛蓋好不久。

40. В нашей библиотеке есть ...

41. ... занимается много студентов.

42. Ты ходил вчера ...?

選項：(А) в читальный зал (Б) читального зала (В) в читальном зале (Г) читальный зал

分析：第40題可以與句型у＋人第二格＋есть＋第一格做比較。動詞есть之後接第一格，所以答案為 (Г) читальный зал。第41題的關鍵是動詞занимается。動詞的原形是заниматься，如果後接第五格，則作為「從事第五格的活動」解釋，例如заниматься спортом就可翻譯為「運動」；заниматься русским языком就是「研習俄語」。如果動詞之後不加名詞第五格，而加一個表示「靜止」地點的補充，則動詞做「自習、念書」解釋，例如Антон любит заниматься в библиотеке. 安東喜歡在圖書館自習。本題選項也是地點，所以應選第六格的 (В) в читальном зале。第42題的關鍵詞是動詞ходил。動詞ходить是「移動動詞」，所以後要接表示「移動」、而非「靜止」狀態的副詞或前置詞＋地點第四格。本題應選 (А) в читальный зал。

★ В нашей библиотеке есть *читальный зал.*

我們的圖書館有閱覽室。

★ *В читальном зале* занимается много студентов.

許多學生在閱覽室自習。

★ Ты ходил вчера *в читальный зал?*

你昨天有去閱覽室嗎？

43. Виктор часто звонит ...

44. У тебя есть ...?

45. Я получил письмо ...

選項：(А) старшему брату (Б) от старшего брата (В) старший
       брат (Г) старшего брата

分析：第43題的關鍵是動詞звонит。動詞的原形是звонить，為未完
      成體動詞，其完成體動詞為позвонить，意思是「打電話」。
      動詞後如果接人用第三格，接地點則用前置詞＋地點第四
      格，例如Антон позвонил маме в офис. 安東打電話到辦公室
      給媽媽。本題選項為人，應選第三格，答案為 (А) старшему
      брату。第44題已經看過多次。動詞есть後接名詞第一格，所
      以應選 (В) старший брат。第45題關鍵是動詞получил。該動
      詞是完成體動詞，而未完成體動詞是получать，意思是「收
      到、獲得」。動詞為及物動詞，後接名詞第四格。若要表示
      「從某人處所獲得」，則「從某人處」應用前置詞от＋人第
      二格，所以本題應選 (Б) от старшего брата。

★ Виктор часто звонит *старшему брату.*

維克多常打電話給哥哥。

★ У тебя есть *старший брат?*

你有哥哥嗎？

★ Я получил письмо *от старшего брата.*

　我收到哥哥的來信。

46. Недавно мы ходили ...

47. ... много красивых скульптур.

48. Я советую тебе пойти ...

49. Мне нравится ...

選項：(А) в Летнем саду (Б) в Летний сад (В) Летний сад

分析：第46題的關鍵是動詞ходили。動詞ходить是「移動動詞」，所以後要接表示「移動」、而非「靜止」狀態的副詞或前置詞＋地點第四格。本題應選 (Б) в Летний сад。第47題與第40題類似，都是有前置詞＋名詞第六格表示「靜止」狀態的地點。其中不同的是本題並無動詞есть。請注意，如果動詞есть之後的名詞有表示「質量、數量」的副詞或形容詞來描述名詞的話，則動詞есть就如本題，可以省略。本題應選 (А) в Летнем саду。第48題關鍵也是「移動動詞」пойти，所以後應接前置詞＋名詞第四格，要選 (Б) в Летний сад。第49題是固定句型，讀者必須已經習慣。解析也請參考第16題。表示「主動」喜歡的人用第三格，是「主體」，而非「主詞」；主詞是「被喜歡的」用第一格。本題中人稱代名詞мне 為я的第三格，所以答案要選第一格 (В) Летний сад。

★ Недавно мы ходили *в Летний сад.*

　不久前我們去了一趟夏日花園。

★ *В Летнем саду* много красивых скульптур.

　在夏日花園有許多漂亮的雕像。

★ Я советую тебе пойти *в Летний сад.*

　我建議你去夏日花園。

★ Мне нравится *Летний сад.*

我喜歡夏日花園。

---

50. Мой друг приехал ...
51. Раньше он жил ...
52. Он рассказал мне ...
53. ... нет метро.
選項：(А) в маленьком городе (Б) из маленького города (В) о
маленьком городе

分析：第50題動詞приехал的原形是приехать，是完成體動詞，其
未完成體動詞為приезжать，意思是「來到某處」。如果要
表示「從哪裡來到某處」，則後應接前置詞＋地點第二格，
例如Антон приехал на Тайвань из Москвы 2 года назад. 安
東兩年前從莫斯科來到台灣。選項並無前置詞＋地點第四
格，所以應選 (Б) из маленького города。第51題的關鍵詞是
動詞жил。動詞жить為「居住、生活」的意思，之後如搭配
「地點」，則應接表示「靜止」狀態的副詞或前置詞＋名
詞第六格。本題應選 (А) в маленьком городе。第52題動詞
рассказал的原形是рассказать，是完成體動詞，其未完成體
動詞為рассказывать，意思是「講述、敘述」。動詞後接人
用第三格，之後再接第四格或是前置詞о＋名詞第六格，所
以本題應選 (В) о маленьком городе。第53題可參考第40題
及第47題。它們句型都類似，第40題及第47題都是表示在某
地有某物，而第53題則為否定，表示「沒有某物」，用名詞
第二格。名詞метро為外來語中性名詞，每一格的形式皆與
第一格相同。本題應選 (А) в маленьком городе。

★ Мой друг приехал *из маленького города.*

我的朋友來自一個小城。

★ Раньше он жил *в маленьком городе.*

他以前住在小城市。

★ Он рассказал мне *о маленьком городе.*

他跟我敘述小城的故事。

★ *В маленьком городе* нет метро.

小城裡沒有地鐵。

---

54. Андрей ждёт ...

55. Он познакомился ... недавно.

56. ... взял словарь в библиотеке.

57. Вчера на уроке не было ...

選項：(А) с новым студентом (Б) нового студента (В) новый студент

分析：第54題動詞ждёт的原形是ждать，是未完成體動詞，其完成
體動詞為подождать，意思是「等」，後接第四格或第二格，
例如Антон ждёт Анну. 安東在等安娜；Антон ждёт автобуса.
安東在等公車。基本上，如果動詞後面接的名詞是確切的
人或物，則用第四格，如上句的Анну；若為「泛指」的物
品，如等公車、火車、答覆等等，則用第二格，如上句的
автобуса；但是如果等的車是確切的一班車，例如等307號
公車，則公車用第四格автобус номер 307。第54題的答案應
選 (Б) нового студента，為第四格。第55題的動詞已經很熟悉
了。動詞знакомиться / познакомиться後面通常接前置詞с＋名
詞第五格，在本題為「認識、結識」的意思，所以答案為 (А)
с новым студентом。第56題有動詞第三人稱單數陽性過去式
взял，後接受詞第四格словарь，之後有前置詞＋名詞第六格
表示「靜止」狀態的地點。本句獨缺與動詞搭配的主詞，所

以答案應選第一格 (B) новый студент。第57題是基本句型。BE動詞否定過去式не было應當成一個單詞連念，而重音是在否定小品詞не之上，請特別注意。該詞組之後應接第二格，表示「沒有」，所以應選 (Б) нового студента。該詞組的未來式為не будет，重音在動詞上，後當然也接第二格。

★ Андрей ждёт *нового студента*.
　安德烈在等新的學生。
★ Он познакомился *с новым студентом* недавно.
　他跟新學生是不久前認識的。
★ *Новый студент* взял словарь в библиотеке.
　新的學生在圖書館借了一本辭典。
★ Вчера на уроке не было *нового студента*.
　昨天新的學生沒來上課。

58. .... заболела.

59. .... высокая температура.

60. Я дала лекарство ...

61. Я была вчера ...

選項：(А) моей подруге (Б) у моей подруги (В) моя подруга

分析：第58題動詞заболела的原形是заболеть，是完成體動詞，其未完成體動詞為болеть，意思是「生病」。如果要說明生病的種類，則動詞後接第五格，例如Антон болеет тифом. 安東得了傷寒。名詞тиф是「傷寒」的意思。另外，如果是「感冒」，用動詞простужаться / простудиться。本題動詞是第三人稱單數陰性過去式，所以答案應為陰性主詞第一格 (В) моя подруга。第59題我們已經看過多次，是表示「某人有某物」的固定句型。所以應該是前置詞у＋人第二格＋ есть

（可省略）＋名詞第一格，答案應選 (Б) у моей подруги。第
60題動詞дала的原形是дать，是完成體動詞，其未完成體動
詞為давать，意思是「給予」。動詞之後接人用第三格，接
物用第四格。本題的名詞лекарство為第四格，答案是人應用
第三格 (А) моей подруге。第61題主詞是я，動詞是была，後
有時間副詞。如要表達「在某人處」，則應用前置詞у＋人
第二格，所以答案是 (Б) у моей подруги。

★ *Моя подруга* заболела.
　我的朋友生病了。

★ *У моей подруги* высокая температура.
　我的朋友發高燒。

★ Я дала лекарство *моей подруги*.
　我給我的朋友藥品。

★ Я была вчера *у моей подруги*.
　我昨天去朋友家。

---

62. Мне надо купить ...

63. Я пишу правило ...

64. Дай, пожалуйста, ...

65. У меня нет ...

選項：(А) красной ручкой (Б) красной ручки (В) красную ручку

分析：第62題原形動詞купить是完成體動詞，其未完成體動詞為
　　　покупать，意思是「買」。動詞後如果接人應用第三格、接
　　　物則用第四格，例如Антон купил Анне дорогую сумку. 安
　　　東買了一個貴的包包給安娜。本題應選第四格 (В) красную
　　　ручку。第63題主詞是я，動詞是пишу，動詞之後接受詞第
　　　四格правило。句意完整，所以答案為補充的狀態。為表

示「用甚麼筆寫」，名詞「筆」應用第五格，作為「工具格」，答案應選 (A) красной ручкой。第64題動詞давать / дать之後接人用第三格、接物用第四格，意思是「給」，例如Антон дал мне словарь. 安東把辭典借給了我。所以本題應選第四格 (B) красную ручку。第65題為固定句型。為表示「某人沒有某物」則應用前置詞у＋人第二格＋нет＋名詞第二格，所以答案是 (Б) красной ручки。

★ Мне надо купить *красную ручку*.
　 我需要買一隻紅筆。
★ Я пишу правило *красной ручкой*.
　 我用紅筆寫規則。
★ Дай, пожалуйста, *красную ручку*.
　 請給我一隻紅筆。
★ У меня нет *красной ручки*.
　 我沒有紅筆。

> 66. Вчера мы ходили ...
> 67. Ты уже был ...?
> 68. В центре ... находится фонтан.
> 69. Друзья пригласили меня ...
> 選項: (A) в городском парке (Б) в городской парк (В) городского парка

分析：第66題關鍵詞是動詞ходили。動詞的原形是ходить為不定向的移動動詞，其定向動詞為идти，意思是「去」。動詞後通常接表示「移動」狀態的副詞或是前置詞＋名詞第四格，所以答案是 (Б) в городской парк。第67題的關鍵是BE動詞。動詞後接表示「靜止」狀態的副詞或是前置詞＋名詞第六格，所以答案是 (A) в городском парке。第68題主詞在句尾，是

фонтан，動詞是находится，後接前置詞в＋地點第六格，句意完整。為修飾地點用第二格，表「從屬關係」，所以答案為 (B) городского парка。第69題的解題關鍵是動詞пригласили。該動詞是完成體動詞，其未完成體動詞為приглашать。動詞後接人用第四格，而後用前置詞＋地點第四格來表示「邀請某人去某處」，例如Антон пригласил Анну в кино. 安東邀請安娜去看電影。本題應選 (Б) в городской парк。

★ Вчера мы ходили *в городской парк*.
　我們昨天去了市立公園。

★ Ты уже был *в городском парке*?
　你已經去過市立公園嗎？

★ В центре *городского парка* находится фонтан.
　在市立公園的中央有個噴水池。

★ Друзья пригласили меня *в городской парк*.
　朋友們邀我去市立公園。

---

70. ... – самый короткий месяц года.
71. Мы поедем в Москву ...
72. Мой день рождения - 23 ...
73. ... было холодно.
選項：(A) февраль (Б) в феврале (B) февраля

分析：第70題的關鍵是「破折號」。在該符號之前與後的詞應該是「同位語」，也就是說，如果是名詞，則應為同格。在破折號之後是形容詞＋名詞第一格，所以破折號之前也應為名詞第一格，答案為 (A) февраль。第71題的關鍵是移動動詞。動詞後接表示「移動」狀態的副詞或是前置詞＋地點第四格，如果是月份的時間，則應用前置詞в＋月份第六格，所以答

案是 (Б) в феврале。第72題答案的選項為修飾日期23之用，應是第二格，所以答案是 (В) февраля。第74題的解題關鍵是 BE動詞過去式中性形式было。為表示在某個月份天氣冷，這月份應用前置詞＋月份第六格，答案應選 (Б) в феврале。

★ *Февраль* – самый короткий месяц года.
  二月是一年最短的月份。
★ Мы поедем в Москву *в феврале*.
  我們二月要去莫斯科。
★ Мой день рождения - 23 *февраля*.
  我的生日是二月二十三日。
★ *В феврале* было холодно.
  二月的時候天氣冷。

---

74. Этот театр построили ...
選項：(А) прошлый год (Б) прошлого года (В) в прошлом году

分析：本題是「泛人稱句」，也就是說，句中並無主詞，但是可由動詞判斷主詞是省略的。句首「指示代名詞」＋名詞在此為受詞第四格，而動詞為第三人稱複數過去式，可判斷主詞是「他們」，可省略。答案選項為時間，依照句意，應選前置詞＋時間第六格，表示「在去年」，所以是 (В) в прошлом году。

★ Этот театр построили *в прошлом году*.
  這個劇場是在去年蓋好的。

---

75. Выставка откроется ...
選項：(А) в следующем месяце (Б) следующий месяц (В) следующего месяца

分析：本題與第74題的重點類似，都是問時間。主詞是выставка，
動詞是откроется，後接形容詞＋名詞並表示開幕的時
間，所以答案應選 (A) в следующем месяце。請注意，動
詞原形是открыться，為完成體動詞，其未完成體動詞為
открываться。完成體的動詞變位為未來式，請注意時態。

★ Выставка откроется *в следующем месяце*.
展覽將在下個月揭幕。

---

76. Метро появилось ...
選項：(A) двадцатый век (Б) в двадцатом веке (В) двадцатого века

分析：本題與前兩題類似，都是問時間。主詞是метро，動詞是
появилось，後接形容詞＋名詞並表示出現的時間，所以答
案應選 (Б) в двадцатом веке。請注意，動詞появилось的原形
是появиться，為完成體動詞，其未完成體動詞為явиться，
是「出現」的意思。

★ Метро появилось *в двадцатом веке*.
地鐵是在二十世紀問世的。

---

77. Лекция началась ...
78. Перерыв продолжается ...
79. Лекция кончится ...
80. Преподаватель ... объяснял новые глаголы.
選項：(A) через 15 минут (Б) 15 минут назад (В) 15 минут

分析：第77題的關鍵是動詞началась。該動詞的原形是начаться，為完
成體動詞，而未完成體動詞為начинаться，意思是「開始」。

本題動詞是過去式，說明的是在過去所發生的事情，所以答案為 (Б) 15 минут назад。第78題的關鍵是動詞продолжается，為未完成體，其完成體動詞是продолжиться，意思是「繼續、持續」。動詞後如果接時間，則不接任何前置詞，而是直接用時間第四格，表達「持續一段時間」，答案是 (В) 15 минут。第79題的動詞是完成體動詞，其未完成體動詞為кончаться。完成體動詞的變位為未來式，所以答案應選 (А) через 15 минут。第80題的關鍵是未完成體動詞объяснял。動詞原形為объяснять，而完成體動詞為объяснить。動詞後通常接人用第三格、接物用第四格。本題並無第三格，而第四格為詞組новые глаголы。未完成體動詞объяснял指得是動作進行的「過程」，如接時間，則不加任何前置詞，而直接用第四格，答案應為 (В) 15 минут。

★ Лекция началась *15 минут назад.*
　課是在十五分鐘前開始的。

★ Перерыв продолжается *15 минут.*
　休息時間持續十五分鐘。

★ Лекция кончится *через 15 минут.*
　課將在十五分鐘之後結束。

★ Преподаватель *15 минут* объяснял новые глаголы.
　老師花了十五分鐘解釋新的動詞。

---

81. Мне очень нравится ...

82. Новый кинотеатр открылся ...

83. Мой друг живёт рядом ...

84. ... – это главный проспект города.

選項：(А) Невский проспект (Б) на Невском проспекте (В) с Невским проспектом

分析：第81題的關鍵是動詞нравиться。該動詞的意思是「喜歡」：主動喜歡的為「主體」，用第三格，而被喜歡的是「主詞」，用第一格。本題人稱代名詞мне為第三格，所以要選第一格的 (А) Невский проспект。第82題的關鍵是動詞открылся。動詞為完成體，其未完成體動詞是открываться，意思是「開門、開幕」。動詞後如接地點，則應用表示「靜態」的地方副詞或前置詞＋地點第六格，所以答案是 (Б) на Невском проспекте。第83題的關鍵是副詞рядом。副詞後通常接前置詞с＋地點第五格，應選 (В) с Невским проспектом。第84題的關鍵是「破折號」，相關解題分析請參考第70題。本題應選 (А) Невский проспект。

★ Мне очень нравится *Невский проспект*.
我非常喜歡涅夫斯基大道。

★ Новый кинотеатр открылся *на Невском проспекте*.
新的電影院在涅夫斯基大道開幕了。

★ Мой друг живёт рядом *с Невским проспектом*.
我的朋友住在涅夫斯基大道附近。

★ *Невский проспект* – это главный проспект города.
涅夫斯基大道是城市的主要大街。

---

85. Скоро у меня будет экзамен ...
選項：(А) русский язык (Б) по русскому языку (В) русского языка

分析：本題是考固定用法。名詞экзамен之後用前置詞по＋科目第三格，而非用科目第二格來修飾名詞，答案應選 (Б) по русскому языку。請注意，相關用法還有名詞лекция「演講課」、занятие及урок「課」。

★ Скоро у меня будет экзамен *по русскому языку.*

我即將有個俄文考試。

---

86. Мой друг интересуется ...

選項：(А) современное искусство (Б) современным искусством

(В) современного искусства

分析：本題的關鍵是動詞интересуется。動詞интересуется的原
形是интересоваться，是未完成體動詞，其完成體動詞是
заинтересоваться，是「對某人或某物感到興趣」的意思。動
詞之前主詞用第一格，之後不用前置詞而直接用第五格，答
案是 (Б) современным искусством。請注意，如果動詞不帶 –
ся，是интересовать，則用法不同：「感到興趣的」為受詞，
用第四格，而「被感到興趣的」則為主詞，用第一格。本句
亦可改為Моего друга интересует современное искусство.

★ Мой друг интересуется *современным искусством.*

我的朋友對現代藝術有興趣。

---

87. Виктор позвонил ...

選項：(А) к своему другу (Б) со своим другом (В) своему другу

分析：本題的關鍵是動詞позвонил。動詞позвонил的原形是
позвонить，是完成體動詞，其未完成體動詞是звонить，是
「打電話」的意思。動詞之後接人用第三格、接地點用前置
詞＋名詞第四格，例如Антон позвонил маме в университет.
安東打電話到大學給媽媽。本題選第三格 (В) своему другу。

★ Виктор позвонил *своему другу.*

維克多打了個電話給自己的朋友。

88. Марина часто спорит ...

選項：(A) младшей сестре (Б) младшую сестру (В) с младшей
сестрой

分析：本題的關鍵是動詞спорит。動詞спорить是未完成體，而完
成體動詞是поспорить，意思是「爭論、爭辯」，通常後
接前置詞с＋名詞第五格。若要表示「爭論的主題」則用前
置詞о＋名詞第六格，例如Антон спорит с преподавателем
о литературе. 安東跟老師爭論有關文學的問題。本題應選
「與某人爭論」，所以選 (В) с младшей сестрой。

★ Марина часто спорит *с младшей сестрой.*

瑪麗亞常常跟妹妹爭辯。

89. Этот студент приехал из ...

90. Я люблю ...

91. Скоро я поеду ...

選項：(A) мою родную страну (Б) моей родной страны (В) в мою
родную страну (Г) о моей родной стране

分析：第89題的關鍵是前置詞из。該詞之後接第二格，所以答案應
選 (Б) моей родной страны。第90題的關鍵是動詞люблю。動
詞любить為及物動詞，後接受詞第四格或是未完成體的原形
動詞，例如Антон очень любит Анну. 安東非常愛安娜；Антон
любит заниматься спортом. 安東喜歡運動。本題應選 (A) мою
родную страну。第91題的關鍵是移動動詞поеду。動詞原

形為поехать，後應接前置詞＋名詞第四格，或接表示「移動」狀態的副詞，所以答案為 (B) в мою родную страну。

★ Этот студент приехал из *моей родной страны.*
這個學生來自我的祖國。

★ Я люблю *мою родную страну.*
我愛我的祖國。

★ Скоро я поеду *в мою родную страну.*
我即將啟程前往我的祖國。

---

92. Мы живём ...

93. Здание ... построили недавно.

94. Спортзал находится недалеко ...

選項：(A) студенческое общежитие (Б) от студенческого общежития
(B) в студенческом общежитии (Г) студенческого общежития

分析：第92題的動詞жить之後要接表示「靜止」狀態的副詞或是前置詞＋名詞第六格，答案是 (B) в студенческом общежитии。第93題的名詞здание是受詞第四格，動詞是построили，為第三人稱複數過去式。名詞здание後接第二格表示「從屬關係」，為修飾名詞之用，所以答案是 (Г) студенческого общежития。第94題的關鍵是副詞недалеко。副詞之後若接地點則需用前置詞от＋地點第二格，所以答案為 (Б) от студенческого общежития。

★ Мы живём *в студенческом общежитии.*
我們住在學生宿舍。

★ Здание *студенческого общежития* построили недавно.
學生宿舍不久前蓋好的。

★ Спортзал находится недалеко *от студенческого общежития.*
健身房離宿舍不遠。

95. На выставке мы познакомились ...
96. Нам понравились картины ...
97. Школьники подарили книгу ...
選項：(А) молодого художника (Б) молодому художнику (В) с
　　　молодым художником (Г) к молодому художнику

分析：第95題的動詞знакомиться／познакомиться我們已經看過
　　　幾次，意思是「認識、結識」，通常後接前置詞с＋名詞
　　　第五格，答案是 (В) с молодым художником。第96題的名
　　　詞картины是主詞第一格，動詞是понравились，為固定句
　　　型，所以表示喜歡的人用第三格нам。名詞здание後接第二
　　　格表示「從屬關係」，為修飾名詞之用，所以答案是 (А)
　　　молодого художника。第97題的關鍵是動詞подарили。動
　　　詞дарить／подарить之後接人用第三格、接物用第四格。
　　　本題名詞книгу為單數第四格，所以答案要選第三格的 (Б)
　　　молодому художнику。

★ На выставке мы познакомились *с молодым художником.*
我們在展覽會上認識了一位年輕的畫家。

★ Нам понравились картины *молодого художника.*
我們喜歡上了年輕畫家的畫作。

★ Школьники подарили книгу *молодому художнику.*
學生們送了一本書給年輕畫家。

98. Студенты поздоровались ...

99. ... объясняет нам грамматику.

100. Мы встретили ... в библиотеке.

選項：(A) новый преподаватель (Б) новому преподавателю (В) с новым преподавателем (Г) нового преподавателя

分析：第98題的動詞здороваться / поздороваться是一個較難的動詞，意思是「打招呼」，讀者必須學會。動詞後通常後接前置詞 с＋名詞第五格，所以答案是 (В) с новым преподавателем。第99題有動詞объясняет，是第三人稱單數現在式。動詞後有間接受詞нам第三格，還有直接受詞第四格грамматику，所以獨缺主詞第一格，答案應選 (A) новый преподаватель。第100題的關鍵是動詞встретили。及物動詞встречать / встретить的意思是「遇見、碰到」，是「沒有約好」的見面之意。動詞之後接受詞第四格，所以應選 (Г) нового преподавателя。

★ Студенты поздоровались *с новым преподавателем*.
學生們跟新老師打了招呼。

★ *Новый преподаватель* объясняет нам грамматику.
新老師正在跟我們解釋語法。

★ Мы встретили *нового преподавателя* в библиотеке.
我們在圖書館遇見了新老師。

測驗二：複數變格（一）

請選一個正確的答案。

1. В нашей библиотеке много ...
2. Вчера я купил ...
3. Друзья говорили ...

選項：(А) интересные книги (Б) интересными книгами

(В) интересных книг (Г) об интересных книгах

分析：第1題的關鍵詞是不定量數詞много「許多」。不定量數詞
много之後接名詞時，如果名詞為可數名詞，則用複數第二
格，若是不可數，則用單數第一格。本題的名詞為「書」，
是可數名詞，所以用複數第二格，要選 (В) интересных книг。
第2題的關鍵是動詞купил。該動詞的原形形式為купить，
是完成體動詞，其未完成體動詞為покупать。動詞為及物動
詞，所以後應接名詞第四格，答案為 (А) интересные книги。
第3題的動詞是говорили，其原形動詞為говорить，為未完
成體動詞，完成體動詞是сказать，意思是「說、談論、告
訴」。動詞之後接人用第三格，若接物則通常用前置詞о＋名
詞第六格，答案應選 (Г) об интересных книгах。

★ В нашей библиотеке много *интересных книг*.
我們的圖書館有很多有趣的書。

★ Вчера я купил *интересные книги*.

昨天我買了一些有趣的書。

★ Друзья говорили *об интересных книгах*.

朋友們談論有趣的書。

4. Я часто пишу письма ...

5. ... есть дом в деревне.

6. Летом я поеду ...

選項：(A) родители (Б) родителям (В) у родителей (Г) к родителям

分析：第4題動詞пишу的原形形式為писать，是未完成體動詞，其完成體動詞為написать，意思是「寫」。動詞後加人用第三格、加物用第四格，例如Антон написал Анне очень большое письмо. 安東寫了一封很長的信給安娜。本題的письма為複數第四格，所以動詞後加人用第三格，答案為 (Б) родителям。第5題是固定句型，應用前置詞y＋人第二格＋есть＋名詞第一格，所以答案是 (В) у родителей。第6題有移動動詞поеду，所以之後應接表示「移動」狀態的副詞或前置詞＋名詞第四格；如果是「去找某人」，則用前置詞к＋人第三格，所以應選 (Г) к родителям。

★ Я часто пишу письма *родителям*.

我常寫信給父母親。

★ *У родителей* есть дом в деревне.

父母親在鄉下有一棟房子。

★ Летом я поеду *к родителям*.

我要在夏天去找父母親。

7. В нашем университете работают ...

8. Мы часто встречаемся ...

9. Газеты часто пишут ...

選項：(А) с известными учёными (Б) известные учёные (В) об

известных учёных (Г) известным учёным

分析：第7題動詞работают是第三人稱複數的變位，後有表示「靜

止」狀態的前置詞＋地點第六格，獨缺主詞，所以應選複數

第一格主詞，答案為 (Б) известные учёные。第8題的關鍵詞

是встречаемся。動詞後通常接前置詞с＋名詞第五格，所以

答案是 (А) с известными учёными。第9題主題是газеты，動

詞是пишут，後應接第三格，表示「寫給某人」，或是第四

格，意思是「寫某物」，或是用前置詞о＋名詞第六格，表

示「寫有關何人或何物的事情」。根據句意，本題應選 (В)

об известных учёных，較為適當。

★ В нашем университете работают *известные учёные.*

有一些知名的教授在我們學校教書。

★ Мы часто встречаемся *с известными учёными.*

我們常常跟知名的教授們見面。

★ Газеты часто пишут *об известных учёных.*

報紙常寫關於知名教授的事情。

10. Летом студенты сдают ...

11. У нас будет 3 ...

12. Мы готовимся ...

選項：(А) экзаменов (Б) к экзаменам (В) экзамены (Г) экзамена

分析：第10題動詞сдают的原形形式是сдавать，是未完成體，其

完成體動詞為сдать。動詞後接名詞第四格экзамен在未完成體時是「參加考試」的意思，但若是用完成體動詞，則表示「通過考試」。本題應選第四格 (В) экзамены。第11題的關鍵詞是數詞3。數詞1後接名詞單數第一格，例如один студент、одна девушка、одно письмо；數詞2至4後用名詞單數第二格，例如два студента、две девушки、два письма；數詞5或5以上則用名詞複數第二格，例如5 студентов、5 девушек、5 писем。數詞11至19用複數第二格，其餘數字的個位數後名詞之用法係依照上述原則使用。本題為數字3，所以要選單數第二格 (Г) экзамена。第12題的動詞готовимся的原形是готовиться，是未完成體動詞，其完成體動詞是подготовиться。動詞之後通常接前置詞к＋名詞第三格，所以本題應選 (Б) к экзаменам。

★ Летом студенты сдают *экзамены*.
　夏天學生要考試。

★ У нас будет 3 *экзамена*.
　我們將有三個考試。

★ Мы готовимся *к экзаменам*.
　我們正在為考試準備。

---

13. В этом городе много ...

14. Мне нравятся ...

15. Музеи находятся ...

選項：(А) в старинных зданиях (Б) старинных зданий (В) старинным зданиям (Г) старинные здания

分析：第13題「不定量數詞」много之後接名詞第二格：可數名詞用複數第二格，不可數名詞則用單數第二格。本題是可數

名詞，所以選 (Б) старинных зданий。第14題是老朋友了。動詞нравиться「喜歡」，表示主動的是「主體」，用第三格，而被喜歡的是「主詞」用第一格。本題мне為第三格，所以答案要選第一格 (Г) старинные здания。第15題的關鍵是動詞находятся。動詞的意思是「位於、坐落於」，後通常接表示「靜態」的副詞或前置詞＋地點第六格，所以應選 (А) в старинных зданиях。

★ В этом городе много *старинных зданий*.
　在這個城市有許多古老的建築。

★ Мне нравятся *старинные здания*.
　我喜歡古老的建築。

★ Музеи находятся *в старинных зданиях*.
　博物館坐落於古老的建築中。

---

16. Я не знаю расписания ...
17. Студенты идут ...
18. ... мы решаем трудные задачи.
選項：(А) занятия (Б) на занятиях (В) на занятия (Г) занятий

分析：第16題主詞為я，動詞為не знаю，受詞本為第四格расписание，但是本處為否定狀態，所以應為第二格расписания。名詞расписания之後接名詞作為「從屬關係」的修飾作用，所以應用複數第二格 (Г) занятий。第17題的關鍵是移動動詞идут，所以後接前置詞＋名詞第四格，答案是 (В) на занятия。第18題的主詞是мы，動詞是及物動詞решаем，受詞為名詞第四格задачи。根據句意，答案為補充說明的「地點」，所以應接表示「靜態」的副詞或前置詞＋名詞第六格，所以應選 (Б) на занятиях。

★ Я не знаю расписания *занятий*.

我不知道課表。

★ Студенты идут *на занятия*.

學生去上課。

★ *На занятиях* мы решаем трудные задачи.

我們在課堂上做困難的習題。

19. В Финляндии много ...

20. ... много рыбы.

21. Недалеко от Петербурга есть красивые ...

選項：(А) озёра (Б) озёр (В) в озёрах (Г) озёрами

分析：第19題在「不定量數詞」много 之後應用第二格，而此處名詞「湖泊」為可數名詞，應用複數形式，答案要選 (Б) озёр。第20題依照句意應選 (В) в озёрах，表示「靜態」的地點。第21題看到 есть，之後接第一格，所以答案為 (А) озёра。

★ В Финляндии много *озёр*.

在芬蘭有許多的湖泊。

★ *В озёрах* много рыбы.

在湖裡有許多魚。

★ Недалеко от Петербурга есть красивые *озёра*.

距離彼得堡不遠的地方有一些漂亮的湖泊。

22. Андрей подарил книги ...

23. У меня нет ...

24. Мария часто спорит ...

選項：(А) младшие сёстры (Б) с младшими сёстрами (В) младших сестёр (Г) младшим сёстрам

分析：第22題動詞подарил的原形是подарить，是完成體動詞，其未完成體動詞為дарить，是「送、贈與」的意思。動詞後接人用第三格、接物用第四格，例如Антон подарил Анне Айфон. 安東送給安娜一支哀鳳。本題的名詞книги為第四格，所以答案應選第三格 (Г) младшим сёстрам。第23題是固定句型。前置詞у＋人第二格＋нет，為表「某人沒有某人或某物」，否定詞нет之後應接第二格，應選 (В) младших сестёр。第24題的關鍵是動詞спорить。動詞意思是「爭論、爭辯」，後通常接前置詞＋人第五格，答案是 (Б) с младшими сёстрами。

★ Андрей подарил книги *младшим сёстрам.*
安德烈送給妹妹們一些書。

★ У меня нет *младших сестёр.*
我沒有妹妹。

★ Мария часто спорит *с младшими сёстрами.*
瑪麗亞常跟妹妹們鬥嘴。

25. В Петербурге много ...

26. Я люблю гулять ...

27. В моём городе тоже есть ...

選項：(А) по красивым улицам (Б) красивые улицы (В) красивых улиц (Г) красивым улицам

分析：第25題在「不定量數詞」много之後應用第二格，而此處名詞「街道」為可數名詞，應用複數形式，答案要選 (В) красивых улиц。第26題動詞гулять之後通常用前置詞в＋地點第六格，例如Антон часто гуляет в парке. 安東常在公園散步；或是前置詞по＋地點第三格，例如Антон иногда гуляет

по магазинам с Анной. 安東有時候會陪安娜逛街。本題應選
(A) по красивым улицам。第27題在есть之後應接第一格，
所以答案是 (Б) красивые улицы。

★ В Петербурге много *красивых улиц.*
在彼得堡有許多美麗的街道。

★ Я люблю гулять *по красивым улицам.*
我喜歡沿著美麗的街道散步。

★ В моём городе тоже есть *красивые улицы.*
在我的城市中也有一些美麗的街道。

28. Мама читает книгу ...
29. Я фотографирую ...
30. В парке гуляют ...
選項：(A) маленькие дети (Б) маленьким детям (В) маленьких
детей (Г) маленькими детьми

分析：第28題的關鍵詞動詞читать之後接人應用第三格、接物應
用第四格。本題受詞第四格是книгу，所以應選人第三格
(Б) маленьким детям。第29題動詞фотографирую的原形
是фотографировать，為未完成體動詞，其完成體動詞為
сфотографировать，是「拍攝」的意思，為及物動詞，後接
受詞第四格。本題應選 (В) маленьких детей。第30題有表示
「靜止」狀態的前置詞＋地點第六格，後接動詞第三人稱複
數現在式，獨缺主詞，所以應該選複數第一格的名詞，答案
是 (A) маленькие дети。

★ Мама читает книгу *маленьким детям.*
媽媽唸書給小孩子們聽。

★ Я фотографирую *маленьких детей.*

我在幫小孩子們拍照。

★ В парке гуляют *маленькие дети.*

小孩子們在公園散步。

---

31. Россия богата ...

32. В Сибири много ...

33. Какие ... добывают в нашей стране?

選項: (А) полезные ископаемые (Б) полезными ископаемыми

(В) полезных ископаемых (Г) с полезными ископаемыми

分析：本題的形容詞與名詞需要解說一番。形容詞полезный是
「有用的、有益處的」的意思；名詞ископаемые是動詞
ископать「挖掘」的派生詞，為被動形動詞，可當名詞使
用，常為複數形式，為「礦物」的意思。第31題的關鍵詞
是短尾形容詞богата，原來形式為богатый，是「富有」的
意思。短尾形式後接名詞第五格表示「富有某物」之意，
答案是 (Б) полезными ископаемыми。第32題在「不定量數
詞」много之後應用第二格，而此處名詞為可數名詞，應用
複數形式，答案要選 (В) полезных ископаемых。第33題的
疑問代名詞какие是動詞добывают的受詞第四格，所以後接
的名詞也應為第四格，要選 (А) полезные ископаемые。動
詞добывать / добыть為及物動詞，後接受詞第四格，為「開
採」的意思。

★ Россия богата *полезными ископаемыми.*

俄羅斯富藏有益的礦產。

★ В Сибири много *полезных ископаемых.*

在西伯利亞有許多有益的礦產。

★ Какие *полезные ископаемые* добывают в нашей стране?
  你們國家開採甚麼樣有益的礦產？

---

34. В Сибири много ...

35. Лена, Енисей являются ...

36. Учитель географии рассказал ...

選項：(А) большими реками (Б) большие реки (В) о больших реках
　　　(Г) больших рек

分析：第34題有「不定量數詞」много，數詞之後應用第二格，而
　　　此處名詞為可數名詞「河流」，應用複數形式，答案要選
　　　(Г) больших рек。第35題第一次看到動詞являться，就像個
　　　BE動詞，當「是」解釋。動詞之後接第五格，所以答案是
　　　(А) большими реками。第36題的動詞已經看過多次。動詞
　　　рассказывать / рассказать後接第四格或是前置詞＋名詞第六
　　　格，所以答案應選 (В) о больших реках。

★ В Сибири много *больших рек*.
  在西伯利亞有許多大河。

★ Лена, Енисей являются *большими реками*.
  列娜河及葉尼塞河是大河。

★ Учитель географии рассказал *о больших реках*.
  地理老師講述了大河的故事。

---

37. В университете несколько ...

38. Университету нужны ...

39. Студенты занимаются ...

選項：(А) научные лаборатории (Б) в научные лаборатории (В) в
　　　научных лабораториях (Г) научных лабораторий

分析：第37題有數詞несколько ，它與много的用法一樣：數詞之後的名詞如為可數名詞，應用複數第二格；若為不可數名詞，則用單數第二格。本題的名詞為可數名詞，答案要選 (Г) научных лабораторий。第38題的нужны是形容詞нужный的短尾形式，意思是「需要的」。陽性為нужен，陰性為нужна，中性為нужно，而本題的形式為複數。有該詞短尾形式的句型是固定的：表示「主動需要」的是「主體」，應用第三格，而「被需要」的才是「主詞」第一格，例如Антону нужны деньги. 安東需要一些錢。本題表示主動的университету是第三格，所以答案為第一格 (A) научные лаборатории。第39題的動詞занимаются若接名詞，應用第五格，表示「從事名詞第五格的動作」，例如заниматься спортом就是「運動」。若動詞後不加名詞第五格，而是加「地點」，則需依照句意解釋，例如Антон любит заниматься в библиотеке. 安東喜歡在圖書館自習。依照本題句意，應為表示「靜態」狀態的地點，所以答案為 (B) в научных лабораториях。

★ В университете несколько *научных лабораторий.*
在學校裡有幾個科學實驗室。

★ Университету нужны *научные лаборатории.*
學校需要幾個科學實驗室。

★ Студенты занимаются *в научных лабораториях.*
學生在科學實驗室裡做實驗。

40. У студентов были ...

41. Друзья встретились после ...

42. Анна написала подруге ...

選項：(A) зимних каникул (Б) зимние каникулы (B) о зимних каникулах (Г) зимними каникулами

分析：第40題有BE動詞過去式были，後須接名詞第一格，所以答案為 (Б) зимние каникулы。第41題的關鍵詞是前置詞после，該詞之後須接第二格，所以應選 (А) зимних каникул。第42題的關鍵是動詞написала。該詞後可接受詞第四格，如名詞письмо，就是「寫信」。請注意，如果名詞письмо省略，翻譯時還是要譯為「寫信」。依照句意，本題應接寫信的「內容」，所以是 (В) о зимних каникулах。

★ У студентов были *зимние каникулы*.
   學生放完寒假了。
★ Друзья встретились после *зимних каникул*.
   朋友們在寒假過後見面了。
★ Анна написала подруге *о зимних каникулах*.
   安娜寫給朋友一封有關寒假的信。

43. Мне нравится музыка ...
44. Я много читал ...
45. В Петербурге есть памятники ...
選項：(А) русские композиторы (Б) русских композиторов (В) русским композиторам (Г) о русских композиторах

分析：第43題是有動詞нравиться的固定句型。人稱代名詞第三格мне是主動的「主體」，而「被喜歡的」музыка是主詞第一格。名詞музыка之後接補充說明，所以應用第二格來修飾並表示「從屬關係」，答案為 (Б) русских композиторов。第44題的關鍵詞是動詞читать「閱讀」。動詞之後如接人須接第三格、接物用第四格。此處受詞第四格省略，而受詞的補充說明應用前置詞о＋名詞第六格，所以應選 (Г) о русских композиторах。第45題的關鍵是名詞памятники，意思是

「雕像、紀念碑、遺跡」等，確切詞意需依照上下文解釋。該詞後並不是接表示「從屬關係」的第二格，而是接第三格，為特殊用法。本題應選 (B) русским композиторам。

★ Мне нравится музыка *русских композиторов*.
我喜歡俄國作曲家的音樂。

★ Я много читал *о русских композиторах*.
我讀了許多有關俄國作曲家的書籍。

★ В Петербурге есть памятники *русским композиторам*.
在彼得堡有一些俄國作曲家的雕像。

---

46. Я пригласил в гости ...

47. Вчера я был в гостях ...

48. Завтра ко мне придут ...

選項：(А) мои друзья (Б) моих друзей (В) моим друзьям (Г) у моих друзей

分析：第46題的動詞пригласил是解題關鍵。動詞原形是пригласить，為完成體動詞，其未完成體動詞為приглашать，是及物動詞，後接受詞第四格。另外要注意的是，動詞後除接受詞第四格之外，另接表示「動態」的地點，表示「邀請某人去某處」，例如本句中的в гости第四格。本題應選受詞第四格 (Б) моих друзей。第47題的主詞為я，動詞為был，後接表示「靜態」的地點в гостях，後又接補充「在某人家」，應用前置詞у＋人第二格，所以答案為 (Г) у моих друзей。第48題有第三人稱複數的動詞變位，但是並無主詞，所以答案應為第一格的主詞 (А) мои друзья。

★ Я пригласил в гости *моих друзей.*
我邀請我的朋友來作客。

★ Вчера я был в гостях *у моих друзей.*
昨天我在我的朋友家作客。

★ Завтра ко мне придут *мои друзья.*
明天我的朋友會來找我。

---

49. Анне нравятся ...

50. Она много занимается ...

51. Она будет преподавателем ...

選項：(А) иностранных языков (Б) иностранные языки (В) иностранными языками (Г) об иностранных языках

分析：第49題動詞нравиться又來了。名詞Анне是第三格，所以答案應為第一格 (Б) иностранные языки。第50題的動詞заниматься也出現多次。動詞後如接名詞，則用第五格，答案是 (В) иностранными языками。第51題主詞為она，動詞為будет，動詞後接第五格преподавателем，句意完整。名詞後如再接名詞，則做為修飾之用，為「從屬關係」，應選 (А) иностранных языков。

★ Анне нравятся *иностранные языки.*
安娜喜歡外語。

★ Она много занимается *иностранными языками.*
她很努力地學外語。

★ Она будет преподавателем *иностранных языков.*
她將會是一位外語教師。

52. Я получаю письма ...

53. Мои друзья будут ...

54. Мы подарили цветы ...

選項：(А) школьным учителям (Б) от школьных учителей (В) к школьным учителям (Г) школьными учителями

分析：第52題主詞是я，動詞是получаю，後接受詞第四格письма，句意完整。若是補充說明「收到某人的信」，則是用前置詞от＋人第二格，所以答案為 (Б) от школьных учителей。第53題動詞為BE動詞будут，後接名詞應用第五格，所以應選 (Г) школьными учителями。第54題關鍵詞是動詞подарили。該動詞原形為подарить，為完成體動詞，其未完成體動詞為дарить，意思是「贈送」。動詞後接人要用第三格、接物用第四格，所以答案為 (А) школьным учителям。

★ Я получаю письма *от школьных учителей.*
我定時收到中學老師的來信。

★ Мои друзья будут *школьными учителями.*
我的朋友們將會成為中學老師。

★ Мы подарили цветы *школьным учителям.*
我們送花給中學老師們。

55. Борис встретил в клубе ...

56. В какой группе учатся ...?

57. Преподаватель объясняет урок ...

選項：(А) эти студентки (Б) этих студенток (В) этим студенткам (Г) с этими студентками

分析：第55題的關鍵是動詞встречать / встретить。動詞的意思是「遇到、碰到」，表示「不期而遇」，是及物動詞，後接受詞第四格，所以答案為 (Б) этих студенток。而動詞встречаться / встретиться則當「見面、碰面」解釋，是「約好見面」的意思，必須區分清楚，同時這動詞後通常接前置詞с＋名詞第五格，用法不同。第56題為疑問代名詞的問句。動詞為учатся，是第三人稱複數形式，所以答案是主詞，要選名詞第一格 (А) эти студентки。第57題關鍵詞是動詞объяснять。該動詞為未完成體，其完成體動詞為объяснить，意思是「解釋」。動詞後接人用第三格、接物用第四格。本句中的名詞урок為第四格，而答案是人，用第三格 (В) этим студенткам。

★ Борис встретил в клубе *этих студенток.*

巴利斯在俱樂部遇到這些女大生。

★ В какой группе учатся *эти студентки?*

這些女大生念哪一班？

★ Преподаватель объясняет урок *этим студенткам.*

老師正在向這些女大生解釋功課。

58. Мы мечтаем стать ...

59. На этом заводе много ...

60. Мы познакомились ...

選項：(А) хороших специалистов (Б) хорошими специалистами
(В) хорошие специалисты (Г) с хорошими специалистами

分析：第58題的關鍵是完成體動詞стать。動詞的意思是「成為」，其未完成體動詞為становиться。動詞後接名詞要用第五格，所以答案為 (Б) хорошими специалистами。第59題

的「不定量數詞」много之後必須接二格，所以答案為 (A)
хороших специалистов。第60題關鍵詞是動詞знакомиться／
познакомиться。動詞之後通常接前置詞с＋名詞第五格，表
示「與某人認識或是與某物熟悉」。本題應選 (Г) с хорошими
специалистами。

★ Мы мечтаем стать *хорошими специалистами*.
　我們渴望成為優秀的專家。

★ На этом заводе много *хороших специалистов*.
　這間工廠有許多優秀的專家。

★ Мы познакомились *с хорошими специалистами*.
　我們認識了一些優秀的專家。

---

61. В киоске продают ...
62. Я купил 5 ...
63. У тебя есть ...?
64. Я интересуюсь ...
選項：(А) новые журналы (Б) новыми журналами (В) новых журналов

分析：第61題的關鍵動詞продают。動詞的原形是продавать，是
　　　未完成體動詞，其完成體動詞為продать，意思是「賣」。
　　　動詞為及物動詞，後接受詞第四格，所以答案為 (А) новые
　　　журналы。第62題的數詞5之後必須接二格，所以答案為 (В)
　　　новых журналов。第63題是固定句型。動詞есть之後必須接
　　　第一格，所以答案是 (А) новые журналы。第64題關鍵動詞
　　　интересуюсь的原形是интересоваться，為未完成體動詞，其
　　　完成體動詞為заинтересоваться，意思是「感興趣」。動詞後
　　　接名詞必須用第五格，所以答案是 (Б) новыми журналами。

★ В киоске продают *новые журналы*.

在小舖有賣新的雜誌。

★ Я купил 5 *новых журналов*.

我買了五本新的雜誌。

★ У тебя есть *новые журналы*?

你有新的雜誌嗎？

★ Я интересуюсь *новыми журналами*.

我對新的雜誌感到興趣。

---

65. В классе 20 ...

66. Многие ... учатся хорошо.

67. Учитель здоровается ...

68. На столе лежат тетради ...

選項：(А) ученики (Б) учеников (В) с учениками

分析：第65題的數詞是20，所以後必須接二格，答案為 (Б) учеников。

第66題的動詞учатся為第三人稱複數，所以主詞應為複數第一格。形容詞многие是複數第一格，做為修飾名詞之用，答案必須也是第一格，也是主詞 (А) ученики。第67題的關鍵是動詞здороваться / поздороваться。動詞是「打招呼」的意思，後接前置詞с＋名詞第五格，所以答案是 (В) с учениками。第68題主詞是тетради，動詞是лежат，後接表示「靜止」狀態的地點，句意完整。主詞之後再接名詞第二格，用來修飾主詞，並作為「從屬關係」，所以答案是 (Б) учеников。

★ В классе 20 *учеников*.

班上有二十個學生。

★ Многие *ученики* учатся хорошо.

很多學生成績優秀。

★ Учитель здоровается *с учениками*.
老師跟學生們打招呼。

★ На столе лежат тетради *учеников*.
學生的筆記本在桌上。

---

69. В Москву приезжает много ...

70. Экскурсовод рассказал ... о столице.

71. ... интересовались музеями города.

72. ... понравилась экскурсия.

選項：(А) иностранные туристы (Б) иностранным туристам (В)
　　　иностранных туристов

分析：第69題有「不定量數詞」много，數詞之後應用第二格，而此
　　　處名詞為可數名詞「遊客」，應用複數形式，答案要選 (В)
　　　иностранных туристов。第70題的關鍵是動詞рассказывать /
　　　рассказать。動詞是「敘述、講述」的意思，後接人用第三
　　　格、接物用第四格或是前置詞о＋名詞第六格。本題動詞後接
　　　人，所以答案是第三格 (Б) иностранным туристам。第71題動
　　　詞為интересоваться「感到興趣」。動詞前用主詞第一格，動
　　　詞後接名詞用第五格。本句中的名詞музеями是第五格，所以
　　　答案要選主詞 (А) иностранные туристы。第72題是固定句型。
　　　句中有動詞нравиться / понравиться時，主動的「主體」為第
　　　三格，被動的「主詞」用第一格。本題名詞экскурсия為第一
　　　格，所以答案為「主體」第三格 (Б) иностранным туристам。

★ В Москву приезжает много *иностранных туристов*.
很多外國遊客來到莫斯科觀光。

★ Экскурсовод рассказал *иностранным туристам* о столице.
導遊跟外國遊客敘述首都。

★ *Иностранные туристы* интересовались музеями города.

外國遊客對城市的博物館感到興趣。

★ *Иностранным туристам* понравилась экскурсия.

外國遊客喜歡上了這旅遊。

73. Пётр I пригласил в Петербург ...

74. Дворцы Петербурга построены ...

75. На уроке мы узнали ...

76. В книге есть фотографии ...

選項：(А) об известных архитекторах (Б) известных архитекторов

(В) известными архитекторами

分析：第73題關鍵動詞пригласить後接受詞第四格，所以答案是
(Б) известных архитекторов。第74題的關鍵是形容詞短尾
形式的построены。主詞是名詞複數дворцы，所以短尾形容
詞也是複數形式，為被動形式，後應接第五格，答案是 (В)
известными архитекторами。第75題關鍵是動詞узнали。
動詞後通常接受詞第四格，或是前置詞о＋名詞第六格。
根據本句句意，應該是「得知著名建築師的事蹟」，而
非「認得或認出著名的建築師」，應選 (А) об известных
архитекторах。第76題的動詞есть之後接名詞第一格，之後
再接名詞第二格以修飾第一格名詞，作為「從屬關係」。本
題答案應選 (Б) известных архитекторов。

★ Пётр I пригласил в Петербург *известных архитекторов*.

彼得大帝邀請了一些著名的建築師來到彼得堡。

★ Дворцы Петербурга построены *известными архитекторами*.

彼得堡的一些皇宮是由著名的建築師所建造的。

★ На уроке мы узнали *об известных архитекторах.*

在課堂上我們得知著名建築師的事蹟。

★ В книге есть фотографии *известных архитекторов.*

書中有些著名建築師的照片。

> 77. В нашем городе есть ...
>
> 78. Новые дома строят ...
>
> 79. Туристам нравятся ...
>
> 80. Мы любим гулять ...
>
> 選項：(A) широкие проспекты (Б) по широким проспектам (В) на
> широких проспектах

分析：第77題動詞есть之後接名詞第一格，所以答案是 (A) широкие проспекты。第78題的句首новые дома是第四格，作為動詞строят的受詞。依照句意，後面接前置詞＋名詞第六格表示「靜態」的地點，所以答案應為 (В) на широких проспектах。第79題關鍵的動詞нравиться／понравиться又來了。主動的「主體」為第三格туристам，而被動的主詞應該是答案 (A) широкие проспекты。第80題的關鍵動詞гулять之後接表示「靜態」的地點，可以用前置詞по＋名詞第三格，或是前置詞＋名詞第六格。本題答案為 (Б) по широким проспектам。

★ В нашем городе есть *широкие проспекты.*

在我們的城市有一些寬廣的大街。

★ Новые дома строят *на широких проспектах.*

在寬廣的大街上正蓋著新房子。

★ Туристам нравятся *широкие проспекты.*

遊客喜歡寬廣的大街。

★ Мы любим гулять по *широким проспектам*.

我們喜歡沿著寬廣的大街散步。

81. В библиотеке несколько ...

82. Студенты занимаются ...

83. Мои друзья ходят ...

84. ... есть иностранные газеты и журналы.

選項：(A) в читальные залы (Б) в читальных залах (В) читальных залов

分析：第81題有數詞несколько ，它與много的用法一樣：數詞之後的名詞如為可數名詞，應用複數第二格；若為不可數名詞，則用單數第二格。本題的名詞為可數名詞，答案要選 (B) читальных залов。第82題的動詞заниматься是關鍵。動詞之後可接名詞第五格，或是接表示「靜止」狀態的地點，本處是地點，應選 (Б) в читальных залах。第83題關鍵是移動動詞ходить。移動動詞後應接表示「動態」的副詞或是前置詞＋名詞第四格，所以答案是 (A) в читальные залы。第84題動詞есть之後用第一格，如иностранные газеты и журналы，而есть之前可用前置詞y＋人第二格，或是表示「靜態」的地點。本處為前置詞＋地點第六格，應選 (Б) в читальных залах。

★ В библиотеке несколько *читальных залов*.

在圖書館有一些閱覽室。

★ Студенты занимаются *в читальных залах*.

學生在閱覽室自習。

★ Мои друзья ходят *в читальные залы*.

我的朋友固定會去閱覽室。

★ *В читальных залах* есть иностранные газеты и журналы.

在閱覽室裡有外國報紙及雜誌。

> 85. В Сибири много ...
>
> 86. Эти инженеры поедут работать ...
>
> 87. Метро строят только ...
>
> 88. Преподаватель показал нам фотографии ...
>
> 選項：(А) в крупных городах (Б) в крупные города (В) крупных
>
>   городов

分析：第85題有「不定量數詞」много：數詞之後的名詞如為可數名詞，應用複數第二格；若為不可數名詞，則用單數第二格。本題的名詞為可數名詞，答案要選 (В) крупных городов。第86題解題時請讀者特別注意，本題的關鍵是動詞поедут，而非работать。句中如有移動動詞＋原形動詞，一定要以移動動詞為主，所以後面應接表示「動態」的地點，用副詞或是前置詞＋地點第四格，答案為 (Б) в крупные города。第87題的動詞是строят，意思是「建造」，後面如果要表示「建造的地點」，那就應用表示「靜態」的副詞或是前置詞＋名詞第六格。本題應選 (А) в крупных городах。第88題主詞是преподаватель，動詞是показал，後接受詞第四格фотографии，句意完整。如在受詞後接名詞，則應用第二格，以修飾受詞，所以答案為 (В) крупных городов。

★ В Сибири много *крупных городов.*

在西伯利亞有許多大城市。

★ Эти инженеры поедут работать *в крупные города.*

這些工程師將前往大城市工作。

★ Метро строят только *в крупных городах*.

只有在大城市才會建造地鐵。

★ Преподаватель показал нам фотографии *крупных городов*.

老師給我們看一些大城市的照片。

89. Я хотел прочитать ...

90. На столе нет ...

91. Об этом писали все ...

92. Много интересных статей было ...

選項：(А) вчерашних газет (Б) во вчерашних газетах (В) вчерашние
газеты

分析：第89題動詞читать / прочитать為及物動詞，之後接受詞用第
四格，答案選 (В) вчерашние газеты。第90題的否定詞нет後面
接名詞應用第二格，答案應選 (А) вчерашних газет。第91題
有動詞писали，是第三人稱過去式，而主詞是代名詞第一格
все＋名詞第一格，所以答案應是 (В) вчерашние газеты。第92
題有BE動詞было。動詞之後表示「靜止」狀態的地點，在此
處是前置詞＋名詞第六格，應選 (Б) во вчерашних газетах。

★ Я хотел прочитать *вчерашние газеты*.

我之前想看昨天的報紙。

★ На столе нет *вчерашних газет*.

桌上沒有昨天的報紙。

★ Об этом писали все *вчерашние газеты*.

所有昨天的報紙都有寫這件事。

★ Много интересных статей было *во вчерашних газетах*.

昨天的報紙有很多有趣的文章。

93. ... нужно сдавать экзамены.

94. На лекции были ...

95. Скажите ... об экскурсии.

96. Я знаю ... нашего курса.

選項：(А) все студенты (Б) всех студентов (В) всем студентам

分析：第93題的關鍵是副詞нужно。副詞之後用原形動詞，而表示主動的並非「主詞」，而是「主體」用第三格，所以答案應選 (В) всем студентам。第94題有BE動詞были，是複數過去式。動詞之後表示「靜止」狀態的地點，在此處是前置詞＋名詞第六格，缺的是主詞，所以答案應選 (А) все студенты。第95題動詞скажите，是動詞сказать的命令式。動詞後接人用第三格，答案應選 (В) всем студентам。第96題動詞знать後接受詞第四格，應選 (Б) всех студентов。

★ *Всем студентам* нужно сдавать экзамены.
所有學生都必須參加考試。

★ На лекции были *все студенты*.
所有學生都來上課了。

★ Скажите *всем студентам* об экскурсии.
請告訴所有學生旅遊的事。

★ Я знаю *всех студентов* нашего курса.
我認識我們同年級的所有學生。

97. Россия граничит ...

98. Мои родители побывали ...

99. В университете учатся студенты ...

100. Россия имеет дипломатические отношения ...

選項：(A) из многих стран (Б) со многими странами (В) во многих
странах

分析：第97題的動詞是граничит，其原形動詞為граничить，意思
是「交界」，其名詞形式граница應該已經學過。動詞之後
通常用前置詞с＋名詞第五格，所以答案為 (Б) со многими
странами。第98題有ВЕ動詞побывали，後面應接表示「靜
止」狀態的地點，在此處是前置詞＋名詞第六格，所以答
案應選 (В) во многих странах。第99題主詞студенты後接
前置詞＋名詞第二格以修飾主詞，答案應選 (A) из многих
стран。第100題需要熟知句意。主詞是Россия，動詞是
имеет。動詞原形是иметь，是「有、擁有」的意思，動詞後
接受詞第四格，此處為慣用複數形式的отношения，是「關
係」的意思。而形容詞дипломатические為「外交的」的意
思。根據句意應選 (Б) со многими странами。

★ Россия граничит *со многими странами.*
  俄羅斯與許多國家交界。

★ Мои родители побывали *во многих странах.*
  我的父母親去過許多國家。

★ В университете учатся студенты *из многих стран.*
  來自許多國家的學生在大學唸書。

★ Россия имеет дипломатические отношения *со многими странами.*
  俄羅斯與許多國家有外交關係。

📝 測驗三：複數變格（二）

請選一個正確的答案。

> 1. В этом городе есть ...
> 2. Мы смотрели концерт артистов ...
> 3. Моя подруга работает ...
> 選項：(А) в музыкальный театр (Б) в музыкальном театре (В) музыкальный театр (Г) музыкального театра

分析：第1題的關鍵詞是動詞есть。動詞之後第一格，所以答案是 (В) музыкальный театр。第2題主詞是мы，動詞是смотрели，動詞後接受詞第四格концерт артистов，句意完整。之後答案選項為補充說明名詞「演員」артистов的屬性，所以應用第二格修飾前面的名詞，答案是 (Г) музыкального театра。第3題的關鍵是動詞работает，若答案選項為表示「靜止」狀態的地點，則應用前置詞＋名詞第六格，所以應選 (Б) в музыкальном театре。

★ В этом городе есть *музыкальный театр.*
在這個城市裡有一個音樂中心。

★ Мы смотрели концерт артистов *музыкального театра.*
我們看音樂中心演員的音樂會。

★ Моя подруга работает *в музыкальном театре.*
我的朋友在音樂中心工作。

4. Марии нравится ...

5. В театре был вечер ...

6. Я купил книгу ...

選項：(A) о классическом балете (Б) классический балет

　　　　(В) классического балета (Г) классическим балетом

分析：第4題是有動詞нравиться的固定句型。動詞нравиться /
понравиться是「喜歡」的意思，例如Антону нравятся старые
книги. 安東喜歡舊書。句中表示「主動喜歡的」安東是第三
格，而「被喜歡的」書則是第一格。本題的Марии是Мария
的第三格，所以答案要選第一格的 (Б) классический балет。
第5題主詞是вечер，之後還有名詞修飾主詞應用第二格，表
示「從屬關係」，答案應選 (В) классического балета。第6
題的主詞是я，動詞是купил，受詞為第四格книгу，句意完
整。答案為受詞的補充元素，依照習慣用法，應用前置詞о
＋名詞第六格，答案是 (A) о классическом балете。

★ Марии нравится *классический балет.*

　瑪莉亞喜歡古典芭蕾。

★ В театре был вечер *классического балета.*

　在劇場有一場古典芭蕾的演出。

★ Я купил книгу *о классическом балете.*

　我買了一本有關古典芭蕾的書。

7. Дженни подружилась ...

8. В России Жан встретил много ...

9. Здесь работают ...

選項：(A) интересных людей (Б) с интересными людьми

　　　　(В) интересным людям (Г) интересные люди

分析：第7題的關鍵是動詞подружилась。該動詞的原形為дружиться /
подружиться，是「交朋友、與某人友好」的意思。動詞後如果
接人則須用前置詞с＋人第五格，所以答案是 (Б) с интересными
людьми。第8題的關鍵是「不定量數詞」много。數詞之後
如為可數名詞則用複數第二格，若為不可數名詞則用單數第
二格。本題答案為 (А) интересных людей。第9題的關鍵是
第三人稱複數現在式動詞работают，所以答案應選複數的主
詞第一格 (Г) интересные люди。

★ Дженни подружилась *с интересными людьми.*
　　珍妮跟一些有趣的人交朋友。
★ В России Жан встретил много *интересных людей.*
　　尚在俄國遇見很多有趣的人。
★ Здесь работают *интересные люди.*
　　有一些有趣的人在這裡工作。

10. Анна заботится ...
11. У Игоря нет ...
12. Я часто спорю ...
選項：(А) младшего брата (Б) с младшим братом (В) о младшем
　　　 брате (Г) у младшего брата

分析：第10題的關鍵是動詞заботится。該動詞的原形為заботиться /
позаботиться，是「照顧」的意思。動詞後通常用前置詞о＋
人第六格，所以答案是 (В) о младшем брате。第11題是固
定句型。前置詞у＋人第二格＋нет之後必須接第二格，所以
答案是 (А) младшего брата。第12題的關鍵也是動詞。動詞
спорить / поспорить是「爭論、爭吵」的意思。動詞後通常
接前置詞с＋人第五格，再接前置詞о＋名詞第六格，表示

「爭論的內容」。本題答案是人，所以應選 (Б) с младшим братом。

★ Анна заботится *о младшем брате.*
安娜照顧弟弟。

★ У Игоря нет *младшего брата.*
伊格爾沒有弟弟。

★ Я часто спорю *с младшим братом.*
我常常跟弟弟爭論事情。

---

13. Мы были в магазине ...
14. На втором этаже продаётся ...
15. Она всегда покупает здесь ...
選項：(А) детская одежда (Б) детскую одежду (В) детской одежды
　　　(Г) детской одеждой

分析：第13題的主詞是мы，動詞是были，後接表示「靜止」狀態
　　　的前置詞＋名詞第六格，句意完整。答案為第六格名詞的補
　　　充，依照慣用方式，應用第二格修飾並表「從屬關係」，答
　　　案是 (В) детской одежды。第14題的句首是前置詞＋名詞第
　　　六格表示「靜止」狀態的地點，動詞是第三人稱單數現在式
　　　продаётся。動詞原形為продаваться，是未完成體動詞，完
　　　成體動詞為продаться，是「賣」的意思。句子缺乏主詞，
　　　所以應選搭配動詞第三人稱單數的第一格選項，答案是 (А)
　　　детская одежда。第15題的答案是及物動詞之後的第四格受
　　　詞，所以應選 (Б) детскую одежду。

★ Мы были в магазине *детской одежды.*

　　我們去過了童裝店。

★ На втором этаже продаётся *детская одежда.*

　　童裝在二樓販售。

★ Она всегда покупает здесь *детскую одежду.*

　　她總是在這裡買童裝。

16. В 14 часов начинается ...

17. Виктор не был ...

18. Завтра не будет ...

選項：(А) последней лекции (Б) последнюю лекцию (В) последняя
　　　лекция (Г) на последней лекции

分析：第16題的句首是前置詞в＋時間第四格，之後為動詞第三人
　　　稱單數變位的начинается，所以答案應該是主詞第一格的
　　　(В) последняя лекция。第17題的關鍵是BE動詞，所以後應
　　　接前置詞＋名詞第六格表示「靜止」狀態的地點，應選 (Г)
　　　на последней лекции。第18題也是固定句型。否定小品詞не
　　　＋BE動詞будет表未來式，後接名詞應用第二格，所以答案
　　　是 (А) последней лекции。

★ В 14 часов начинается *последняя лекция.*

　　最後一堂課在兩點開始。

★ Виктор не был *на последней лекции.*

　　維克多沒有去上最後一堂課。

★ Завтра не будет *последней лекции.*

　　明天最後一堂沒課。

19. Сегодня у него ...

20. Он серьёзно готовился ...

21. Мы долго говорили ...

選項：(А) трудного зачёта (Б) о трудном зачёте (В) трудный зачёт
　　　(Г) к трудному зачёту

分析：第19題是固定句型。前置詞у＋人第二格＋есть＋名詞第一格，表示「某人有某物」。如答案選項，如果動詞之後的名詞如果有修飾名詞「質或量」的形容詞或其他詞類，則есть可以省略。本題應選 (В) трудный зачёт。第20題的關鍵是動詞готовился。該動詞原形為готовиться，為未完成體動詞，其完成體動詞為подготовиться，意思是「準備」。動詞後通常接前置詞к＋名詞第三格，所以答案應選 (Г) к трудному зачёту。第21題的關鍵也是動詞。動詞говорить之後如果接人用第三格，接物則多用前置詞о＋名詞第六格，所以答案是 (Б) о трудном зачёте。

★ Сегодня у него *трудный зачёт*.
今天他有一個困難的期中考試。

★ Он серьёзно готовился *к трудному зачёту*.
他認真地準備困難的期中考試。

★ Мы долго говорили *о трудном зачёте*.
我們談論許久有關困難的期中考試。

22. Петербург создавался ...

23. В этом городе работали ...

24. Имена ... живут в названиях улиц.

選項：(А) замечательные архитекторы (Б) замечательных архитекторов
　　　(В) замечательным архитекторам (Г) замечательными архитекторами

分析：第22題的解題關鍵是создавался。原形動詞是создаваться，是未完成體動詞，其完成體動詞為создаться，意思是「建造」。該動詞是создавать / создать的「被動」形式，所以主詞是「被建造」，而動詞後接的第五格，才是「建造的人」，答案應選 (Г) замечательными архитекторами。本句亦可改為：Замечательные архитекторы создавали Петербург. 也就是用「主動」形式的動詞，將「人」作為主詞，而「物」則為受詞。第23題的關鍵是動詞работали。動詞形式為第三人稱複數過去式，所以答案應為複數第三人稱主詞第一格，是 (А) замечательные архитекторы。第24題的答案是修飾主詞имена的名詞第二格，以表示「從屬關係」，所以應選 (Б) замечательных архитекторов。

★ Петербург создавался *замечательными архитекторами.*
彼得堡是由一些傑出的建築師建造而成。

★ В этом городе работали *замечательные архитекторы.*
有一些傑出的建築師曾在這個城市工作。

★ Имена *замечательных архитекторов* живут в названиях улиц.
傑出建築師的名字仍在街道的名稱之中。

---

25. Брат Бориса - ...

26. Он всегда хотел стать ...

27. Он дал мне фотографию ...

選項：(А) школьного учителя (Б) школьному учителю (В) школьный учитель (Г) школьным учителем

分析：第25題的解題關鍵是破折號「—」。破折號的左右兩邊應為「同位語」，也就是說，左右兩邊的主體應為同格。本句左邊為主詞第一格брат，所以右邊的答案應為 (В) школьный учитель。第26題的關鍵是原形動詞стать。動詞為完成體，其未完成體動詞為становиться，意思是「變為、成為」，後加名詞第五格，例如Жизнь Антона на Тайване становится скучной. 安東在台灣的生活變得無趣。另外，完成體動詞стать的詞意較為豐富，建議考生可自行參閱辭典。本題應選第五格的答案 (Г) школьным учителем。第27題的主詞是он，動詞是дал，動詞後接人第三格мне、接物第四格фотографию，句意完整。受詞後再接名詞應用第二格，以修飾受詞並作為「從屬關係」，所以應選 (А) школьного учителя。

★ Брат Бориса - *школьный учитель*.
　巴利斯的哥哥是位高中老師。

★ Он всегда хотел стать *школьным учителем*.
　他總是渴望成為一位高中老師。

★ Он дал мне фотографию *школьного учителя*.
　他給我看一張高中老師的照片。

> 28. Мы познакомились ...
> 29. В спектакле участвовали ...
> 30. Зрители подарили цветы ...
> 選項：(А) известные артисты (Б) с известными артистами (В) от известных артистов (Г) известным артистам

分析：第28題的關鍵是動詞знакомиться / познакомиться。動詞是「與某人或某物認識、熟悉」之意，後通常接前置詞с＋名詞第五格，所以答案是 (Б) с известными артистами。第29題的句首是前置詞в＋名詞第六格表示「靜止」狀態的地點，之後為動詞的複數過去式，獨缺主詞，所以答案應選

第一格的主詞 (A) известные артисты。第30題的關鍵是動詞 подарили。該動詞原形為подарить，是完成體動詞，其未完成體動詞為дарить。動詞之後如果接人用第三格、接物則用第四格。名詞цветы為複數第四格，所以答案為人，應用第三格 (Г) известным артистам。

★ Мы познакомились *с известными артистами*.
　我們跟知名的演員認識了。

★ В спектакле участвовали *известные артисты*.
　知名的演員參與了戲劇演出。

★ Зрители подарили цветы *известным артистам*.
　觀眾送花給知名的演員。

---

31. Сложные операции делаются ...
32. В нашей больнице много ...
33. На конференции выступали ...
選項：(A) опытные врачи (Б) опытными врачами (В) опытных врачей (Г) к опытным врачам

分析：第31題的題型與第22題類似，都是動詞「被動」形式的概念。既然是動詞的被動形式，所以「實行該動作」的人或物應用第五格，答案是 (Б) опытными врачами。該動詞若改為「主動」形式，則人為主詞用第一格：Опытные врачи делают сложные операции。第32題的「不定量數詞」之後須接第二格：可數名詞用複數第二格，不可數名詞則用單數第二格。本題的主體是人，為可數名詞，答案是 (В) опытных врачей。第33題的句首是前置詞на＋名詞第六格表示「靜止」狀態的地點，之後為動詞的複數過去式，獨缺主詞，所以答案應選第一格的主詞 (A) опытные врачи。

★ Сложные операции делаются *опытными врачами*.

經驗豐富的醫生實行複雜的手術。

★ В нашей больнице много *опытных врачей*.

在我們的醫院有許多經驗豐富的醫生。

★ На конференции выступали *опытные врачи*.

經驗豐富的醫生在研討會上發言。

---

34. Летом Хуан поедет ...

35. Он часто получает письма ...

36. Мой друг очень любит ...

選項：(А) у своих родителей (Б) к своим родителям (В) от своих родителей (Г) своих родителей

分析：第34題的關鍵是「移動動詞」（或稱「運動動詞」）。動詞表示一種「移動」的狀態，所以後面通常接表示「移動」狀態的副詞或是前置詞＋名詞第四格。若移動的方向並非地點，而是去找某人，則應用前置詞к＋人第三格，本題應選 (Б) к своим родителям。第35題的關鍵是動詞получать / получить。動詞是「收到、獲得」的意思，後接受詞第四格，若還要補充表達「從某人處獲得」，則應接前置詞от＋人第二格。本題應選 (В) от своих родителей。第36題的動詞любить為及物動詞，所以答案應選第四格的受詞 (Г) своих родителей。

★ Летом Хуан поедет *к своим родителям*.

夏天璜會去找自己的父母親。

★ Он часто получает письма *от своих родителей*.

他常常收到由自己父母親寄來的信。

★ Мой друг очень любит *своих родителей*.

我的朋友非常愛自己的父母親。

37. В Москве много ...

38. Мне нравятся ... города.

39. Москвичи любят гулять ...

選項：(А) красивые парки (Б) в красивых парках (В) красивых парков (Г) красивым паркам

分析：第37題的關鍵詞是「不定量數詞」много。該詞之後接第二格，名詞「公園」是可數名詞，所以要用複數，答案是 (В) красивых парков。第38題的關鍵是動詞нравиться / понравиться。動詞是「喜歡」的意思，表示「主動」的為「主體」用第三格，如本句的мне，而「被動」的為「主詞」用第一格，就是選項 (А) красивые парки。第39題的動詞гулять後可接表示「靜態」的副詞或是前置詞по＋名詞第三格，或是前置詞＋名詞第六格。本題應選 (Б) в красивых парках。

★ В Москве много *красивых парков*.
在莫斯科有許多美麗的公園。

★ Мне нравятся *красивые парки* города.
我喜歡城市的美麗公園。

★ Москвичи любят гулять *в красивых парках*.
莫斯科居民喜歡在美麗的公園中散步。

40. Экскурсовод познакомил ... с музеем.

41. Карта города всегда нужна ...

42. Из автобуса вышли ...

選項：(А) туристы (Б) туристов (В) с туристами (Г) туристам

分析：第40題的關鍵詞是動詞познакомил。該動詞的原形是
　　　познакомить，是完成體動詞，其未完成體動詞為знакомить，
　　　意思是「介紹使認識、介紹使了解」。動詞後接受詞第四
　　　格，而這受詞通常是人，之後接前置詞c＋名詞第五格。本
　　　句的答案為「觀光客」，要用第四格，應選 (Б) туристов。第
　　　41題的關鍵是形容詞的短尾形式нужна「需要」。該詞為陰
　　　性，陽性形式為нужен，中性為нужно，複數為нужны。表示
　　　「主動需要」的人為第三格，而「被需要」的人或物則用第
　　　一格。本句名詞карта為第一格，是「被需要」的，所以答案
　　　應選「主動需要」的第三格 (Г) туристам。第42題有移動動詞
　　　выйти，意思是「從一個空間出去」，所以後接前置詞＋名
　　　詞第二格из автобуса。動詞為複數的過去式，所以缺乏主詞
　　　第一格，應選 (А) туристы。

★ Экскурсовод познакомил *туристов* с музеем.
　導遊介紹博物館給遊客。

★ Карта города всегда нужна *туристам*.
　遊客隨時都需要城市地圖。

★ Из автобуса вышли *туристы*.
　遊客從巴士下車了。

43. Люди должны охранять ...

44. Андрей любит читать рассказы ...

45. Летом мы проводим много времени ...
選項：(А) на природе (Б) о природе (В) у природы (Г) природу

分析：第43題的關鍵詞是動詞охранять。該動詞是未完成體動詞，
　　　其完成體動詞為охранить，意思是「保護、保衛」。動詞
　　　後接受詞第四格，所以本題答案應選 (Г) природу。第44題

的關鍵是受詞第四格 рассказы。該詞為複數形式，為動詞 рассказывать／рассказать 的派生詞。動詞後可接名詞第四格或是前置詞 о＋名詞第六格。派生的名詞後也應接前置詞 о＋名詞第六格，所以要選 (Б) о природе。第45題的主詞為 мы，動詞為 проводим。動詞原形為 проводить／провести，意思很多，讀者請自行參考辭典。動詞後若接名詞「時間」，則做「度過」解釋。本句句意完整，後為補充說明，說明一個「靜止」狀態的地點，應選 (А) на природе。

★ Люди должны охранять *природу*.
　 人們應該保護大自然。

★ Андрей любит читать рассказы *о природе*.
　 安德烈喜歡讀有關大自然的故事。

★ Летом мы проводим много времени *на природе*.
　 夏天我們花很多時間在大自然中。

---

46. До конца работы осталось ...
47. Футбольный матч кончится ...
48. Фильм продолжался ...
49. Отец вернулся домой ...
選項：(А) через 20 минут (Б) 20 минут (В) 20 минут назад

分析：第46題的關鍵詞是動詞 осталось。該動詞原形為 остаться，是完成體動詞，其未完成體動詞為 оставаться，意思是「停留、剩下」。動詞如為「停留」解釋，則後應接表示「靜止」狀態的副詞或是前置詞＋名詞第六格，例如 Пошёл дождь, поэтому Антон остался дома. 下起雨來了，所以安東留在家裡。動詞如當「剩下」，則後通常不加前置詞，而是直接加「一段時間」，正如本題，所以應選 (Б) 20 минут。第47題的關鍵是動

詞кончится。動詞原形是кончиться，是完成體動詞，其未完成體動詞為кончаться，意思是「結束」。本題動詞是完成體動詞變位，所以是未來的時態，答案應選 (A) через 20 минут。第48題動詞продолжался的原形為продолжаться，是未完成體動詞，其完成體動詞為продолжиться，意思是「繼續」。動詞後如果接一段時間則不加前置詞，而直接加時間第四格，所以答案是 (Б) 20 минут。第49題的關鍵是動詞過去式вернулся。原形動詞為вернуться，為完成體動詞，而未完成體動詞為возвращаться，意思是「返回」。動詞應視為「移動動詞」，後接表移動的副詞或是前置詞＋地點第四格，例如Антон вернулся домой с Тайваня. 安東從台灣回到了家。本題不是接地點而是接時間，因為是過去式，所以應選表示過去的副詞 (B) 20 минут назад。

★ До конца работы осталось *20 минут.*
　離工作結束還剩二十分鐘。
★ Футбольный матч кончится *через 20 минут.*
　足球比賽將在二十分鐘後結束。
★ Фильм продолжался *20 минут.*
　電影持續了二十分鐘。
★ Отец вернулся домой *20 минут назад.*
　父親在二十分鐘前回到了家。

50. В соревнованиях участвовали ...

51. Тренер познакомил журналистов ...

52. В статье написали ...

選項：(A) с молодыми спортсменами (Б) молодых спортсменов
　　　(В) молодые спортсмены (Г) о молодых спортсменах

分析：第50題的關鍵詞是動詞участвовали。該動詞原形為участвовать，是完成體動詞，意思是「參加」。動詞用法特殊，值得注意。動詞後如接前置詞，則只能接в＋名詞第六格。請注意，無論名詞為何，前置詞只能用в。另外，動詞的派生詞участие的用法也與動詞相同。本題動詞為複數過去式，所以要選相對應的主詞第一格，應選 (B) молодые спортсмены。
第51題的關鍵是動詞познакомил。動詞原形是познакомить，是完成體動詞，其未完成體動詞為знакомить，意思是「介紹使認識」。動詞後通常接人第四格，之後再接前置詞с＋名詞第五格，所以答案為 (A) с молодыми спортсменами。第52題有表示「靜止」狀態的前置詞＋名詞第六格，緊接著是動詞написали。動詞之後並無受詞，依照句意，本題為「泛人稱句」，並無主詞，答案應選 (Г) о молодых спортсменах。

★ В соревнованиях участвовали *молодые спортсмены.*
　年輕的運動員參加了比賽。

★ Тренер познакомил журналистов *с молодыми спортсменами.*
　教練將年輕的運動員介紹給記者認識。

★ В статье написали *о молодых спортсменах.*
　文章中寫的是有關年輕運動員的故事。

---

53. Музей откроется ...
選項：(А) следующий год (Б) в следующем году (В) следующего года

分析：本題的主詞是музей，動詞是完成體動詞открыться的第三人稱單數變位，是未來式，其未完成體動詞為открываться。選項為表示「年代」的時間，所以必須用前置詞в＋年代第六格，應選 (Б) в следующем году。

★ Музей откроется *в следующем году*.

博物館將在明年開幕。

---

54. .... – первый месяц весны.

55. Сестра поедет ко мне ...

56. Конференция будет в конце ...

57. .... 31 день.

選項：(А) в марте (Б) март (В) марта

分析：第54題的關鍵詞是「破折號」。該符號的右邊是形容詞＋名詞第一格，所以左邊的答案也應為第一格，要選 (Б) март。第55題的主詞是сестра，動詞是поедет，後接前置詞к＋人第三格，表示「找某人」，句意完整。之後如要補充時間，則用前置詞в＋月份第六格，答案是 (А) в марте。第56題月份在名詞之後以修飾名詞，所以應用第二格表「從屬關係」，答案是 (В) марта。第57題須依照句意解題。31 день 指的是數量第一格，所以答案是 (А) в марте。

★ *Март* – первый месяц весны.

三月是春天的第一個月份。

★ Сестра поедет ко мне *в марте*.

姊姊要在三月來找我。

★ Конференция будет в конце *марта*.

研討會將在三月底舉辦。

★ *В марте* 31 день.

三月有三十一天。

58. У моих родителей много ...

59. Завтра ко мне придут ...

60. Три ... решили поехать в Новгород.

61. Сколько ... Лора пригласила на концерт?

選項：(А) друзей (Б) друзья (В) друга

分析：第58題的「不定量數詞」много之後要接第二格，而「朋友」
　　　是可數名詞，所以要用複數的第二格，答案是 (А) друзей。
　　　第59題的關鍵是動詞придут。動詞是第三人稱複數形式，所
　　　以搭配的主詞也應用複數第一格，應選 (Б) друзья。第60題數
　　　詞3之後的名詞應用單數第二格，應選 (В) друга。第61題的關
　　　鍵是「疑問代名詞」сколько。該詞的用法與много相同，所
　　　以答案要選 (А) друзей。

★ У моих родителей много *друзей*.
　我的父母親有很多朋友。

★ Завтра ко мне придут *друзья*.
　朋友明天會來找我。

★ Три *друга* решили поехать в Новгород.
　三個朋友決定要去諾夫哥羅德城。

★ Сколько *друзей* Лора пригласила на концерт?
　蘿拉邀請了多少朋友去聽演唱會？

62. Сколько ... работает на этом заводе?

63. Сложные машины создают ...

64. Наш университет готовит ...

65. Эту статью написали два ...

選項：(А) инженеры (Б) инженера (В) инженеров

分析：第62題的「疑問代名詞」сколько之後要接第二格，而「工程師」是可數名詞，所以要用複數的第二格，答案是 (Б) инженеров。第63題的關鍵是動詞создают。動詞是第三人稱複數形式，所以搭配的主詞也應用複數第一格，應選(A) инженеры。第64題的關鍵是動詞готовит。動詞是未完成體動詞，而完成體動詞為подготовить，意思是「培訓；準備」。動詞為及物動詞，後接受詞第四格，此處受詞為可數名詞，所以應選複數 (Б) инженеров。第65題的關鍵是數詞2。數詞2至4之後的名詞應用單數第二格，所以答案為 (Б) инженера。

★ Сколько *инженеров* работает на этом заводе?

　有多少工程師在這間工廠工作？

★ Сложные машины создают *инженеры*.

　工程師打造複雜的機器。

★ Наш университет готовит *инженеров*.

　我們的大學培育工程師。

★ Эту статью написали два *инженера*.

　兩個工程師一同寫了這篇文章。

> **66. Россия богата ...**
> 選項：(А) алмазов (Б) алмазами (В) алмаза

分析：本題是考形容詞богатый的短尾形式用法。形容詞богатый的意思是「豐富的、富有的、有錢的」，例如У Антона богатые друзья. 安東有一些有錢的朋友。其短尾形式為богат、богата、богато、богаты，在句中通常做「擁有大量的、富有的」，後面接名詞第五格，所以答案為 (Б) алмазами。

★ Россия богата *алмазами*.

　俄羅斯富藏鑽石。

> 67. Пётр I интересовался ...
>
> 選項：(А) техническим наукам (Б) технических наук (В) техническими
> 　　　науками

分析：本題是考動詞интересовался的用法。動詞интересоваться /
　　　заинтересоваться的意思是「對某人或某物感興趣」，主詞為
　　　第一格，表「主動」，而動詞後的名詞用第五格，表示「被
　　　動」，例如Антон интересуется классической музыкой. 安東對
　　　古典音樂有興趣。請注意，若動詞無 –ся，則「主動」與「被
　　　動」形式變更，用法不同：表示「主動」的為受詞第四格，而
　　　「被動」的則為第一格。所以本例句可變為Антона интересует
　　　классическая музыка. 本題答案為 (В) техническими науками。

★ Пётр I интересовался *техническими науками*.

　彼得大帝對工程科學有興趣。

> 68. Этот концерт понравился ...
>
> 選項：(А) все преподаватели (Б) всем преподавателям (В) всеми
> 　　　преподавателями

分析：本題是考動詞понравился的用法。動詞нравиться / понравиться
　　　的意思是「喜歡」。表示「主動喜歡」的為「主體」用第三
　　　格，而「被喜歡」的是「主詞」用第一格。本句этот концерт
　　　為第一格，所以答案應該是表示「主動喜歡」的名詞第三格
　　　(Б) всем преподавателям。

★ Этот концерт понравился *всем преподавателям.*
所有的老師都喜歡這場音樂會。

---

69. Студенты были в поликлинике ...
選項：(A) разных врачей (Б) разными врачами (В) у разных врачей

分析：本題是考句意。主詞是студенты，動詞是BE動詞過去式 были表示「靜止」狀態的地點，後接前置詞в＋名詞第六格，句意完整。後有詞組作為補充，此為「在某人處」的意思，所以必須用與BE動詞搭配的前置詞у＋名詞第二格。請注意，若非BE動詞，而是「移動動詞」，則應用前置詞к＋名詞第三格，本句可改為：Студенты ходили в поликлинику к разным врачам. 本題應選 (В) у разных врачей。

★ Студенты были в поликлинике *у разных врачей.*
學生去了綜合診所找不同的醫生看診。

---

70. Сколько ... в нашем городе?
選項：(A) университеты (Б) университетов (В) университетами

分析：本題的關鍵是「疑問副詞」сколько。副詞之後應接名詞第二格：可數名詞用複數第二格，不可數名詞用單數第二格。本題名詞為可數名詞，答案是 (Б) университетов。

★ Сколько *университетов* в нашем городе?
在我們的城市有多少大學？

---

71. Россия занимает первое место в мире ...
選項：(A) запасы леса (Б) запасов леса (В) по запасам леса

分析：本題是考固定用法。主詞是Россия，動詞是занимает，受詞是первое место，而選項則是補充первое место的修飾用法。依照句意，或許讀者認為是用第二格來修飾受詞，並表示「從屬關係」；然而本處為固定用法，必須用前置詞по＋名詞第三格，讀者可將前置詞在此作「依照」聯想，答案為 (B) по запасам леса。

★ Россия занимает первое место в мире *по запасам леса.*
　俄羅斯的森林藏量居世界第一。

---

72. Петербург расположен ...
選項：(A) на берега Невы (Б) на берегах Невы (B) берега Невы

分析：我們先看選項。三個選項都有名詞берега，它是不規則的複數形式，單數為берег，是「岸、岸邊」的意思。專有名詞Нева是「涅瓦河」，所以詞組берега Невы可譯為「涅瓦河河畔」。選項 (A) на берега Невы是第四格，需與表示「移動」的動詞配合。選項 (Б) на берегах Невы是第六格，句中應有表示「靜止」狀態的動詞。選項 (B) берега Невы可為第一格，作為主詞，或是第四格，作為受詞。本題主詞是Петербург，後接形容詞расположенный的陽性短尾形式расположен，動詞為省略的BE動詞。短尾形式的陰性為расположена、中性為расположено、複數為расположены，意思是「坐落於」，後接表示「靜止」狀態的副詞或是前置詞＋名詞第六格。本句主詞為陽性名詞，所以短尾形容詞亦為陽性，答案為 (Б) на берегах Невы。

★ Петербург расположен *на берегах Невы.*
　彼得堡坐落於涅瓦河河畔。

73. Мой друг увлекается ...

選項：(А) разные виды спорта (Б) разных видов спорта (В) разными
видами спорта

分析：本題的解題關鍵是動詞увлекается。該動詞的原形為увлекаться，
是未完成體動詞，其完成體動詞為увлечься，意思是「對
某物有興趣；致力於」。動詞後接名詞第五格，所以答案
為 (В) разными видами спорта。請注意，詞組вид спорта是
「運動項目」的意思，值得好好背起來。

★ Мой друг увлекается *разными видами спорта*.
我的朋友對於各項運動項目有很大的興趣。

74. ... были каникулы.

選項：(А) у иностранных студентов (Б) иностранные студенты
(В) иностранным студентам

分析：本題是固定句型。前置詞у＋名詞第二格＋есть＋名詞第一
格表示「某人或某物有」，而否定則是у＋名詞第二格＋нет
＋名詞第二格。若為肯定句型的過去式，則依照句中名詞
第一格的動詞選用был、была、было或是были。若是否定
句型的過去式，則只有一種用法，就是не было，重音在否
定小品詞не上。若為肯定句未來式，單數用будет，複數用
будут。若為否定句，則只用не будет一式。本題應選 (А) у
иностранных студентов。

★ *У иностранных студентов* были каникулы.
外國學生曾經有假期。

75. Я встретил в центре города ...

選項：(А) со своими друзьями (Б) своих друзей (В) у своих друзей

分析：本題的關鍵是動詞встретил。動詞встречать / встретить是「遇見、碰到」的意思，是指「不期而遇」。但若是句中有交通運輸工具的站體且用表示「靜止」狀態的第六格，則該動詞宜解釋為「迎接」，例如Антон встретил Анну в аэропорту. 安東在機場接了安娜。若是要表達「預先約好」的意思，則動詞必須加-ся，後接前置詞с＋名詞第五格。動詞不加-ся，為及物動詞，後接受詞第四格，答案為 (Б) своих друзей。

★ Я встретил в центре города *своих друзей.*

我在市中心遇見了我的朋友們。

📝 測驗四：動詞

請選一個正確的答案。

1. Люди должны ... природу.
選項：(A) берегут (Б) беречь (В) берегли

分析：本題的關鍵詞是形容詞должный的短尾形式。形容詞短尾形式之後應用原形動詞，意思是「應該」，所以答案是 (Б) беречь。該動詞為及物動詞，後接受詞第四格，是未完成體動詞，是「珍惜，保護，收藏」的意思。

★ Люди должны *беречь* природу.
   人們應該保護大自然。

2. Я хочу ... гостей в субботу.
選項：(A) приглашать (Б) пригласил (В) пригласить

分析：本題是考動詞的體。動詞хочу為助動詞，其原形為хотеть，意思是「想要」。動詞後可接受詞第四格，或接原形動詞。此處並無表示「重複動作」的副詞或詞組，所以依照句意，詞組「邀請客人」是一次性的行為，而不是反覆地邀請，所以應選完成體動詞，答案是 (В) пригласить。

★ Я хочу *пригласить* гостей в субботу.
   我想邀請客人星期六來作客。

3. Экскурсовод ... туристам город 3 часа.

選項：(A) показывал (Б) показал (В) покажет

分析：本題是考動詞的體。動詞показывать為未完成體，而完成體
動詞為показать。此處的關鍵為沒有前置詞的3 часа。3 часа
在此是第四格，表示「一段時間」。既然是表示一段時間，
那就是一個「時間的面」，而非一個「時間的點」。為表示
一個「重複、反覆」的動作，應該用時間的面；如果是表示
動作的「一次性」，則用時間的一個點。動作是「重複、反
覆」的應該用未完成體動詞，答案是 (A) показывал。

★ Экскурсовод *показывал* туристам город 3 часа.
　導遊花了三個小時向遊客導覽城市。

4. Лоре нужно ... с подругой сегодня в 10 часов.

選項：(A) встретиться (Б) встречаться (В) встретятся

分析：本題可與第3題做對比。上題的時間為3 часа第四格，表示
「一段時間」，動作是「重複、反覆」性的，用未完成體
動詞。本題的時間是前置詞в＋時間的第四格，表示「在幾
點」的時候，是一個「確切的」時間。所以，在一個確切的
時間做某件事情，這個動作應為「一次性」，而非「重複
性」，答案是 (A) встретиться。請注意，在副詞нужно之前
的「主體」需用第三格。

★ Лоре нужно *встретиться* с подругой сегодня в 10 часов.
　蘿拉必須在今天十點鐘與朋友見面。

5. Раньше в этом магазине ... фрукты.

選項：(А) продают (Б) продали (В) продавали

分析：本題的關鍵是時間副詞раньше「以前」。根據詞意，動詞 應用過去式時態。副詞應視為「時間的面」，而非「時間的 點」，應用未完成體的動詞，所以答案是 (В) продавали。

★ Раньше в этом магазине *продавали* фрукты.

以前在這家商店有賣水果。

6. Виктор решил ... экономистом.

選項：(А) стал (Б) стать (В) станет

分析：本題的關鍵是助動詞решил「決定；解決」。助動詞之後 用原形動詞，所以答案為 (Б) стать。動詞решать / решить 之後可接原形動詞或是受詞第四格，例如Мама решает все проблемы. 媽媽解決所有的問題。在此，все проблемы即為 受詞第四格。而動詞становиться / стать「成為」後如果接 名詞，則應接第五格，如本題。

★ Виктор решил *стать* экономистом.

維克多決定要成為一位經濟學家。

7. Журналист ... Анну за интервью и попрощался.

選項：(А) поблагодарил (Б) благодарил (В) благодарит

分析：本題的關鍵是動詞попрощался「道別」。該動詞的原形為 попрощаться，是完成體動詞，其未完成體動詞為прощаться。 動詞後如要接人，則慣用前置詞с＋人第五格。本動詞的語

法形式為第三人稱單數陽性的過去式，與主詞журналист相符。答案應選也是完成體的動詞過去式，來表示兩個完成體動詞「按照先後次序完成動作」的意義，所以要選 (A) поблагодарил。

★ Журналист *поблагодарил* Анну за интервью и попрощался.
　記者謝謝安娜的受訪之後，然後道別。

8.　Учитель ... с учениками 2 часа.
選項：(А) беседовать (Б) беседовал (В) побеседовал

分析：本題是考動詞的體。動詞беседовать為未完成體，而完成體動詞為побеседовать，意思是「座談、談話」，後面通常接前置詞с＋人第五格。此處的關鍵為沒有前置詞的2 часа。2 часа在此是第四格，表示「一段時間」，既然是表示一段時間，那就是一個「時間的面」，而非一個「時間的點」。為表示一個「重複、反覆」的動作，應該用時間的面；如果為表示動作的「一次性」，則是用時間的一個點。動作是「重複、反覆」的應該用未完成體動詞，答案是 (Б) беседовал。

★ Учитель *беседовал* с учениками 2 часа.
　老師跟學生聊了兩個小時。

9.　В детстве мой брат часто ...
選項：(А) болеет (Б) заболел (В) болел

分析：本題還是考動詞的體。句中的「頻率副詞」часто是解題關鍵。「頻率副詞」為表示動作的發生頻率，所以應該是動作的「重複性、反覆性」概念。另外，詞組в детстве的意思是

「童年時候」，是過去的時態，所以答案要選未完成體動詞的過去式 (Б) болел。

★ В детстве мой брат часто *болел.*
　我的哥哥小時候常生病。

---

10. Он обрадовался, когда ... Дженни.
選項：(А) вижу (Б) видел (В) увидел

分析：本題跟第7題一樣，兩個動詞都是完成體動詞，表示動作按照先後次序完成。動詞之一是обрадовался，動詞原形為обрадоваться，其未完成體動詞為радоваться，意思是「高興」。另一動詞是видеть / увидеть，意思是「看到」，後接受詞第四格。本句中的Дженни是外來語「珍妮」，因為是母音字母и結尾，所以不變格。本題答案應為完成體動詞的過去式 (В) увидел。

★ Он обрадовался, когда *увидел* Дженни.
　當他看到珍妮，他好開心。

---

11. Артист ... полтора часа.
選項：(А) выступал (Б) выступил (В) выступит

分析：本題的關鍵是полтора часа「一個半小時」。一個半小時是「一段時間」，形容動作執行的「過程」，而非「結果」，所以動詞必須用未完成體，答案是 (А) выступал。動詞выступать / выступить是「演出；發表」的意思，通常後接表示「何時或何地」的副詞或詞組，例如Вчера наш преподаватель выступил с докладом на конференции. 昨天我們的老師在研討會上報告。

★ Артист *выступал* полтора часа.
演員演出一個半小時。

> 12. Мы должны ... этот экзамен хорошо.
> 選項：(А) сдавать (Б) сдадим (В) сдать

分析：本題的主詞是мы，之後為形容詞短尾形式должны，後應接原形動詞сдавать或是сдать。本句有表示「結果」的副詞хорошо，所以答案應選完成體的動詞 (В) сдать。

★ Мы должны *сдать* этот экзамен хорошо.
我們應該要考好這個考試。

> 13. Антон любит ... животных.
> 選項：(А) фотографирует (Б) фотографировать (В) сфотографировал

分析：本題的關鍵是動詞любит。動詞意思是「喜歡」，之後接受詞第四格或是原形動詞。若接原形動詞，則應接未完成體動詞以表達動作的「反覆性、重複性」，所以答案是 (Б) фотографировать。

★ Антон любит *фотографировать* животных.
安東喜歡攝影動物。

14. Преподаватель не успел ... диктант.

選項：(А) проверять (Б) проверяет (В) проверить

分析：本題的關鍵是動詞успевать / успеть「來得及」。該動詞之後應用完成體的原形動詞，所以答案是 (В) проверить。

★ Преподаватель не успел *проверить* диктант.

老師來不及批改聽寫。

15. Жан начал ... русский язык 2 месяца назад.

選項：(А) изучать (Б) изучает (В) изучал

分析：本題的關鍵是動詞начал，其原形動詞是начать，是完成體動詞，其未完成體動詞為начинать，意思是「開始」。該動詞之後可接受詞第四格或是未完成體的原形動詞，正如本題，所以答案是 (А) изучать。相同的用法還有在下列兩個動詞之後：продолжать / продолжить「持續、繼續」、кончать / кончить「結束」。

★ Жан начал *изучать* русский язык 2 месяца назад.

尚在兩個月前開始學俄文。

16. По субботам они ... в футбол.

選項：(А) поиграли (Б) играли (В) поиграть

分析：本題的關鍵是詞組по субботам。該詞組的意思是「每個星期六」，為前置詞по＋星期複數第三格。詞組若搭配動詞，則應該用未完成體的動詞，以表示動作的「重複性」。本題答案是 (Б) играли。

★ По субботам они *играли* в футбол.
他們以前每個星期六踢足球。

17. Мария вошла в квартиру и ... пальто.
選項：(А) сняла (Б) снимала (В) снимет

分析：本題的關鍵是完成體動詞вошла。動詞的原形是войти，是一個
定向的移動動詞，其未完成體且為非定向的動詞為входить，
意思是「走入一個空間」的意思。第二個動詞為снимать /
снять，在此的意思是「拿掉、脫掉」。根據語法，答案必
須用完成體動詞的過去式，以表達兩個完成體動詞依照順序
先後完成動作，答案是 (А) сняла。

★ Мария вошла в квартиру и *сняла* пальто.
瑪麗亞走進了公寓，然後脫掉了大衣。

18. Вчера в клубе Иван ... с Ольгой.
選項：(А) знакомился (Б) познакомился (В) познакомиться

分析：本題的關鍵是時間副詞вчера「昨天」。依照句意，主詞與
奧利嘉「認識就是認識了」，是「一次性」的動作，並非
反覆地認識，所以答案要用完成體的動詞，應選動詞 (Б)
познакомился。

★ Вчера в клубе Иван *познакомился* с Ольгой.
昨天伊凡在俱樂部認識了奧利嘉。

19. Дети не любят ... лекарства.
選項：(А) принимать (Б) принять (В) принимают

分析：本題又是關鍵動詞любить。動詞後接原形動詞時一定只能用未完成體動詞，以表達「反覆性、重複性」的動作，所以答案是 (A) принимать。完成體動詞為принять，是及物動詞，後接受詞第四格，意思是「服藥」。而「淋浴」是принимать душ、「招待客人」是принимать гостей。

★ Дети не любят *принимать* лекарства.
孩子們不喜歡吃藥。

---

20. Завтра я обязательно ... письмо родителям и пошлю его.
選項：(A) пишу (Б) буду писать (В) напишу

分析：本題句首為時間副詞завтра「明天」，所以時態應為未來式。而後有表達未來時態的完成體動詞пошлю。該動詞原形為послать，而未完成體動詞為посылать，意思是「寄送」，後接受詞第四格，為及物動詞。依照句意，答案必須也用完成體動詞的未來式，並且與之後的動詞搭配來表示「兩個完成體動詞依照先後次序完成動作」，所以答案是 (В) напишу。

★ Завтра я обязательно *напишу* письмо родителям и пошлю его.
明天我一定會把給父母親的信寫完，然後將它寄出。

---

21. Учёный ... новую теорию.
22. Композитор ... оперу 18 лет.
23. Кто ... эту модель?
選項：(A) создавал (Б) создал

分析：本題選項 (A) создавал的原形動詞為создавать，而選項 (Б) создал的原形動詞為создать，是一對未完成體與完成體動

詞，是「建立、建造、創作」的意思，是及物動詞，後接受詞第四格。第21題的主詞是учёный，動詞之後為受詞第四格。根據句意，動詞為過去式，而受詞為單數形式，且並無強調「常態性」或是「過程」的相關詞組，所以應用完成體，表達「一次性」的動作，答案是 (Б) создал。第22題的關鍵是表示「過程」的詞組18 лет「18年」，所以答案應用未完體動詞 (А) создавал。第23題與第21題的句型或是詞類組成類似：кто與учёный角色相同，詞組эту модель與новую теорию的句法構造也相同。本題應選 (Б) создал。

★ Учёный *создал* новую теорию.
　學者建立了一個新的學說。

★ Композитор *создавал* оперу 18 лет.
　作曲家創作歌劇已18年。

★ Кто *создал* эту модель?
　是誰創作了這個模型？

---

24. Летом Борис всегда ... рано.
25. В воскресенье Антон ... в 8 часов.
26. Он ... и начал одеваться.
選項：(А) вставал (Б) встал

分析：本題選項 (А) вставал的原形動詞為вставать，而選項 (Б) встал的原形動詞為встать，是一對未完成體與完成體動詞，是「站起、起床」的意思，後通常接與時間相關的詞組。第24題的關鍵詞是「頻率副詞」всегда「總是」，所以是強調「常態性」的動作，應用未完成體的 (А) вставал。第25題的關鍵是表示「一次性」的確切時間в воскресенье「禮拜天」，而且並無「重複性」的詞組，所以答案應用完體動詞 (Б) встал。第26題

的關鍵是動詞начал одеваться。助動詞начал是完成體動詞，所以前面的動詞也應用完成體動詞來表示「兩個完成體動詞依照先後次序完成動作」，本題應選 (Б) встал。

★ Летом Борис всегда *вставал* рано.
　夏天時巴利斯總是早起。

★ В воскресенье Антон *встал* в 8 часов.
　禮拜天安東在八點鐘起床。

★ Он *встал* и начал одеваться.
　他起床之後接著開始穿衣服。

---

27. Мы ... эти слова полчаса.
28. Студенты ... стихи и пошли в кино.
29. Дети ... текст, а бабушка читала.
選項：(А) учили (Б) выучили

分析：本題選項 (А) учили的原形動詞為учить，而選項 (Б) выучили
　　　的原形動詞為выучить，是一對未完成體與完成體動詞，但
　　　詞意不同：учить是「學習」的意思，而выучить的意思是
　　　「學會」，之後都接受詞第四格，為及物動詞。第27題的關
　　　鍵是表示「一段時間」的полчаса「半小時」，所以是強調
　　　動作的「過程」，應用未完成體的 (А) учили。第28題的關
　　　鍵是動詞пошли。動詞пошли是完成體動詞，所以前面的動
　　　詞也應用完成體動詞來表示「兩個完成體動詞依照先後次序
　　　完成動作」，本題應選 (Б) выучили。第29題的關鍵是連接
　　　詞а之後從句的未完成體動詞читала。答案應選也是未完成
　　　體動詞來表示「兩個未完成體動詞的動作同時進行，一個動
　　　作是另一個動作的背景」，本題應選 (А) учили。

★ Мы *учили* эти слова полчаса.

我們學這些新的單詞已經半小時了。

★ Студенты *выучили* стихи и пошли в кино.

學生先學會了詩，然後去看電影。

★ Дети *учили* текст, а бабушка читала.

孩子剛剛在學課文，而奶奶在閱讀。

---

30. Андрей ... специальность долго.

31. Пётр ... книгу и заплатил за неё.

32. Когда я ... цветы, Хуан ждал меня.

選項：(А) выбирал (Б) выбрал

分析：本題選項 (А) выбирал的原形動詞為выбирать，而選項 (Б)
　　　выбрал的原形動詞為выбрать，是一對未完成體與完成體動
　　　詞，是「選擇」的意思，為及物動詞，後接受詞第四格。
　　　第30題的關鍵是表示「一段時間」的副詞долго「久、許
　　　久」，所以是強調「過程」的動作，應用未完成體的 (А)
　　　выбирал。第31題的關鍵是連接詞и之後的動詞заплатил。動
　　　詞заплатил是完成體動詞，所以前面的動詞也應用完成體動
　　　詞來表示「兩個完成體動詞依照先後次序完成動作」，本
　　　題應選 (Б) выбрал。第31題的關鍵是逗點之後從句的未完成
　　　體動詞ждал。答案應選也是未完成體動詞來表示「兩個未
　　　完成體動詞的動作同時進行，一個動作是另一個動作的背
　　　景」，本題應選 (А) выбирал。

★ Андрей *выбирал* специальность долго.

安德烈選擇專業選了許久。

★ Пётр *выбрал* книгу и заплатил за неё.

彼得選了一本書之後隨即付了錢。

★ Когда я *выбирал* цветы, Хуан ждал меня.

當我在選花的時候，璜在等我。

---

33. Родители часто ... мне книги.
34. Мы ... артисту красивый букет.
35. В день рождения друзья ... Анне картину.
選項：(А) дарили (Б) подарили

分析：本題選項 (А) дарили的原形動詞為дарить，而選項 (Б)
　　　подарили的原形動詞為подарить，是一對未完成體與完成
　　　體動詞，是「贈送」的意思，是及物動詞，後接人用第三
　　　格，接物用受詞第四格。第33題的關鍵是表示「重複性」的
　　　頻率副詞часто「常常」，所以應用未完成體 (А) дарили。
　　　第34題的主詞是мы，之後為人артисту第三格，再來是物
　　　красивый букет第四格，句中並無表達「反覆動作」的詞
　　　組，所以應只是「一次性」的動作，本題應選完成體動詞
　　　(Б) подарили。第35題的構造與第34題類似，而更有一個確
　　　定的時間詞組в день рождения來加強應用完成體動詞表達
　　　「一次性」動作的概念，本題應選 (А) подарили。

★ Родители часто *дарили* мне книги.

爸爸媽媽常常送我書。

★ Мы *подарили* артисту красивый букет.

我們送了一束漂亮的花給演員。

★ В день рождения друзья *подарили* Анне картину.

朋友們在生日的時候送給安娜一幅畫。

36. Моя сестра всегда ... книги в этой библиотеке.

37. Кристина ... словарь и начала переводить текст.

38. Анна ... зонт и вышла на улицу.

選項：(А) брала (Б) взяла

分析：本題選項 (А) брала的原形動詞為брать，而選項 (Б) взяла的原形動詞為взять，是一對未完成體與完成體動詞，有「拿、取、借」等等的意思，是及物動詞，但真正的詞意須看第四格的受詞而定。第36題的關鍵是表示「重複性」的頻率副詞всегда「總是」，所以應用未完成體動詞 (А) брала。第37題的關鍵是連接詞и之後的動詞начала。動詞начала是完成體動詞，所以前面的動詞也應用完成體動詞來表示「兩個完成體動詞依照先後次序完成動作」，本題應選 (Б) взяла。第38題與第37題的句型完全相同：動詞вышла是完成體動詞，所以前面的動詞也應用完成體動詞。本題應選 (Б) взяла。

★ Моя сестра всегда *брала* книги в этой библиотеке.
  我的姊姊總是在這一間圖書館借書。

★ Кристина *взяла* словарь и начала переводить текст.
  克莉絲汀娜拿了辭典之後開始翻譯課文。

★ Анна *взяла* зонт и вышла на улицу.
  安娜拿了把傘之後出門去了。

39. Прохожий быстро ... мне, где находится метро.

40. Раньше я часто ... брату задачи.

41. Преподаватель ... слова, и мы начали читать текст.

選項：(А) объяснял (Б) объяснил

分析：本題選項 (A) объяснял的原形動詞為объяснять，而選項 (Б)
　　　объяснил的原形動詞為объяснить，是一對未完成體與完成
　　　體動詞，是「解釋」的意思，後通常加人用第三格，加物
　　　用第四格。第39題的關鍵是表示「一次性」的副詞быстро
　　　「很快地」，所以應用完成體動詞 (Б) объяснил。第40題的
　　　關鍵是「頻率副詞」часто「常常」，所以本題應選未完成
　　　體動詞 (A) объяснял。第41題的關鍵是連接詞и之後的動詞
　　　начали。動詞начали是完成體動詞，所以前面的動詞也應用
　　　完成體動詞來表示「兩個完成體動詞依照先後次序完成動
　　　作」，本題應選 (Б) объяснил。

★ Прохожий быстро *объяснил* мне, где находится метро.
　路人很快地跟我解釋地鐵在哪裡。

★ Раньше я часто *объяснял* брату задачи.
　以前我常常解釋習題給弟弟聽。

★ Преподаватель *объяснил* слова, и мы начали читать текст.
　老師解釋完了單詞之後我們就開始讀課文。

---

42. Спортсмены ... на вопросы журналиста 2 часа.
43. В турфирме не ... на все наши вопросы.
44. Друзья всегда ... на мои письма.
選項：(A) отвечали (Б) ответили

分析：本題選項 (A) отвечали的原形動詞為отвечать，而選項 (Б)
　　　ответили的原形動詞為ответить，是一對未完成體與完成體
　　　動詞，是「回答」的意思，後通常加前置詞на＋名詞第四
　　　格。第42題的關鍵是表示「一段時間」的詞組2 часа「兩個小
　　　時」，所以應用表示「過程」的未完成體動詞 (A) отвечали。
　　　第43題是沒有頻率副詞或表示「重複性」的陳述，而卻有表

達「結果」的單詞все「所有的」，所以本題應選完成體動詞 (Б) ответили。第44題的關鍵是「頻率副詞」всегда，所以本題應選未完成體動詞 (А) отвечали。

★ Спортсмены *отвечали* на вопросы журналиста 2 часа.

運動員兩個小時都在回答記者的問題。

★ В турфирме не *ответили* на все наши вопросы.

旅行社並沒有回答我所有的問題。

★ Друзья всегда *отвечали* на мои письма.

朋友總是會回我的信。

---

45. Вчера Жан ... в театр.

46. Раньше он редко ... в спортзал.

47. Когда я ... на работу, я встретил Павла.

選項：(А) шёл (Б) ходил

分析：本題選項 (А) шёл的原形動詞為идти，而選項 (Б) ходил的原形動詞為ходить，是一對定向與不定向的「移動動詞」，是「去」的意思，後通常加表示「移動」狀態的副詞或前置詞＋名詞第四格。第45題的關鍵是「時間副詞」вчера「昨天」，所以我們必須了解這移動的動作是「去過了，也回來了」，必須用不定向動詞，答案是 (Б) ходил。第46題有頻率副詞редко「少」，所以是表達「重複性、反覆性」的概念，那就應用不定向的移動動詞 (Б) ходил。第47題的關鍵是逗點之後的動詞встретил「遇見、碰到」。該動詞是完成體動詞，表達「一次性」的動作，所以移動動詞應該是「定向的」較為合理，答案為 (А) шёл。

★ Вчера Жан *ходил* в театр.

　昨天尚去看了戲劇。

★ Раньше он редко *ходил* в спортзал.

　他以前很少去健身房。

★ Когда я *шёл* на работу, я встретил Павла.

　當我去上班的時候，我碰見了帕維爾。

---

48. В субботу мы ... в клуб.
49. Дети ... в лес 2 часа.
50. Когда мы ... в кино, начался дождь.
選項：(A) шли (Б) ходили

分析：此處的動詞與上題一樣，同樣為過去式，但為複數形式。
　　　第48題與第45題類似，雖然發生的時間不同，但都是過去確
　　　切的一個時間，而且沒有「重複」動作意義的詞組，所以
　　　也是「去過了，也回來了」，必須用不定向動詞，應選 (Б)
　　　ходили。第49題的關鍵是前置詞в＋лес第四格，是「去森林」
　　　的定向移動動作；如果是в＋лесу第六格，則當「在森林」解
　　　釋，應該是不定向的動作，可作為「在森林漫步」。所以本
　　　題是定向的移動動作，答案是 (A) шли。第50題與第47題的句
　　　型類似。逗點之後的完成體動詞начался原形是начаться，是
　　　「開始」的意思。本題答案也應為定向移動動詞 (A) шли。

★ В субботу мы *ходили* в клуб.

　我們禮拜六去了俱樂部。

★ Дети *шли* в лес 2 часа.

　孩子們走向森林已經走了兩個小時。

★ Когда мы *шли* в кино, начался дождь.

　當我們去電影院的時候，下起了雨來。

51. – Мария, ты уже ... в Эрмитаж?

52. Когда она ... на урок, она разговаривала с Мартой.

53. Эта студентка ... вчера к врачу.

選項：(А) шла (Б) ходила

分析：此處的動詞與上題一樣，同樣為過去式，但為陰性形式。第51題依據句意是問「有沒有去過」，而不是過去時間中「正在去的路上」，所以必須用不定向動詞，應選 (Б) ходила。第52題與第50題及第47題的句型類似：都是描述「去某處的路上所做的動作」。本題的動詞разговаривать雖為未完成體動詞，但也不影響做題，答案是定向的移動動作 (А) шла。第53題主詞為эта студентка，動詞之後有確切時間及方向，但是並無「當下正在行進間」的詞組，只是表達「去過某處又回來了」的意思，所以答案為不定向移動動詞 (Б) ходила。

★ – Мария, ты уже *ходила* в Эрмитаж?
　– 瑪麗亞，妳已經去過冬宮博物館了嗎？

★ Когда она *шла* на урок, она разговаривала с Мартой.
　當她去上課的時候，他跟瑪爾塔聊天。

★ Эта студентка *ходила* вчера к врачу.
　這個女孩昨天去看了醫生。

54. – Ты всегда ... на дискотеку по субботам?

55. – Ты сейчас ... к Лене?

56. – Привет, Юра! Куда ты ...?

選項：(А) идёшь (Б) ходишь

分析：此處的動詞與上題一樣，但為第二人稱單數的現在式時態。沒有前綴的移動動詞在現在式或過去式的意涵如下：定向的移動動詞指的是「當下」正在進行的移動；而不定向的移動動詞則是「反覆的、重複的」移動動作。第54題有關鍵的詞組по субботам「每個星期六」。該詞組表示動作是「有頻率的」，所以答案應為不定向動詞 (Б) ходишь。第55題依據句意是「當下」正在移動的方向，所以是定向的移動動作 (А) идёшь。第56題也是問主詞「當下」正在移動的方向，所以答案也是應為定向移動動詞 (А) идёшь。

★ –Ты всегда *ходишь* на дискотеку по субботам?

　– 妳都是星期六去跳舞嗎？

★ – Ты сейчас *идёшь* к Лене?

　– 妳現在是去找蓮娜嗎？

★ – Привет, Юра! Куда ты *идёшь*?

　– 嗨，尤拉！你現在去哪？

> 57. Мальчик не умеет ... на велосипеде.
> 58. Пора ... домой, уже поздно.
> 59. Моя дочь любит ... на машине.
> 選項：(А) ехать (Б) ездить

分析：動詞ехать與ездить是一對定向與不定向的移動動詞，意思也是「去」，但是與идти / ходить不同的是，ехать與ездить是必須搭乘交通工具的移動。用法與無須搭乘交通工具的идти / ходить一樣，只需看看動作移動是「當下」的，還是「反覆」的，如為當下發生的移動，那就是「定向」，如為反覆的移動，那就要用「不定向」。第57題有關鍵的動詞умеет。動詞уметь是「會」的意思，後通常接未完成體

動詞，表示「技能」，所以接移動動詞時，也應用反覆概念的不定向動詞，答案應選 (Б) ездить。第58題依據句意是「該要回家了」，所以自然是一個定向的移動，所以要選 (А) ехать。第59題的關鍵是動詞любит。動詞любить是「喜愛」的意思，後通常接未完成體動詞，所以接移動動詞時，也應用反覆概念的不定向動詞，答案應選 (Б) ездить。

★ Мальчик не умеет *ездить* на велосипеде.
小男孩不會騎自行車。

★ Пора *ехать* домой, уже поздно.
時間晚了，該回家了。

★ Моя дочь любит *ездить* на машине.
我的女兒喜歡開車兜風。

---

60. Летом мои друзья ... на море.

61. Когда мы ... на стадионе, мы говорили о футболе.

62. В январе родители ... в Австрию кататься на лыжах.

選項：(А) ехали (Б) ездили

分析：接上題。本處的選項是動詞ехать與ездить的複數過去式。第60題有時間副詞летом，表示並非「當下的動作」。另外句中並無其他相關的頻率副詞，所以動作是「去過，又回來了」，答案應為不定向的移動 (Б) ездили。第61題有副詞когда，另外有未完成體動詞говорили，所以可以判斷為「當下的動作」，故選定向的動詞 (А) ехали。第62題與第60題的題型及背景類似，都有表示並非「當下動作」的副詞或詞組：летом與в январе，所以也應用不定向的動詞，答案是 (Б) ездили。

★ Летом мои друзья *ездили* на море.

我的朋友們在夏天去了海邊一趟。

★ Когда мы *ехали* на стадионе, мы говорили о футболе.

當我們去體育館的途中，我們在聊足球。

★ В январе родители *ездили* в Австрию кататься на лыжах.

爸爸媽媽在一月的時候去奧地利滑雪。

---

63. Ира часто ... в Петергоф.

64. Сейчас машина ... быстро.

65. Куда ... Оля каждый год?

選項：(А) едет (Б) ездит

分析：接上題。本處的選項是動詞ехать與ездить的第三人稱單數現在式。第63題有頻率副詞часто，表示「反覆的動作」，所以應用不定向的移動動詞，答案是 (Б) ездит。第64題有時間副詞сейчас「現在」，看起來似乎是個「當下的動作」，但其實與本題的解題關鍵並無關聯。依照句意，本句是陳述一個事實、一個現象：汽車跑得快。而汽車的這個動作是跟「雲在飄」、「水在流」是一樣的，是定向的。只有人在操控汽車的方向時才有不同方向的可能，需要特別牢記。本題應選定向動詞 (А) едет。第65題有表示頻率的詞組каждый год「每年」，所以應用不定向的動詞，答案是 (Б) ездит。

★ Ира часто *ездит* в Петергоф.

易拉常常去彼得夏宮。

★ Сейчас машина *едет* быстро.

現在的汽車跑得快。

★ Куда *ездит* Оля каждый год?

歐莉亞每年去哪？

66. Мама идёт домой, она ... продукты.

67. Моника всегда ... с собой словарь.

68. Антон ... книги, потому что идёт в библиотеку.

選項：(A) несёт (Б) носит

分析：動詞несёт與носит的原形分別是нести與носить，是一對定向與不定向的移動動詞，意思是「提著、拿著」等等，後接受詞第四格，建議學員自行參考辭典該詞的其他詞意。這「提著、拿著」的動作是無須搭乘交通工具的，其用法與無須搭乘交通工具的идти / ехать一樣，只需看看動作移動是「當下」的，還是「反覆」的，如為當下發生的移動，那就是「定向」，如為反覆的移動，那就要用「不定向」。第66題有關鍵的動詞идёт。動詞идёт是「走」的意思，原形動詞如上，是идти，為定向動詞，所以之後的動詞也應當為定向動詞，答案應選 (A) несёт。第67題有關鍵的頻率副詞всегда，所以動作應該是「反覆的」，答案應選不定向動詞 (Б) носит。第68題的關鍵與第66題一樣，是動詞идёт，所以答案是 (A) несёт。

★ Мама идёт домой, она *несёт* продукты.
　媽媽正走路回家，她手上提著食材。

★ Моника всегда *носит* с собой словарь.
　摩妮卡身上總是帶著辭典。

★ Антон *несёт* книги, потому что идёт в библиотеку.
　安東帶著書，因為他正走去圖書館。

69. Друг ... из Москвы красивые сувениры.

70. Отец пришёл из аптеки и ... лекарство.

71. Максим ... телевизор на машине.

選項：(A) принёс (Б) привёз

分析：動詞принёс與привёз的原形分別是принести與привезти，他們都是定向的移動動詞，意思是「帶來、帶回」，後接受詞第四格。動詞принести這「帶來、帶回」的動作是無需搭乘交通工具的，而動詞привезти則是需要搭乘交通工具。所以我們只需依照句意判斷該動作是否有利用交通工具，則可解題。第69題有關鍵的詞組из Москвы「從莫斯科」。基本上，句中如果有「從一個城市或國家來到」之意，則合理判斷是利用交通工具，所以答案應選 (Б) привёз。第70題的關鍵詞是動詞пришёл。該動詞的原形是прийти，是定向的完成體動詞，意思是「走來、來到」，是不需交通工具的移動，所以後接的動詞也應為不須交通工具的動作，答案應選 (A) принёс。第71題已經清楚指出交通工具的名目на машине「搭汽車」，所以答案是 (Б) привёз。

★ Друг *привёз* из Москвы красивые сувениры.
  朋友從莫斯科帶回了一些漂亮的紀念品。

★ Отец пришёл из аптеки и *принёс* лекарство.
  父親帶著藥從藥房回來。

★ Максим *привёз* телевизор на машине.
  馬克辛用汽車把電視機載回來。

72. Сколько времени самолёт ... до Лондона?

73. Твой друг часто ... в Москву?

74. Сегодня Анна ... на родину.

選項：(А) летит (Б) летает

分析：動詞летит與летает的原形分別是лететь與летать，是一對定向與不定向的移動動詞，意思是「飛、飛行」，通常後接前置詞＋名詞第四格。第72題有關鍵的詞組до Лондона「到倫敦」，是一個定向的概念，所以答案應選 (А) летит。第73題的關鍵詞是頻率副詞часто「常常」，所以自然是不定向的概念，答案應選 (Б) летает。第74題有表達「當下」的時間概念副詞сегодня「今天」，而後有表示方向的詞組на родину「去祖國」。綜合這兩點元素，我們判斷答案是定向的動詞 (А) летит。

★ Сколько времени самолёт *летит* до Лондона?
　 飛機飛到倫敦要花多少時間？

★ Твой друг часто *летает* в Москву?
　 你的朋友常常飛莫斯科嗎？

★ Сегодня Анна *летит* на родину.
　 安娜今天要飛回國。

75. Сергей ... к нам в гости.

76. Он ... к двери и открыл её.

77. Отца нет дома, он ... на работу.

選項：(А) ушёл (Б) вошёл (В) подошёл (Г) пришёл

分析：以下是考動詞的題目，我們只要分析選項的動詞，再了解句意，即能解題。選項 (A) ушёл的原形動詞為уйти，是定向的完成體移動動詞，意思是「離開」。請注意，該動詞的意涵是相對「長時間的離開」，例如敘述某人下班回家，就用уйти；如果只是形容某人「短暫的離開」，那就應用выйти，試比較：Антон ушёл. Антон вышел. 前句指的是安東已經離開了，也就是說，短時間不會再回到這個空間；而後句則是意指安東出去一下，等等就會再回到這個空間。選項 (Б) вошёл的原形動詞為войти，是定向的完成體移動動詞，意思是「進入」某個空間。選項 (В) подошёл的原形動詞為подойти，是定向的完成體移動動詞，意思是「走近」，後通常接前置詞к＋名詞第三格。選項 (Г) пришёл的原形動詞為прийти，是定向的完成體移動動詞，意思是「回到、返回」。第75題有詞組в гости「來、去作客」，所以答案為 (Г) пришёл。第76題有前置詞к＋名詞第三格，依照句意，答案應選 (В) подошёл。第77題的詞組на работу是「去上班」的意思，所以答案是 (A) ушёл。

★ Сергей *пришёл* к нам в гости.
　謝爾蓋來到我們家作客。

★ Он *подошёл* к двери и открыл её.
　他走近大門，然後打開了它。

★ Отца нет дома, он *ушёл* на работу.
　父親不在家，他去上班了。

---

78. Вера ... улицу и остановилась.

79. Мама выключила телевизор и ... от него.

80. Лена ... к окну и закрыла его.

選項：(А) ушла (Б) подошла (В) отошла (Г) перешла

分析：選項 (A) ушла與選項 (Б) подошла的分析請參考上題。選項 (В) отошла的原形動詞為отойти，是定向的完成體移動動詞，是從一個物體或建築「離開、走開」的意思，通常後接前置詞от＋名詞第二格。選項 (Г) перешла的原形動詞為перейти，是定向的完成體移動動詞，是「通過、從一處走到另一處」等等的意思，建議學員自行參考辭典。若做「穿越、通過」解釋，該動詞後可接或可不接前置詞через，而直接用名詞第四格。第78題有受詞第四格улицу，依照句意，答案為 (Г) перешла。第79題有前置詞от＋名詞第二格，依照句意，答案應選 (В) отошла。第80題有前置詞к＋名詞第三格，依照句意，答案應選 (Б) подошла。

★ Вера *перешла* улицу и остановилась.
　薇拉過了馬路，然後停了下來。

★ Мама выключила телевизор и *отошла* от него.
　媽媽把電視關了，然後走開。

★ Лена *подошла* к окну и закрыла его.
　蓮娜走近窗戶，然後關了它。

---

81. Машина ... к большому озеру.

82. По дороге на работу я ... к подруге.

83. Раньше она жила на окраине, а потом ... в центр.

選項：(А) переехала (Б) заехала (В) въехала (Г) подъехала

分析：選項 (А) переехала的原形動詞為переехать，是定向的完成體移動動詞，它與перейти的詞意相近，都是「通過、越過」的意思。另外，依據句意，該動詞還可以當作「搬家」之意。選項 (Б) заехала的原形動詞為заехать，是定向的完成體移動動詞，意思是「去某個空間並作短暫停留」。選項

(B) въехала的原形動詞為въехать，是定向的完成體移動動詞，意思是「駛入、進入」。選項 (Г) подъехала的原形動詞為подъехать，是定向的完成體移動動詞，意思與подойти相同，只是подойти是步行的「靠近」，而подъехать是搭乘交通工具的「駛近」。兩者通常後接前置詞к＋名詞第三格。第81題有前置詞к＋名詞第三格，依照句意，答案應選 (Г) подъехала。第82題有前置詞к＋人第三格，依照句意，答案應選 (Б) заехала。第83題有на окраине「在郊區」與в центр「去市中心」的對比，依照句意，答案是 (A) переехала。

★ Машина *подъехала* к большому озеру.
  車子駛近了大湖。

★ По дороге на работу я *заехала* к подруге.
  上班途中我順道去找了朋友。

★ Раньше она жила на окраине, а потом *переехала* в центр.
  她以前住在郊區，而之後搬到了市中心。

84. Мы ... на машине вокруг озера.
85. Мои родители ... все залы музея.
選項：(A) обошли (Б) объехали (B) уехали

分析：選項 (A) обошли的原形動詞為обойти，是定向的完成體移動動詞，它與選項 (Б) объехали的詞意相近，都是「繞行、繞過、走遍」的意思，請參考辭典。動詞обойти是步行的，而объехать則是乘車的。選項 (B) уехали的原形動詞為уехать，是定向的完成體移動動詞，意思是「離開」。動詞уехать是乘車的，而уйти則是步行的。第84題有關鍵的前置詞вокруг＋名詞第二格，是「圍繞」的意思。依照句意，答

案應選 (Б) объехали。第85題有受詞第四格все залы，依照
句意，答案是 (A) обошли。

★ Мы *объехали* на машине вокруг озера.
　我們開車繞行湖泊。

★ Мои родители *обошли* все залы музея.
　我的父母親走遍了博物館的所有展廳。

測驗五：帶有關係代名詞 который的複合句

請選一個正確的答案。

1. Я встретил студента, ... учится в нашей группе.

2. Я встретил студента, ... мы познакомились в музее.

3. Я встретил студента, ... не было на уроке.

選項：(А) которому (Б) с которым (В) который (Г) которого

分析：本測驗都是帶有關係代名詞который的題目。顧名思義，位於從句的關係代名詞который就是代替前面主句的名詞，其用法、變格取決於它在從句中的角色而定。這角色可以是主詞，可以是受詞，也可以有前置詞或無前置詞之搭配，或者可以是任何合乎句意的用法。第1題的從句有第三人稱單數現在式動詞учится，後接前置詞＋名詞第六格，缺的是主詞第一格，所以答案是 (В) который。第2題的從句有主詞мы、動詞познакомились。動詞знакомиться / познакомиться後通常接前置詞с＋名詞第五格，答案應選 (Б) с которым。第3題的從句是否定的無人稱句。否定的過去式не было應搭配第二格，所以答案是 (Г) которого。

★ Я встретил студента, *который* учится в нашей группе.
我昨天碰到我們班的那個學生。

★ Я встретил студента, *с которым* мы познакомились в музее.
我昨天碰到那個我們在博物館認識的學生。

★ Я встретил студента, *которого* не было на уроке.

我昨天碰到那個沒來上課的學生。

---

4. Я прочитал книгу, ... ты дал мне.

5. Я прочитал книгу, ... друг говорил мне.

6. Я прочитал книгу, ... есть рассказы о любви.

選項：(А) которая (Б) которую (В) в которой (Г) о которой

分析：第4題的從句主詞是 ты，動詞是 дал。動詞後接人用第三格、接物用第四格。人稱代名詞 мне 是第三格，所以答案要選受詞第四格 (Б) которую。第5題的從句主詞是 друг，動詞是 говорил。動詞後接人用第三格、接物可用前置詞 о＋名詞第六格，所以答案應選 (Г) о которой。第5題的從句是固定句型。動詞 есть 之後用第一格，之前可用前置詞 у＋名詞第二格，表示「某人有」，或是前置詞＋名詞第六格，表示「在某處有」。本題答案是 (В) в которой。

★ Я прочитал книгу, *которую* ты дал мне.

我讀完了你借我的那本書。

★ Я прочитал книгу, *о которой* друг говорил мне.

我讀完了朋友跟我聊的那本書。

★ Я прочитал книгу, *в которой* есть рассказы о любви.

我讀完了有一些愛情故事的那本書。

---

7. Это мой друг, ... я учился в школе.

8. Это мой друг, ... я часто пишу письма.

9. Это мой друг, ... я получил письмо.

選項：(А) к которому (Б) с которым (В) которому (Г) от которого

分析：第7題的從句主詞是я，動詞是учился。根據句意，動詞後接前置詞с＋人第五格較合乎情節，所以答案要選 (Б) с которым。第8題的從句主詞是я，動詞是пишу，受詞是письма。動詞писать後如果要接人，則應用第三格，所以答案應選 (В) которому。第9題的動詞是получить，受詞是第四格письмо。如果要表達是「收到由何人寄來的信」，則要用前置詞от＋人第二格，所以答案是 (Г) от которого。

★ Это мой друг, *с которым* я учился в школе.
　這是當時跟我一起念中學的朋友。

★ Это мой друг, *которому* я часто пишу письма.
　這是我常常寫信給他的朋友。

★ Это мой друг, *от которого* я получил письмо.
　這是我收到他來信的朋友。

---

10. Я знаю писателя, ... выступал на вечере.

11. Я знаю писателя, ... вы пригласили на встречу.

12. Я знаю писателя, ... Виктор показал свои рассказы.

選項：(А) которому (Б) который (В) которого (Г) у которого

分析：第10題有動詞выступил，有表示地點的詞組на вечере，獨缺主詞，所以要選主詞第一格 (Б) который。第11題的從句主詞是вы，動詞是пригласили，後接前置詞＋名詞第四格表示「邀請的地點」，然不見受詞，所以要選動詞後的直接受詞第四格。本題答案是 (В) которого。第12題有主詞Виктор、動詞показал，直接受詞рассказы，所以人作為間接受詞，應用第三格。本題答案是 (А) которому。

★ Я знаю писателя, *который* выступал на вечере.

我知道那位在晚會上演說的作家。

★ Я знаю писателя, *которого* вы пригласили на встречу.

我知道那位你們邀請來參加見面會的作家。

★ Я знаю писателя, *которому* Виктор показал свои рассказы.

我知道維克多把自己故事作品給他看的那位作家。

---

13. Анна была у подруги, ... живёт в общежитии.

14. Анна была у подруги, ... она давно не видела.

15. Анна была у подруги, ... она дружит давно.

選項：(А) с которой (Б) которую (В) у которой (Г) которая

分析：第13題有動詞живёт，後接表示靜止狀態地點的詞組в
общежитии，獨缺主詞，所以要選主詞第一格 (Г) которая。第
14題的從句主詞是она，動詞是видела，後應接第四格當作受
詞，所以答案是 (Б) которую。第15題的關鍵是動詞дружит。
動詞原形為дружить，是「做朋友、交往」的意思，後通常接
前置詞с＋名詞第五格，所以答案是 (А) с которой。

★ Анна была у подруги, *которая* живёт в общежитии.

安娜去找過住在宿舍的朋友。

★ Анна была у подруги, *которую* она давно не видела.

安娜去找過她很久沒看到的朋友。

★ Анна была у подруги, *с которой* она дружит давно.

安娜去找過她交往很久的朋友。

16. Виктор купил словарь, ... 30 тысяч слов.

17. Виктор купил словарь, ... стоит 150 рублей.

18. Виктор купил словарь, ... говорил преподаватель.

選項：(А) который (Б) в котором (В) которого (Г) о котором

分析：第16題沒有動詞，只有表示數量的詞組，依照句意，應選 (Б) в котором，表示辭典中有的單詞數量。第17題有動詞 стоит，後接數量詞組以表示「價錢」，缺乏的是主詞，所以要選第一格 (А) который。第18題的關鍵是動詞говорил。動詞後接人用第三格、接物則用前置詞 о＋名詞第六格，所以答案是 (Г) о котором。

★ Виктор купил словарь, *в котором* 30 тысяч слов.

  維克多買了一本有三萬字的辭典。

★ Виктор купил словарь, *который* стоит 150 рублей.

  維克多買了一本150盧布的辭典。

★ Виктор купил словарь, *о котором* говорил преподаватель.

  維克多買了一本老師說過的辭典。

19. У меня есть брат, ... живёт в Москве.

20. У меня есть брат, ... я очень люблю.

21. У меня есть брат, ... мы часто играем в шахматы.

選項：(А) которому (Б) который (В) которого (Г) с которым

分析：第19題的動詞живёт是第三人稱單數現在式，後接前置詞 ＋名詞第六格，表示「靜止」狀態的地點，缺乏的是主 詞，所以應選第一格的 (Б) который。第20題有主詞я，動詞 люблю。動詞любить後應接受詞第四格，所以關係代名詞 應作為受詞，答案是 (В) которого。第21題的主詞是мы，動

詞是играем，動詞後接前置詞＋棋類運動第四格，句意完整。若要補充並表示「與某人」，則用前置詞c＋名詞第五格，所以答案是 (Г) с которым。

★ У меня есть брат, *который* живёт в Москве.
  我有一個住在莫斯科的哥哥。

★ У меня есть брат, *которого* я очень люблю.
  我有一個我非常愛地哥哥。

★ У меня есть брат, *с которым* мы часто играем в шахматы.
  我有一個我常常跟他下棋的哥哥。

22. Джон был на экскурсии, ... ему очень нравилась.
23. Джон был на экскурсии, ... организовал университет.
24. Джон был на экскурсии, ... он вернулся поздно.
選項：(А) которую (Б) которая (В) с которой (Г) от которой

分析：第22題有關鍵的動詞нравилась。動詞是第三人稱陰性的過去式，「主體」是第三格的ему，所以答案是主詞第一格，要選 (Б) которая。第23題有主詞университет，而動詞是與主詞搭配的第三人稱單數的過去式организовал。動詞организовать後應接受詞第四格，所以關係代名詞應作為受詞，答案是 (А) которую。第24題的主詞是он，動詞是вернулся，後有副詞поздно，句意完整。若要補充並表示「從何處」，則用前置詞＋名詞第二格，所以答案是 (В) с которой。而選項 (Г) 也是前置詞＋名詞第二格，但是前置詞от有從一個物品或個人的「表面」離開之意，與關係代名詞所代表的名詞экскурсия「旅行」不符。

★ Джон был на экскурсии, *которая* ему очень нравилась.

約翰去了一個他非常喜愛的旅行。

★ Джон был на экскурсии, *которую* организовал университет.

約翰去了一個由大學所舉辦的旅行。

★ Джон был на экскурсии, *с которой* он вернулся поздно.

約翰去了旅行，回來得晚。

25. Я знаю врача, ... помог моему другу.

26. Я знаю врача, ... был мой друг.

27. Я знаю врача, ... он разговаривал.

選項：(А) с которым (Б) которому (В) который (Г) у которого

分析：第25題的動詞是помог。動詞原形是помочь，為完成體動詞，
其未完成體動詞為помогать，意思是「幫助」，後接人用第
三格。此處動詞為第三人稱陽性的過去式，而人是第三格的
моему другу，所以答案要選 (В) который。第26題有主詞мой
друг，而動詞為BE動詞，所以動詞後應接前置詞＋名詞第
六格，表示「靜止」狀態的地點。此處關係代名詞代替的是
人，而非地點，所以前置詞應為у，而後接人第二格，答案是
(Г) у которого。第27題的主詞是он，動詞是разговаривал。動
詞後通常接前置詞с＋人第五格，所以答案是 (А) с которым。

★ Я знаю врача, *который* помог моему другу.

我認識那個幫助我朋友的醫生。

★ Я знаю врача, *у которого* был мой друг.

我認識那個我朋友去求診的醫生。

★ Я знаю врача, *с которым* он разговаривал.

我認識那個跟他聊天的醫生。

28. Он учится в университете, ... носит имя Ломоносова.

29. Он учится в университете, ... исполнилось 250 лет.

30. Он учится в университете, ... учатся студенты из многих стран.

選項：(А) в котором (Б) которому (В) который (Г) с которым

分析：第28題的動詞是носит。動詞原形是носить，為未完成體的不定向動詞，其定向動詞為нести，意思是「拿著，帶著」，後接受詞第四格имя。句子欠缺主詞第一格，所以答案要選 (В) который。第29題是特殊句型，需特別記住。動詞исполняться / исполниться的句子中若有代表「年紀」的數字，則句子為無人稱句，動詞意思是「滿」。代表「主體」的名詞應用第三格，並非主詞，所以答案應選 (Б) которому。第30題的主詞是студенты，動詞是учатся。動詞後通常接表示「時間」或「地點」的相對應副詞或詞組。此處「大學」是地點，所以應用前置詞в＋名詞第六格，答案是 (А) в котором。

★ Он учится в университете, *который* носит имя Ломоносова.
他在名為羅曼諾索夫的大學就讀。

★ Он учится в университете, *которому* исполнилось 250 лет.
他就讀的大學已有250年。

★ Он учится в университете, *в котором* учатся студенты из многих стран.
他就讀的大學有來自很多國家的學生。

31. Я жду студента, который ...

32. Я жду студента, которому ...

33. Я жду студента, с которым ...

選項：(А) я дал свой словарь (Б) мы играем в шахматы (В) учится в моей группе (Г) мы пригласили в театр

分析：先分析選項。選項 (A) 的主詞是я，動詞是дал，後接物為受詞第四格，若受詞是人，則應用第三格。第32題的關係代名詞которому為第三格，所以答案是 (A)。選項 (Б) 的主詞是мы，動詞是играем，後接前置詞в＋名詞第四格в шахматы，若需補充關係代名詞，則應用前置詞с＋人第五格。本選項是第33題的答案。選項 (В) 的動詞是第三人稱單數的現在式，後接表示地點的前置詞＋名詞第六格，缺乏的是主詞第一格，所以關係代名詞須為第一格的который，就是第31題的答案。選項 (Г) 關鍵是動詞пригласили。動詞的原形為пригласить，是完成體動詞，其未完成體動詞為приглашать。動詞後接受詞第四格，再接表示「方向」的副詞或是前置詞＋名詞第四格。所以本選項所需搭配的關係代名詞應為которого。

★ Я жду студента, который *учится в моей группе.*
　我在等我們班上的那位學生。

★ Я жду студента, которому *я дал свой словарь.*
　我在等我借詞典給他的那位學生。

★ Я жду студента, с которым *мы играем в шахматы.*
　我在等我跟他下棋的那位學生。

34. Я пишу письмо подруге, которая ...

35. Я пишу письмо подруге, которую ...

36. Я пишу письмо подруге, с которой ...

選項：(A) мы учились в школе (Б) я давно не видела (В) живёт в
　　моём родном городе (Г) я звонила недавно

分析：選項 (A) 的主詞是мы，動詞是учились，後接表示地點的前置詞＋名詞第六格。若需補充關係代名詞，則應用前置詞с＋人第五格。本選項是第36題的答案。選項 (Б) 的主詞是я，

動詞是видела，而此處的關係代名詞為動詞後的受詞，應為第四格，所以是第35題的答案。選項 (B) 的動詞是第三人稱單數的現在式，後接表示地點的前置詞＋名詞第六格，缺乏的是主詞第一格，所以關係代名詞須為第一格的которая，就是第34題的答案。選項 (Г) 關鍵是動詞звонила。動詞的原形為звонить，是未完成體動詞，其完成體動詞為позвонить。動詞後接人需用第三格，接地點則用副詞或是前置詞＋名詞第四格，例如Антон позвонил маме в офис. 安東打電話到辦公室給媽媽。

★ Я пишу письмо подруге, которая *живёт в моём родном городе.*
　 我寫信給住在我故鄉的那位朋友。

★ Я пишу письмо подруге, которую *я давно не видела.*
　 我寫信給我好久不見的那位朋友。

★ Я пишу письмо подруге, с которой *мы учились в школе.*
　 我寫信給我們一起讀中學的那位朋友。

---

37. Мы были в музее, о котором ...
38. Мы были в музее, который ...
39. Мы были в музее, в котором ...
選項：(А) нам очень понравился (Б) много прекрасных картин
　　　(В) ты рассказал нам (Г) исполнилось 150 лет

分析：選項 (А) 是有動詞нравиться / понравиться的固定句型。該句子「主動」表示喜歡的人用第三格，而「被喜歡」的人或物則用第一格。人稱代名詞нам為第三格，所以關係代名詞必須用第一格，所以本選項為第38題的答案。選項 (Б) 有數量副詞много＋名詞第二格。關係代名詞代替名詞музей，所以應用前置詞в＋關係代名詞第六格，表示「在博物館有」，所以本選項是第

39題的答案。選項 (Б) 的主詞是ты，動詞是рассказал。動詞後可接受詞第四格或是前置詞o＋名詞第六格，所以本選項是第37題的答案。選項 (Г) 動詞исполняться / исполниться是解題關鍵。該動詞的句子中若有代表「年紀」的數字，則句子為無人稱句，動詞意思是「滿」。代表「主體」的名詞應用第三格，並非主詞，所以關係代名詞應是которому。

★ Мы были в музее, о котором *ты рассказал нам.*
我們去了你跟我們敘述的那個博物館。

★ Мы были в музее, который *нам очень понравился.*
我們去了那個我們後來喜歡上的博物館。

★ Мы были в музее, в котором *много прекрасных картин.*
我們去了那個有很多美麗畫作的博物館。

---

40. Это моя сестра, которую ...
41. Это моя сестра, которой ...
42. Это моя сестра, у которой ...
選項：(А) завтра день рождения (Б) я очень люблю (В) я хочу купить подарок (Г) хочет стать артисткой

分析：選項 (А) 首先是時間副詞завтра，之後為詞組день рождения「生日」。為表示「某人何時過生日」，我們固定用前置詞y＋人第二格＋день рождения。本選項是第42題的答案。選項 (Б) 的動詞люблю後應接受詞第四格，所以關係代名詞應為которую，所以是第40題的答案。選項 (В) 的關鍵也是動詞。動詞покупать / купить後接人用第三格、接物用第四格。句中的подарок為第四格，所以關係代名詞應為第三格которой，是第41題的答案。選項 (Г) 動詞為第三人稱單數的現在式，缺乏的是主詞第一格，所以關係代名詞應是которая。

★ Это моя сестра, которую *я очень люблю.*

這是我姊姊，我非常地愛她。

★ Это моя сестра, которой *я хочу купить подарок.*

這是我姊姊，我想買個禮物給她。

★ Это моя сестра, у которой *завтра день рождения.*

這是我姊姊，她明天過生日。

43. Ты знаешь писателя, который ...

44. Ты знаешь писателя, с которым ...

45. Ты знаешь писателя, которого ...

選項：(А) мы пригласили на вечер (Б) написал эту книгу (В) мы познакомились в клубе (Г) он показал свои стихи

分析：選項 (А) 的關鍵是動詞пригласили。動詞之後接人用第四格，是受詞，之後再接表示「移動」狀態的副詞或是前置詞＋名詞第四格，表示「邀請的去向」。關係代名詞第四格為которого，所以本選項是第45題的答案。選項 (Б) 的動詞написал後接受詞第四格эту книгу，所以關係代名詞應為主詞第一格который，所以是第43題的答案。選項 (В) 的關鍵也是動詞。動詞знакомиться／познакомиться後通常接前置詞с＋名詞第五格。關係代名詞代替前名詞писатель，應用第五格которым，所以本選項是第44題的答案。選項 (Г) 句子的句意完整，並無適當的關係代名詞來代替前面的名詞。

★ Ты знаешь писателя, который *написал эту книгу.*

你認識寫這本書的作家。

★ Ты знаешь писателя, с которым *мы познакомились в клубе.*

你認識我在俱樂部認識的作家。

★ Ты знаешь писателя, которого *мы пригласили на вечер.*
你認識我們邀請去參加晚會的作家。

46. Вчера я встретил друзей, которых ...
47. Ко мне пришли друзья, которым ...
48. Я разговаривал с друзьями, которые ...
選項：(А) я позвонил вчера (Б) живут в нашем общежитии (В) я
давно не видел (Г) ты уже познакомился

分析：選項 (А) 的關鍵是動詞позвонил。動詞之後接人用第三格，
此處為複數的關係代名詞，所以本選項是第47題的答案。選
項 (Б) 的動詞живут後接表示「靜止」狀態的前置詞＋名詞
第六格，所以關係代名詞應為主詞第一格которые，就是第
48題的答案。選項 (В) 的關鍵也是動詞。及物動詞видеть後
接受詞第四格，若是否定形式，如本題，則受詞應用第二
格，但是口語中也是允許用第四格。不論是第二格或是第
四格，關係代名詞皆為которых，所以本選項是第46題的答
案。選項 (Г) 動詞знакомиться / познакомиться後通常接前置
詞с＋名詞第五格。

★ Вчера я встретил друзей, которых *я давно не видел.*
昨天我遇到好久不見的朋友們。

★ Ко мне пришли друзья, которым *я позвонил вчера.*
我昨天打電話的朋友們來找我了。

★ Я разговаривал с друзьями, которые *живут в нашем общежитии.*
我與住在我們宿舍的朋友們聊天。

49. Покажи мне книги, о которых ...

50. Покажи мне книги, которые ...

51. Вот книги, которыми ...

選項：(A) ты интересуешься (Б) ты говоришь (В) ты купил (Г) есть

рассказы Чехова

分析：選項 (A) 的關鍵是動詞интересуешься。動詞之後用名詞第
五格，表示「對某物有興趣」，此處為複數的關係代名詞，
所以本選項是第51題的答案。選項 (Б) 的動詞говоришь後接
人用第三格，接物用前置詞о＋名詞第六格，所以關係代名
詞應為которых，就是第49題的答案。選項 (В) 的關鍵也是
動詞。及物動詞купить後接受詞第四格，所以關係代名詞應
為которые，所以本選項是第50題的答案。選項 (Г) 的動詞
現在式есть需搭配前置詞в＋關係代名詞第六格以表示「在
書中有」。

★ Покажи мне книги, о которых *ты говоришь.*
請給我看你說過的那些書。

★ Покажи мне книги, которые *ты купил.*
請給我看你買的那些書。

★ Вот книги, которыми *ты интересуешься.*
這是一些你感興趣的書。

52. Назовите страны, ... приехали ваши друзья.

53. Назовите реки, ... находятся в Сибири.

54. Назовите музеи, ... вы уже побывали.

選項：(A) в которые (Б) из которых (В) которые (Г) в которых

分析：第52題有關鍵的動詞приехали。為表示「從何處來」，動詞之後應用前置詞＋名詞第二格，要選 (Б) из которых。第53題有動詞находятся，而動詞後接前置詞＋名詞第六格表示「靜止」狀態的地點，獨缺主詞第一格，所以答案是 (В) которые。第54題的關鍵也是動詞。動詞побывали的原形是побывать，意思是「到、去」，後接副詞或是前置詞＋名詞第六格以表示「靜止」狀態的地點。本題應選 (Г) в которых。

★ Назовите страны, *из которых* приехали ваши друзья.
請說出你們的朋友來自那些國家。

★ Назовите реки, *которые* находятся в Сибири.
請說出位於西伯利亞的河川。

★ Назовите музеи, *в которых* вы уже побывали.
請說出你們已經去過的博物館。

---

55. Я купил учебники, ... у тебя нет.

56. Ты купил книги, ... есть у меня.

57. Я купил учебники, ... мы будем заниматься.

選項：(А) по которым (Б) с которыми (В) которые (Г) которых

分析：第55題是基本句型。前置詞у＋人第二格＋есть＋名詞第一格，表示「某人有某物」；而否定的則是у＋人第二格＋нет＋名詞第二格。本題是否定，所以答案是 (Г) которых。第56題就是第55題的肯定句型，所以答案應為第一格的 (В) которые。第57題的用法必須硬記。前置詞по後接名詞第三格的意思很多，請自行參考辭典。本處可看作「表示動作的依據」，動作是заниматься，而依據就是учебники，所以答案須選 (А) по которым。

★ Я купил учебники, *которых* у тебя нет.

我買了一些你沒有的課本。

★ Ты купил книги, *которые* есть у меня.

你買了一些我有的書。

★ Я купил учебники, *по которым* мы будем заниматься.

我買的一些我們要讀的課本。

---

58. Я знаю мальчиков, ... играют в спортзале.

59. В спортзале играют мальчики, ... я знаю.

60. Это мальчики, ... я познакомился в прошлом году.

選項：(A) с которыми (Б) о которых (B) которые (Г) которых

分析：第58題動詞是第三人稱複數現在式，後接前置詞＋名詞第六格表示「靜止」狀態的地點，獨缺主詞第一格，所以答案是 (B) которые。第59題的主詞是я，動詞是знаю，動詞後應接受詞第四格，所以答案是 (Г) которых。第60題的關鍵是動詞знакомиться / познакомиться。動詞後通常接前置詞с＋名詞第五格，所以答案須選 (A) с которыми。

★ Я знаю мальчиков, *которые* играют в спортзале.

我認識在運動中心玩耍的小男孩們。

★ В спортзале играют мальчики, *которых* я знаю.

我認識在運動中心玩耍的小男孩們。

★ Это мальчики, *с которыми* я познакомился в прошлом году.

這是我去年認識的小男孩們。

📝 測驗六：複合句（一）

請選一個正確的答案。

1. Борис сказал, ... он был в Мариинском театре.
2. Он посоветовал, ... я обязательно посмотрел этот балет.
3. Он сказал, ... это очень интересный балет.

選項：(A) что (Б) чтобы

分析：接下來的題目都是連接詞что與чтобы的題目。連接詞что在
複合句中的角色只是連接主、從兩個句子，並無詞意或其他
特別作用；而連接詞чтобы不僅僅連接主、從二句，而單詞
本身還有「為了、為的是」的意思。連接詞чтобы的主、從
句兩句的主詞不同時，從句中的動詞必須用過去式，主詞若
是相同，則用原形動詞，例如Антон пошёл на почту, чтобы
получить посылку. 安東去郵局取包裹；Антон попросил,
чтобы Анна получила посылку за него. 安東請安娜幫他取
包裹。第1題主句的動詞是сказал，所「陳述」的是從句的事
實，所以只須連接詞來連結二句即可，答案是 (A) что。第
2題主句的主詞為он，動詞是посоветовал。動詞советовать /
посоветовать後通常接人第三格，再接原形動詞，意思是
「建議某人做某事」。本題為複合句，並無受詞第三格及原
形動詞，而從句的主詞為я，動詞為過去式，所以答案應選
(Б) чтобы。第3題也是陳述句，所以答案是 (A) что。

★ Борис сказал, *что* он был в Мариинском театре.

巴利斯說他去過了馬林斯基劇院。

★ Он посоветовал, *чтобы* я обязательно посмотрел этот балет.

他建議我一定要看這部芭蕾。

★ Он сказал, *что* это очень интересный балет.

他說這是一部非常有趣的芭蕾。

4. Мама сказала, ... она вернётся поздно.

5. Мама напомнила, ... я позвонил ей.

6. Мама напомнила, ... я купил молоко.

選項：(А) что (Б) чтобы

分析：第4題主句的動詞是сказала，所「陳述」的是從句的事實，
所以只須連接詞來連結二句即可，答案是 (А) что。第5題及
第6題句型都一樣，主句與從句的主詞不同，而從句的動詞
為過去式，所以兩題的答案都應選 (Б) чтобы。

★ Мама сказала, *что* она вернётся поздно.

媽媽說他會晚回來。

★ Мама напомнила, *чтобы* я позвонил ей.

媽媽提醒我要我打電話給她。

★ Мама напомнила, *чтобы* я купил молоко.

媽媽提醒我要我買牛奶。

7. Марта сказала, ... завтра она пойдёт в музей.

8. Я сказал, ... она взяла студенческий билет.

9. Я думаю, ... я тоже пойду в музей.

選項：(А) что (Б) чтобы

分析：第7題主句的動詞是сказал，所「陳述」的是從句中主詞要實行的動作，所以只須連接詞來連結二句即可，答案是 (A) что。第8題的сказал與第7題的動詞雖然一樣，但是從句的主詞不同，且動詞是過去式，所以答案是 (Б) чтобы。第9題主句的動詞是думаю，是「認為、想」的意思，從句的主詞與主句的主詞相同，且只是一個事實的陳述，所以只須連接詞即可，應選 (A) что。

★ Марта сказала, *что* завтра она пойдёт в музей.
　馬爾塔說她明天要去博物館。
★ Я сказал, *чтобы* она взяла студенческий билет.
　我告訴她要帶學生證。
★ Я думаю, *что* я тоже пойду в музей.
　我想我也會去博物館。

10. Мой друг сказал, ... он идёт в магазин.
11. Я попросил, ... он купил хлеб.
12. Он ответил, ... обязательно купит.
選項：(A) что (Б) чтобы

分析：第10題主句的動詞是сказал，所「陳述」的是從句中主詞要實行的動作，所以只須連接詞來連結兩句即可，答案是 (A) что。第11題主句的動詞是попросила，意思是「請求」，而從句的主詞與主句的主詞不同，且動詞為過去式，所以意思是「請求某人做某事」，答案為 (Б) чтобы。第12題主句的動詞是ответил，是「回答」的意思。從句的主詞與主句的主詞相同，且只是一個事實的陳述，所以只須連接詞即可，應選 (A) что。

★ Мой друг сказал, *что* он идёт в магазин.

我的朋友說他現在去商店。

★ Я попросил, *чтобы* он купил хлеб.

我拜託他買麵包。

★ Он ответил, *что* обязательно купит.

他回答說他一定會買。

> 13. Мария попросила, ... я дал ей учебник.
>
> 14. Я сказал, ... у меня нет учебника.
>
> 15. Преподаватель попросил, ... я взял учебник в библиотеке.
>
> 選項：(A) что (Б) чтобы

分析：第13題主句的動詞是попросила，意思是「請求」，而從句的主詞與主句的主詞不同，且動詞為過去式，所以意思是「請求某人做某事」，答案為 (Б) чтобы。第14題主句的動詞是сказал，所「陳述」的是從句中的事實，所以只須連接詞來連結二句即可，答案是 (A) что。第15題與第13題句型完全一致，所以答案應選 (Б) чтобы。

★ Мария попросила, *чтобы* я дал ей учебник.

瑪莉亞要我借她課本。

★ Я сказал, *что* у меня нет учебника.

我說我沒有課本。

★ Преподаватель попросил, *чтобы* я взял учебник в библиотеке.

老師要我去圖書館借一本課本。

16. Сергей сказал, ... завтра он поедет в Москву.

17. Мама попросила, ... он позвонил ей из Москвы.

18. Анна сказала, ... она никогда не была в Москве.

選項：(А) что (Б) чтобы

分析：第16題主句的動詞是сказал，所「陳述」的是從句中主詞要
　　　實行的動作，所以只須連接詞來連結二句即可，答案是 (А)
　　　что。第14題主句的動詞是попросила，意思是「請求」，而
　　　從句的主詞與主句的主詞不同，且動詞為過去式，所以意
　　　思是「請求某人做某事」，答案為 (Б) чтобы。第18題主句
　　　的動詞是сказала，所「陳述」的是從句中主詞要實行的動
　　　作，所以只須連接詞來連結二句即可，答案是 (А) что。

★ Сергей сказал, *что* завтра он поедет в Москву.
　 謝爾蓋說他明天要去莫斯科。

★ Мама попросила, *чтобы* он позвонил ей из Москвы.
　 媽媽要他從莫斯科打電話給她。

★ Анна сказала, *что* она никогда не была в Москве.
　 安娜說她從來沒去過莫斯科。

19. Преподаватель сказал, ... завтра будет контрольная работа.

20. Преподаватель попросил, ... студенты повторили грамматику.

21. Антон попросил, ... я объяснил ему правило.

選項：(А) что (Б) чтобы

分析：第19題主句的動詞是сказал，所「陳述」的是從句中的一個
　　　事實，所以只須連接詞來連結二句即可，答案是 (А) что。
　　　第20題主句的動詞是попросил，意思是「請求」，而從句
　　　的主詞與主句的主詞不同，且動詞為過去式，所以意思是

「請求某人做某事」，答案為 (Б) чтобы。第21題與第20題的句型一致，答案也是 (Б) чтобы。

★ Преподаватель сказал, *что* завтра будет контрольная работа.
老師說明天有個小考。

★ Преподаватель попросил, *чтобы* студенты повторили грамматику.
老師請學生複習語法。

★ Антон попросил, *чтобы* я объяснил ему правило.
安東請我解釋規則給他聽。

22. Андрей не знает, ... открывается библиотека.
23. Анна сказала, ... библиотека открывается в 10 часов.
選項：(А) где (Б) что (В) когда (Г) откуда

分析：選項中疑問副詞的詞意應該無須多作解釋，都是基本的詞彙，是遠遠低於第一級的程度，我們只要了解句意，即能作答。第22題主詞不知道圖書館「何時」開門，答案是 (В) когда。第23題主句與從句句意完整，只需要「連接詞」來連接二句，所以要選並無詞意的連接詞，答案應選 (Б) что。

★ Андрей не знает, *когда* открывается библиотека.
安德烈不知道圖書館幾點開門。

★ Анна сказала, *что* библиотека открывается в 10 часов.
安娜說圖書館十點開門。

24. Оля забыла, ... называется статья.
25. Виктор спросил, ... она читала её.
選項：(А) что (Б) где (В) куда (Г) как

分析：第24題的關鍵是動詞называется，意思是「稱作」，必須與疑問副詞как連用，答案是 (Г) как。請注意，無生命物品的名稱需與動詞называться連用，而有生命的名字則須用動詞звать。第25題從句的主詞是она，動詞是читала，受詞為第四格её，句子完整，所以選項應為補充，依照句意應選 (Б) где。

★ Оля забыла, *как* называется статья.
　歐莉亞忘了文章的名稱。

★ Виктор спросил, *где* она читала её.
　維克多問她在哪裡讀的文章。

26. Ты знаешь, ... находится магазин?
27. Наташа объяснила, ... доехать до магазина.
選項：(А) почему (Б) как (В) что (Г) где

分析：第26題的關鍵是動詞находится，意思是「位於」，必須與疑問副詞где連用，答案是 (Г) где。第27題的詞組доехать до ＋名詞第二格表示「去某地」，通常與疑問副詞как連用。本題應選 (Б) как。

★ Ты знаешь, *где* находится магазин?
　你知道商店在哪嗎？

★ Наташа объяснила, *как* доехать до магазина.
　娜塔莎說明怎麼去商店。

28. Я не знаю, ... ещё должен прийти.
29. Я не понимаю, ... Ирина не пришла.
選項：(А) почему (Б) как (В) кто (Г) где

分析：第28題должен＋原形動詞為關鍵。該詞為第三人稱單數陽性，意思是「應該來」，合理只能用疑問代名詞，應選 (B) кто。第29題必須依據句意解題。本題應選 (A) почему。

★ Я не знаю, *кто* ещё должен прийти.
  我不知道還有誰要來。

★ Я не понимаю, *почему* Ирина не пришла.
  我不明白為什麼伊琳娜沒來。

---

30. Мама спросила сына, ... он пойдёт в воскресенье.
31. Сын сказал, ... он пойдёт в музей.
選項：(A) что (Б) как (B) куда (Г) где

分析：第30題的從句有移動動詞пойдёт，後接時間，卻無前置詞＋名詞第四格，所以應選 (B) куда。第31題主句與從句句意完整，只需要「連接詞」來連接二句，所以要選無詞意的連接詞，答案應選 (A) что。

★ Мама спросила сына, *куда* он пойдёт в воскресенье.
  媽媽問兒子他禮拜天要去哪裡。

★ Сын сказал, *что* он пойдёт в музей.
  兒子說要去博物館。

---

32. Я не знаю, ... начинается фильм.
33. Ты знаешь, ... находится кинотеатр?
選項：(A) где (Б) куда (B) когда (Г) откуда

分析：第32題的關鍵是動詞начинается，意思是「開始」，依
照句意，應選 (B) когда。第33題的關鍵也是動詞。動詞
находиться需與疑問詞где連用，所以答案是 (A) где。

★ Я не знаю, *когда* начинается фильм.
  我不知道電影幾點開始。

★ Ты знаешь, *где* находится кинотеатр?
  你知道電影院在哪裡嗎？

34. Я не видел, ... она разговаривала.
35. Виктор спросил, ... есть учебник.
36. Ты знаешь, ... он дал словарь?
選項：(А) у кого (Б) кому (В) кого (Г) с кем

分析：接下來的九題是考疑問代名詞кто在複合句裡的角色，我們
  只要了解句意，就可解答。第34題的動詞是разговаривала。
  其原形動詞是разговаривать，意思是「聊天」，後通常接
  前置詞с＋名詞第五格，所以應選 (Г) с кем。第35題的關鍵
  是固定句型。前置詞у＋人第二格＋есть＋名詞第一格，表
  示「某人有某物」，所以答案是 (А) у кого。第36題主詞是
  он，動詞是дал，後接受詞第四格словарь，如果接人，則人
  是間接受詞，用第三格кому，須選 (Б) кому。

★ Я не видел, *с кем* она разговаривала.
  我沒看到她剛剛在跟誰聊天。

★ Виктор спросил, *у кого* есть учебник.
  維克多問誰有課本。

★ Ты знаешь, *кому* он дал словарь?
  你知道他把辭典借給誰了嗎？

37. Я не знаю, ... она пригласила в гости.

38. Марта спросила, ... я был в кино.

39. Сергей не сказал, ... он получил письмо.

選項：(A) от кого (Б) кому (В) с кем (Г) кого

分析：第37題的動詞是пригласила。其原形動詞是пригласить，為完成體，而未完成體動詞為приглашать。意思是「邀請」，後通常接受詞第四格，所以應選 (Г) кого。第38題從句的句意完整：主詞為я，動詞為BE動詞был，後接與BE動詞搭配的前置詞＋名詞第六格。選項為補充元素，應選「與某人」較為合理，所以答案是 (В) с кем。第39題的關鍵是動詞是получил。動詞為完成體動詞，其未完成體動詞為получать，是及物動詞，後接受詞第四格письмо，是「取得、獲得、得到」的意思。如果要表達「從何人之處獲得」，必須用前置詞от＋人第二格，答案是 (A) от кого。

★ Я не знаю, *кого* она пригласила в гости.
　我不知道她邀請了誰作客。

★ Марта спросила, *с кем* я был в кино.
　馬爾塔問我跟誰去看電影。

★ Сергей не сказал, *от кого* он получил письмо.
　謝爾蓋沒說是誰寄信給他。

40. Мама спросила, ... звонил ей.

41. Я не знаю, ... они играли в футбол.

42. Марк помнит, ... он обещал дать журнал.

選項：(A) кому (Б) кто (В) с кем (Г) к кому

分析：第40題從句的動詞是звонил，而動詞後接人用第三格，缺乏
的是主詞，所以應選第一格的選項 (Б) кто。第41題從句的
主詞為они，動詞為играли，後為補充的前置詞＋球類運動
第四格，句意完整，若要再補充，應該選擇 (В) с кем。第42
題從句的主詞是он，動詞是обещал дать，後接受詞第四格
журнал，如果接人，則人是間接受詞，用第三格кому，須
選 (Г) кому。

★ Мама спросила, *кто* звонил ей.
　媽媽問是誰打電話給她。

★ Я не знаю, *с кем* они играли в футбол.
　我不知道他們剛剛跟誰在踢足球。

★ Марк помнит, *кому* он обещал дать журнал.
　馬克記得他答應要把雜誌借給誰。

---

43. Роберт не знает, ... отдать книгу.
44. Сестра спросила, ... я поеду в субботу.
45. Крис хочет знать, ... вчера был день рождения.
選項：(А) у кого (Б) к кому (В) кого (Г) кому

分析：第43題從句的動詞отдать是完成體，其未完成體動詞為
отдавать，是「歸還」的意思。動詞後接人用第三格、接物用
第四格。此處книгу為第四格，所以應選人第三格 (Г) кому。第
44題從句的主詞為я，動詞為поеду，後為補充的前置詞＋星期
第四格，句意完整，若要表示「去某人處」，則應用前置詞к
＋人第三格，答案是 (Б) к кому。第45題的從句是固定句型у＋
кого＋есть＋名詞第一格的過去式，所以答案是 (А) у кого。

★ Роберт не знает, *кому* отдать книгу.

  羅伯特不知道書要還給誰。

★ Сестра спросила, *к кому* я поеду в субботу.

  姊姊問我星期六要去找誰。

★ Крис хочет знать, *у кого* вчера был день рождения.

  克莉絲想要知道昨天誰過生日。

---

46. Я часто хожу в театр, ... я люблю балет.

47. У меня не было свободного времени, ... я не пошёл в театр.

48. Мы не ходили в парк, ... был дождь.

49. Мой брат любит спорт, ... он часто ходил в спортзал.

選項：(А) потому что (Б) поэтому

分析：接下來的九題是考連接詞потому что「因為」與副詞поэтому
    「所以」在複合句裡的角色，我們只要了解主從句的因果關
    係，即可解答。第46題的主句是「果」、從句為「因」，所
    以應該選 (А) потому что。第47題的主句是「因」、從句為
    「果」，答案是 (Б) поэтому。第48題的主句是「果」、從
    句為「因」，所以應該選 (А) потому что。第49題的主句是
    「因」、從句為「果」，所以答案是 (Б) поэтому。

★ Я часто хожу в театр, *потому что* я люблю балет.

  我常常去劇院，因為我喜歡芭蕾。

★ У меня не было свободного времени, *поэтому* я не пошёл в театр.

  我沒有空，所以我沒去劇院。

★ Мы не ходили в парк, *потому что* был дождь.

  我們因為下雨而沒有去公園。

★ Мой брат любит спорт, *поэтому* он часто ходил в спортзал.

  我的弟弟喜歡運動，所以他常常去健身房。

50. Сегодня плохая погода, ... мы не пойдём гулять.

51. Я хочу увидеть Москву, ... это столица России.

52. У меня нет словаря, ... я иду в библиотеку.

53. Моя сестра хорошо поёт, ... она поступила в консерваторию.

54. Марта часто пишет письма домой, ... она скучает по семье.

選項：(A) потому что (Б) поэтому

分析：第50題的主句是「因」、從句為「果」，所以應該選所以答案是 (Б) поэтому。第51題的主句是「果」、從句為「因」，所以應該選 (A) потому что。第52題的主句是「因」、從句為「果」，所以應該選所以答案是 (Б) поэтому。第53題的主句是「因」、從句為「果」，所以應該選所以答案是 (Б) поэтому。第54題的主句是「果」、從句為「因」，所以應該選 (A) потому что。

★ Сегодня плохая погода, *поэтому* мы не пойдём гулять.
今天天氣不好，所以我們不會去散步。

★ Я хочу увидеть Москву, *потому что* это столица России.
我想看看莫斯科，因為那是俄羅斯首都。

★ У меня нет словаря, *поэтому* я иду в библиотеку.
我沒有辭典，所以我現在去圖書館。

★ Моя сестра хорошо поёт, *поэтому* она поступила в консерваторию.
我的妹妹歌唱得好，所以她考取了音樂學院。

★ Марта часто пишет письма домой, *потому что* она скучает по семье.
馬爾塔常寫信回家，因為她想家。

55. В субботу была хорошая погода, ... мы гуляли по городу.
選項：(A) но (Б) и (В) а

分析：接下來五題是考連接詞но、и、a的用法。先分析選項。選項
(A) но的意思是「但是」，在複合句中通常表示轉折關係，引
出與上文意思相反或相對的下文，例如Антону уже 50 лет, но
он ещё учится в университете. 安東已經五十歲了，但是他還在
念大學。選項 (Б) и的意思很多，大多與「並列」及「接續」
的解釋有關，可參考辭典，例如Это Антон и Анна. 這是安東
與安娜；Пошёл дождь, и дети остались дома. 下起雨來了，
所以孩子們待在家裡。選項 (B) a的意思是「而、則、卻」等
等，表示「對比」的關係，例如Антон ушёл, a Анна осталась.
安東走了，而安娜留了下來。本題的主句是個說明「原因」
的背景，而從句是個「並列」的動作，所以應選 (Б) и。

★ В субботу была хорошая погода, *и* мы гуляли по городу.
　星期六的天氣不錯，我們在城市閒晃。

56. Жан уже хорошо говорит по-русски, ... Пьер ещё нет.
選項：(A) но (Б) и (B) a

分析：本題的前後兩句是個「對比關係」，所以應選 (B) a。這種
　　　「對比關係」也可以用連接詞но表示，但是請注意，連接詞
　　　но應用在主、從兩句的主詞是同一個人的時候，例如Антон
　　　любит Америку, но он не смотрит американские фильмы. 安
　　　東喜歡美國，但是他不看美國電影。

★ Жан уже хорошо говорит по-русски, *a* Пьер ещё нет.
　尚俄語說得不錯了，而皮耶還不行。

57. Книга интересная, ... у меня нет времени читать её.
選項：(A) но (Б) и (B) a

分析：本題的前後兩句是轉折關係，上文與下文的意思相反或相對，按照句意，應選 (A) но。

★ Книга интересная, *но* у меня нет времени читать её.
　書雖有趣，但是我沒有時間讀它。

58. Нина заболела, ... не пошла к врачу.
選項：(A) но (Б) и (В) а

分析：本題與第56題的補充例句類似，前後兩句是「對比關係」，主詞也相同，所以不宜用連接詞a，而應用 (A) но。

★ Нина заболела, *но* не пошла к врачу.
　妮娜生病了，但是她沒去看醫生。

59. Я работаю, ... моя сестра учится.
選項：(A) но (Б) и (В) а

分析：本題與第56題類似，前後兩句是「對比關係」，但是主詞不同，所以不宜用連接詞но，而應用 (В) а。

★ Я работаю, *а* моя сестра учится.
　我在工作，而我的妹妹在念書。

60. Я не знаю, где ...

61. Я не знаю, куда ...

62. Я не знаю, откуда ...

選項：(A) он получил письмо (Б) сейчас мой друг (В) ушёл мой друг (Г) интересовался мой друг

分析：本三題只要先了解選項的意義即可解題。選項（А）он получил письмо的主詞、動詞與受詞皆完備，若要補充是由何人所收到的信，則應用前置詞＋人第二格，若用疑問副詞，則應用與其意義相關的詞，如第62題。選項（Б）сейчас мой друг似乎句意不明，若加上где表明其「所在地方」則句意明確，所以是第60題的答案。選項（В）ушёл мой друг有移動動詞ушёл，所以必須與表示「移動」狀態的疑問副詞連用，所以是第61題的答案。而選項（Г）интересовался мой друг的關鍵是動詞интересовался。動詞интересоваться / заинтересоваться後應接第五格，所以應用кем或чем。

★ Я не знаю, где *сейчас мой друг*.
　我不知道我的朋友現在在哪裡。

★ Я не знаю, куда *ушёл мой друг*.
　我不知道我的朋友去了哪裡。

★ Я не знаю, откуда *он получил письмо*.
　我不知道他從哪裡收到的信。

---

63. Я не позвонил вам, ... потерял ваш номер телефона.

64. Он забыл её номер телефона, ... не позвонил ей.

65. Мы не поняли вопроса, ... не ответили на него.

選項：(А) потому что (Б) поэтому

分析：本三題與第46題至第54題相同，是考連接詞потому что「因為」與副詞поэтому「所以」在複合句裡的角色，我們只要了解主從句的因果關係，即可解答。第63題的主句是「果」、從句為「因」，所以應該選 (А) потому что。第64題的主句是「因」、從句為「果」，所以答案是 (Б) поэтому。第65題的主句是「因」、從句為「果」，答案應選 (Б) поэтому。

★ Я не позвонил вам, *потому что* потерял ваш номер телефона.

我沒有打電話給你們，因為我弄丟了你們的電話號碼。

★ Он забыл её номер телефона, *поэтому* не позвонил ей.

他忘了她的電話號碼，所以沒打電話給她。

★ Мы не поняли вопроса, *поэтому* не ответили на него.

我們不了解問題，所以沒有回答。

66. Дети не пошли гулять, хотя ...

選項：(А) была хорошая погода (Б) была плохая погода

分析：本題的關鍵是連接詞хотя的詞意，明瞭連接詞詞意，即可作
答。連接詞хотя是「雖然、雖說」的意思，所以答案應選
(А) была хорошая погода。

★ Дети не пошли гулять, хотя *была хорошая погода*.

雖然天氣好，孩子們並沒有去散步。

67. Хотя он заболел, ...

選項：(А) он не выучил эти стихи (Б) он выучил эти стихи

分析：本題與上題一樣，關鍵也是連接詞хотя的詞意。答案應選
(Б) он выучил эти стихи。

★ Хотя он заболел, *он выучил эти стихи*.

雖然他生病了，他還是把詩學會了。

68. Хотя мы очень устали, ...

選項：(А) мы выполнили эту работу (Б) мы не выполнили эту работу

分析：本題與上題一樣，關鍵也是連接詞хотя的詞意。答案應選
　　　(А) мы выполнили эту работу。

★ Хотя мы очень устали, *мы выполнили эту работу.*
　雖然我們非常累，我們還是完成了這項工作。

---

69. Она не выучила стихи, хотя ...
選項：(А) учила их весь вечер (Б) не учила их

分析：本題與上題一樣，關鍵也是連接詞хотя的詞意。答案應選
　　　(А) учила их весь вечер。

★ Она не выучила стихи, хотя *учила их весь вечер.*
　雖然她學了一整晚，她還是沒學會詩。

---

70. Если бы он прочитал текст, ...
71. Если он прочитает текст, ...
選項：(А) он хорошо ответит (Б) он хорошо ответил бы (В) он
　　　хорошо ответил

分析：第70題是「與事實相反假設」的句子，我們必須將句型學會。
　　　在俄語中有所謂的與事實相反假設句，這種句型在中文沒有，
　　　在中文只有「一般假設句」，所以在翻譯的時候要特別注意，
　　　要將與事實相反的內涵翻譯出來。與事實相反假設句的主句中
　　　以連接詞если бы＋動詞過去式呈現，而從句的動詞也必須使
　　　用過去式，之後接小品詞бы，與主句呼應。本題答案應選 (Б)
　　　он хорошо ответил бы。第71題是只有連接詞если的「一般假設
　　　句」，主句是完成體動詞，所以時態是未來式，而從句的動詞
　　　也應用未來式，作為搭配，答案要選 (А) он хорошо ответит。

★ Если бы он прочитал текст, *он хорошо ответил бы.*

他沒有讀完課文，回答得也不好。

★ Если он прочитает текст, *он хорошо ответит.*

如果他將課文讀完，他會回答得好。

---

72. Если тебе нравится эта книга, ...

73. Если бы тебе понравилась эта книга, ...

選項：(А) я подарю её тебе (Б) я подарил бы её тебе (В) я подарил её тебе

分析：第72題是「一般假設句」，表達「如果，就會」的意義。主句的動詞為現在式，回答用未來式表達未來的動作，答案應選 (А) я подарю её тебе。第73題是「與事實相反假設句」，所以在主、從句中都要有小品詞бы。本題答案是 (Б) я подарил бы её тебе。

★ Если тебе нравится эта книга, *я подарю её тебе.*

如果你喜歡這本書，我就把它送給你。

★ Если бы тебе понравилась эта книга, *я подарил бы её тебе.*

你不喜歡這本書，我也沒有將它送給你。

---

74. Я буду очень рад, если ...

75. Я был очень рад, когда ...

選項：(А) вы пригласили меня на вечер (Б) вы пригласили бы меня на вечер (В) вы пригласите меня на вечер

分析：第74題是「一般假設句」。主句的動詞為未來式，而從句也宜用動詞的未來式，以搭配主句的時態。選項 (B) вы пригласите меня на вечер的動詞是完成體，所以是未來式，就是答案。第75題主句是過去事實的陳述，所以從句的答案也是過去式，表達過去發生的事實，應選 (A) вы пригласили меня на вечер。

★ Я буду очень рад, если *вы пригласите меня на вечер.*
　　如果你們邀請我去參加晚會，我將會非常高興。

★ Я был очень рад, когда *вы пригласили меня на вечер.*
　　當你們邀請我去參加晚會的時候，我好高興。

---

76. Он быстро решил задачу, ... она была трудной.
77. Он не решил задачу, ... она была трудной.
選項：(A) потому что (Б) хотя (B) если

分析：第76題的關鍵詞是主句的副詞быстро與完成體動詞過去式решил，意思是「快速地解了題」，所以從句宜用連接詞хотя「雖然、雖說」表明「題目雖難，但是快速地解了題」。本題應選 (Б) хотя。第77題也是類似的句型，但是為否定句，表示「沒能解題」，所以從句宜用無法解題的「原因」，答案是 (A) потому что。

★ Он быстро решил задачу, *хотя* она была трудной.
　　題目雖難，他還是快速地解了題。

★ Он не решил задачу, *потому что* она была трудной.
　　他因為題目難而無法解題。

78. Он не решил бы задачу, ... она была трудной.

79. Он не решит задачу, ... она будет трудной.

80. Он опоздал, ... очень спешил.

選項：(А) хотя (Б) если (В) если бы

分析：第78題是「與事實相反的假設句」。從前面的題目我們已經
知道，與事實相反假設句中主、從二句的動詞皆為過去式，
且必須加一個小品詞бы，所以答案是 (В) если бы。第79題
的關鍵是主句中否定的未來式動詞與從句中的未來式BE動
詞，所以是個「一般的假設句」，答案應為 (Б) если。第80
題依照句意應選連接詞хотя以表示「儘管已經趕時間了，但
還是遲到」，答案是 (А) хотя。

★ Он не решил бы задачу, *если бы* она была трудной.

　題目簡單，所以他解了題。

★ Он не решит задачу, *если* она будет трудной.

　如果題目困難，他就無法解題。

★ Он опоздал, *хотя* очень спешил.

　他雖然趕著來，但還是遲到了。

📝 測驗七：複合句（二）

請選一個正確的答案。

> 1. Ирина нашла тетрадь, ... потеряла вчера.
> 選項：(A) которое (Б) которую (В) который

分析：以下幾題都是帶有「關係代名詞」который的複合句，我
們只要清楚知道關係代名詞在從句中所扮演的角色與其語
法地位，就可解題。本題關係代名詞所替代的是陰性名詞
тетрадь。從句的動詞是потеряла，其原形為потерять，是
完成體動詞，而未完成體動詞為терять，意思是「丟掉、遺
失」，後應接受詞第四格，所以答案應為 (Б) которую。

★ Ирина нашла тетрадь, *которую* потеряла вчера.
　依琳娜找到了她昨天遺失的筆記本。

> 2. Светлана часто рассказывает о подруге, ... познакомилась недавно.
> 選項：(A) которую (Б) о которой (В) с которой

分析：本題關係代名詞所替代的是陰性名詞подруга。從句的動詞
是познакомилась，其原形為познакомиться，是完成體動
詞，而未完成體動詞為знакомиться，意思是「認識」，後通
常接前置詞с＋名詞第五格，所以答案應為 (В) с которой。

★ Светлана часто рассказывает о подруге, *с которой* познакомилась недавно.

史維特蘭娜常常述說她不久之前認識的朋友。

3. Я посмотрела фильм, ... ты мне рассказывала.
選項：(А) о котором (Б) которому (В) в котором

分析：本題關係代名詞所替代的是陽性名詞фильм。從句的動詞是
　　　рассказывала，其原形為рассказывать，是未完成體動詞，
　　　其完成體動詞為рассказать，意思是「敘述，述說」，後通
　　　常接前置詞о＋名詞第六格，所以答案應為 (А) о котором。

★ Я посмотрела фильм, *о котором* ты мне рассказывала.
我看了妳跟我述說的電影。

4. Мы поздравили Владимира, ... исполнилось сегодня 20 лет.
選項：(А) которого (Б) которому (В) в котором

分析：本題關係代名詞所替代的是陽性專有名詞Владимир。從句
　　　的動詞是исполнилось，其原形為исполниться，是完成體
　　　動詞，其未完成體動詞為исполняться，意思是「實現、到
　　　了、滿」，在無人稱句中，它的意思是「滿」。既然是無人
　　　稱句，所以沒有主詞、只有「主體」，應用第三格，所以答
　　　案應為 (Б) которому。

★ Мы поздравили Владимира, *которому* исполнилось сегодня 20 лет.
我們祝賀了剛滿20歲的符拉基米爾。

5. В аудиторию вошёл преподаватель, ... читал нам лекции в первом семестре.

選項：(А) о котором (Б) в который (В) который

分析：本題關係代名詞所替代的是陽性名詞преподаватель。從
　　　句的動詞是читал，後接人用第三格нам、接物用第四格
　　　лекции，獨缺主詞第一格，所以答案應為 (В) который。

★ В аудиторию вошёл преподаватель, *который* читал нам лекции в
первом семестре.

那位在第一學期幫我們上課的老師剛走進了教室。

6. Анна познакомилась с писателем, имя ... широко известно в России.

選項：(А) у которой (Б) которого (В) которую

分析：本題關係代名詞所替代的是陽性名詞писатель。從句的中性
　　　名詞имя是解題關鍵。關係代名詞用第二格以修飾前一名詞
　　　имя，並作為「從屬關係」，所以答案應選 (Б) которого。

★ Анна познакомилась с писателем, имя *которого* широко известно
в России.

安娜結識了在俄羅斯大名鼎鼎的作家。

7. Дмитрий опоздал, ... поздно встал.

選項：(А) поэтому (Б) что (В) потому что

分析：主句的動詞是опоздал，為完成體動詞，而未完成體動詞為
　　　опаздывать，意思是「遲到」，是本題的「結果」。從句的
　　　動詞是встать，是完成體動詞，而未完成體動詞是вставать，

是「起身、起床」的意思。另有副詞поздно，是「遲、晚」的意思，是本題的「原因」，所以答案應選 (Б) потому что。

★ Дмитрий опоздал, *потому что* поздно встал.
　 德米特里因為太晚起床而遲到了。

8.　Антон встал рано, ... не опоздать на урок.
選項：(А) чтобы (Б) поэтому (В) потому что

分析：主句的動詞是完成體過去式встал，另有副詞рано「早」，所以意思是「早起」。從句的動詞是原形動詞，表示主句與從句的主詞為同一人，所以只能選擇意思是「為了」的連接詞чтобы，答案是 (А)。

★ Антон встал рано, *чтобы* не опоздать на урок.
　 安東為了不要上課遲到而早起。

9.　Джон сказал, ... очень устал от занятий.
選項：(А) чтобы (Б) потому что (В) что

分析：主句的動詞是完成體過去式сказал，意思是「說」。從句的動詞是完成體動詞устал，原形動詞是устать，而未完成體動詞是уставать，意思是「累」。之後接表示「原因」的前置詞от＋名詞第二格，所以整句是個「事實的陳述」，並非表示「因果關係」或「目的」，只需用沒有詞意的連接詞連接兩句即可，答案應選 (В) что。

★ Джон сказал, *что* очень устал от занятий.
　 約翰說他上課很累。

10. Сергей не поехал в Италию, ... не успел получить визу.

選項：(А) поэтому (Б) потому что (В) чтобы

分析：主句的動詞не поехал是「結果」，而從句的動詞не успел получить是「原因」，所以答案應選 (Б) потому что。值得注意的是，動詞успеть / успевать是「來得及」的意思，後面接原形動詞時只能接完成體動詞。

★ Сергей не поехал в Италию, *потому что* не успел получить визу.
謝爾蓋因為來不及取得簽證而沒去義大利。

11. Я сказала, ... сделаю работу вовремя.

選項：(А) чтобы (Б) что (В) поэтому

分析：主句的動詞是完成體過去式сказала，意思是「說」。從句的動詞是完成體動詞сделаю，原形動詞是сделать，而未完成體動詞是делать，意思是「做」。動詞之後接受詞第四格работу，另有副詞вовремя「準時」。所以整句是個「事實的陳述」，並非表示「因果關係」或「目的」，只需用沒有詞意的連接詞連接兩句即可，答案應選 (Б) что。

★ Я сказала, *что* сделаю работу вовремя.
我說過我要準時完成工作。

12. ... спектакль кончился поздно, мы приехали домой ночью.

選項：(А) так как (Б) потому что (В) почему

分析：主句的主詞是спектакль，動詞是完成體過去式кончился，
意思是「結束」，另有副詞поздно「遲、晚」。從句的主
詞是мы，動詞是定向的完成體動詞приехали，原形動詞是
приехать，意思是「回到、抵達」。動詞之後接副詞домой，
另有時間副詞ночью「深夜」。所以主句與從句有「因果關
係」，主句為「原因」、從句為「結果」。請注意，連接詞
потому что無法置於句首，所以答案應選 (A) так как。

★ *Так как* спектакль кончился поздно, мы приехали домой ночью.
　我們深夜才回到家，因為戲劇結束得晚。

13. ... помогать семье, старший сын много работал.
選項：(A) потому что (Б) чтобы (В) так как

分析：本題解題關鍵是主句的未完成體原形動詞помогать，意思是
「幫助」，後接第三格。從句的主詞是сын，動詞是未完成
體動詞работал，另有副詞много來修飾動詞。依據句意，主
句與從句有「目的」的意涵，所以答案應選 (Б) чтобы。

★ *Чтобы* помогать семье, старший сын много работал.
　為了幫助家庭，大兒子辛苦地工作。

14. ... будет хорошая погода, мы поедем за город.
選項：(A) хотя (Б) если бы (В) если

分析：主句是未來的時態，從句也是未來的時態。根據句意，本題
有「條件」的意涵，所以答案應選 (В) если。

★ *Если* будет хорошая погода, мы поедем за город.

　如果天氣好，我們就去郊外。

---

15. ... Том приехал к нам на обед, он познакомился бы с Марией.
選項：(A) если (Б) когда (В) если бы

分析：本句的關鍵在從句的動詞過去式＋小品詞бы，是「與事實
　　　相反假設」的句子，我們必須將句型學會。在俄語中有所謂
　　　的與事實相反假設句，這種句型在中文沒有，在中文只有
　　　「一般假設句」，所以在翻譯的時候要特別注意，要將與事
　　　實相反的內涵翻譯出來。與事實相反假設句的主句中以連接
　　　詞если бы＋動詞過去式呈現，而從句的動詞也必須使用過
　　　去式，如познакомился，而後接小品詞бы，與主句呼應。
　　　本題答案應選 (Б) если бы。

★ *Если бы* Том приехал к нам на обед, он познакомился бы с Марией.

　湯姆沒有來我們家吃午餐，所以他沒有結識瑪麗亞。

---

16. ... будут летние каникулы, я поеду на родину.
選項：(A) если бы (Б) когда (В) если

分析：根據句型及句意，本句並非「與事實相反的假設句」，也不
　　　是「一般假設句」，只需利用疑問副詞當作連接詞使用即
　　　可。本題答案應選 (Б) когда。

★ *Когда* будут летние каникулы, я поеду на родину.

　當暑假來臨時，我就回祖國。

17. ... у Татьяны были деньги, она поехала бы во Францию.
選項：(А) если (Б) когда (В) если бы

分析：本題的從句中有動詞過去式поехала＋小品詞бы，所以可以
判斷為與事實相反的假設句，答案應選 (В) если бы。

★ *Если бы* у Татьяны были деньги, она поехала бы во Францию.
塔奇雅娜沒有錢，所以她沒有去法國。

18. ... пойдёт дождь, я открою зонтик.
選項：(А) если (Б) если бы (В) потому что

分析：根據句意，本題是「一般假設句」，意思是「如果А，那就
В」，所以答案應選 (А) если。

★ *Если* пойдёт дождь, я открою зонтик.
如果下雨的話，我就打開雨傘。

19. Марина не сдала экзамен, ... много готовилась к нему.
選項：(А) хотя (Б) если бы (В) потому что

分析：根據句型，本題並非「與事實相反的假設句」，所以不能
選擇если бы。另外根據句意，主句與從句也並非「因果關
係」，所以也不能選擇потому что。連接詞хотя是「雖然、
雖說」的意思，合乎本句邏輯，所以答案是 (А) хотя。

★ Марина не сдала экзамен, *хотя* много готовилась к нему.
雖然瑪琳娜很用功準備考試，但她還是沒通過考試。

20. Пётр делает много ошибок, ... изучает иностранный язык 9 лет.
選項：(А) потому что (Б) хотя (В) поэтому

分析：本題與上題一樣，主句與從句並無「因果關係」，所以不能
選擇потому что或是поэтому。連接詞хотя是「雖然、雖說」
的意思，合乎本句邏輯，所以答案是 (Б) хотя。

★ Пётр делает много ошибок, *хотя* изучает иностранный язык 9 лет.
雖然彼得學外語九年了，但他還是犯很多錯誤。

21. Анна изучает французский язык только месяц, ... делает много ошибок.
選項：(А) поэтому (Б) хотя (В) когда

分析：本題的主句與從句為「因果關係」：主句為「原因」，從句
為「結果」，所以答案是 (А) поэтому。

★ Анна изучает французский язык только месяц, *поэтому* делает
много ошибок.
安娜法文只學了一個月，所以犯很多錯誤。

22. Мы опоздали на поезд, ... нам пришлось ехать на автобусе.
選項：(А) поэтому (Б) хотя (В) когда

分析：與上題相同，本題的主句與從句為「因果關係」：主句為
「原因」，從句為「結果」，所以答案是 (А) поэтому。

★ Мы опоздали на поезд, *поэтому* нам пришлось ехать на автобусе.
我們沒搭上火車，所以只能搭巴士。

23. ... наступит лето, Николай поедет на дачу.

選項：(A) когда (Б) если (В) хотя

分析：根據句型及句意，本句並非帶有連接詞если的「一般假設句」，也不是有連接詞хотя的「條件句」。前後句的動詞皆為完成體，時態為未來式，只需利用疑問副詞當作連接詞使用即可。本題答案應選 (A) когда。

★ *Когда* наступит лето, Николай поедет на дачу.
　 當夏天來臨時，尼古拉要去郊外小屋。

24. Татьяна поссорилась с Иваном, ... не хочет его видеть.

選項：(A) поэтому (Б) что (В) так как

分析：主句的動詞ссориться / поссориться為「爭執、吵架」的意思，後通常皆前置詞с＋名詞第五格。根據句意，本題的主句與從句為「因果關係」：主句為「原因」，從句為「結果」，所以答案是 (A) поэтому。

★ Татьяна поссорилась с Иваном, *поэтому* не хочет его видеть.
　 塔奇雅娜跟伊凡吵了一架，所以她不想看到伊凡。

25. Я не верю ..., что он говорит.

選項：(A) то (Б) тому (В) о том

分析：本題的解題關鍵是動詞верить / поверить。該動詞的意思是「相信」，後應接名詞第三格。選項то「那個」是指示代名詞，代替從句的что，所以應選то的第三格，答案是 (Б) тому。

★ Я не верю *тому*, что он говорит.

我不相信他所說的。

26. У него нет ..., что мне нужно.

選項：(A) того (Б) то (В) тому

分析：本題的解題關鍵是固定句型У＋人第二格＋нет＋名詞第二格。選項то「那個」是指示代名詞，代替從句的что，所以應選то的第二格，答案是 (A) того。

★ У него нет *того*, что мне нужно.

他沒有我所需要的東西。

27. Я занимаюсь ..., что меня интересует.

選項：(A) о том (Б) то (В) тем

分析：本題的解題關鍵是動詞заниматься。動詞的意思是「從事」，後通常接名詞第五格，但是真正意思要依據後面所接的名詞而定，例如заниматься спортом是「運動」、заниматься русским языком是「學俄文」等等。本題要選指示代名詞的第五格，答案是 (В) тем。

★ Я занимаюсь *тем*, что меня интересует.

我做我所感興趣的事物。

28. Лена долго думала ..., что случилось дома.

選項：(A) о том (Б) то (В) тому

分析：本題的解題關鍵是動詞думать。動詞的意思是「想、認為」，當「想」解釋時，後通常接前置詞 o＋名詞第六格；若當「認為」解釋，則用於複合句，後接逗點，之後再接從句。本題後有指示代名詞то，所以動詞應做「想」解釋，答案是 (A) о том。

★ Лена долго думала *о том*, что случилось дома.
蓮娜想了很久，家裡到底發生了甚麼事。

29. Я дружу ..., с кем хочу.
選項：(A) с тем (Б) тому (В) того

分析：本題的解題關鍵是動詞дружить。動詞的意思是「與某人交朋友、與某人往來」。動詞後通常接前置詞 с＋名詞第五格。本題指示代名詞為陽性的тот，而非中性的то。陽性的тот與中性的то第五格一樣，都是тем，所以答案是 (A) с тем。

★ Я дружу *с тем*, с кем хочу.
我想跟誰交朋友，就跟誰交朋友。

30. Кирилл всегда помогал ..., кто нуждается в этом.
選項：(A) с теми (Б) те (В) тем

分析：本題的解題關鍵是動詞помогать / помочь。動詞的意思是「幫助」，後通常接人第三格。本題指示代名詞為複數的те，其第三格為тем，所以答案是 (В) тем。

★ Кирилл всегда помогал *тем*, кто нуждается в этом.
基利爾總是幫助需要幫助的人。

31. Марта нашла ..., что искала.
選項：(А) того (Б) то (В) тот

分析：本題的解題關鍵是動詞найти。動詞是「找到」的意思，為
完成體動詞，其未完成體動詞為находить。請注意，從句中
的動詞為искать，為未完成體動詞，意思是「找」，而完成
體動詞為поискать。這兩對動詞皆為及物動詞，後接受詞第
四格，所以要選 (Б) то。請注意，本題不能用陽性的指示代
名詞，因為如果要用陽性代名詞，表示是「確切的」物品或
人；若沒有相關的暗示，則應用中性的指示代名詞。

★ Марта нашла *то*, что искала.
馬爾塔找到了她所尋找的東西。

32. Расскажите мне ..., что вы видели.
選項：(А) того (Б) о том (В) тому

分析：本題的動詞是рассказывать / рассказать，是「敘述、述說」
的意思。動詞後接人用第三格，接物用第四格或是前置詞о
＋名詞第六格，所以答案選 (Б) о том。

★ Расскажите мне *о том*, что вы видели.
請跟我說說你們看到了些甚麼。

33. Трудно разговаривать ..., кто не слушает.
選項：(А) с теми (Б) о тех (В) о том

分析：本題動詞是разговаривать。動詞是「聊天」的意思，只有未
　　　完成體形式，而後接前置詞с＋名詞第五格，所以答案應選
　　　複數第五格 (А) с теми。

★ Трудно разговаривать *с теми*, кто не слушает.
　 很難跟不聽你說話的人聊天。

34. Мне нравится ..., что нарисовал этот ребёнок.
選項：(А) тому (Б) то (В) те

分析：本題是有動詞нравиться / понравиться的固定句型。動詞是「喜
　　　歡」的意思，表示主動喜歡的人用第三格，是「主體」，而
　　　被喜歡的用第一格，是「主詞」。本題мне是第三格，所以
　　　指示代名詞為被喜歡的主詞，要用第一格，應選 (Б) то。

★ Мне нравится *то*, что нарисовал этот ребёнок.
　 我喜歡這個小孩畫的東西。

35. Я спросил друга, видел ... он Марту.
選項：(А) если (Б) ли (В) когда

分析：本題是間接問句的用法。間接問句使用於複合句中，同時要
　　　搭配小品詞ли。小品詞之前為問句的重點，之後通常為從句
　　　的主詞。本題應選 (Б) ли。

★ Я спросил друга, видел *ли* он Марту.
　 我問朋友是否看到了馬爾塔。

36. Том ответил, ... он не видел Марту.
選項：(А) ли (Б) что (В) то

分析：依照句意，主句與從句都是一般的敘述，其語法元素皆完
整，所以僅需要無詞意的連接詞來連接主、從兩句，所以本
題應選 (Б) что。

★ Том ответил, *что* он не видел Марту.
湯姆回答說他沒看見馬爾塔。

37. Лена спросила Антона, ... он ей позвонит.
選項：(А) когда (Б) ли (В) если

分析：依照句意，本題只能用疑問副詞使得句子有意義，應選 (А)
когда。

★ Лена спросила Антона, *когда* он ей позвонит.
蓮娜問安東甚麼時候會打電話給她。

38. Сергей спросил Лену, знает ... она Антона.
選項：(А) если (Б) что (В) ли

分析：本句與第35題的句型相同，請參考其解題分析。本題應選
(В) ли。

★ Сергей спросил Лену, знает *ли* она Антона.
謝爾蓋問蓮娜認不認識安東。

39. ... два месяца не было дождя, многие растения погибли.

選項：(А) из-за того что (Б) благодаря тому что (В) потому что

分析：選項中的前置詞из-за與благодаря都是「由於」的意思，但是他們用在句意不同的地方。前置詞из-за表示導致「負面」結果的原因，而前置詞благодаря則是用在「正面的」結果上。本句的原因是「沒下雨」，所以導致很多植物都「枯死了」，明顯是「負面」的結果，所以答案應為 (А) из-за того что。

★ *Из-за того что* два месяца не было дождя, многие растения погибли.
因為兩個月沒下雨，導致很多植物都枯死了。

40. Я смогла вовремя выполнить работу, ... мне помогли друзья.

選項：(А) чтобы (Б) благодаря тому что (В) из-за того что

分析：本題與上題一樣，也是考前置詞的用法。根據上題的解析，我們只要分析句意，即可解題。主句的動詞是смогла выполнить「可以完成」，受詞是第四格работу「工作」，另外有一個副詞вовремя「及時」，所以是「正面的結果」。本題應選 (Б) благодаря тому что。

★ Я смогла вовремя выполнить работу, *благодаря тому что* мне помогли друзья.
由於朋友幫助我，所以我可以及時完成工作。

41. Том немного подумал и сказал, ... не хочет ехать в Англию.

選項：(А) из-за того что (Б) что (В) благодаря тому что

分析：本題的前句與後句都是一般的「陳述句」，並無任何有關「目的」、「因果」之意涵，所以只需一個無詞意的連接詞連接主、從二句即可。本題應選 (Б) что。

★ Том немного подумал и сказал, *что* не хочет ехать в Англию.
　 湯姆想了一會兒，然後說他不想去英國。

42. ... все студенты уехали на каникулы, на вечер никто не пришёл.
選項：(А) так как (Б) благодаря тому что (В) потому что

分析：本題的解題技巧可參考本單元的第12題。前句與後句為「因果」關係，所以需要表達「原因」的連接詞。連接詞так как與потому что都可做「因為」解釋，但是потому что無法置於句首，所以本題應選 (А) так как。

★ Так как все студенты уехали на каникулы, на вечер никто не пришёл.
　 因為所有的學生都放假去了，所以沒人來參加晚會。

43. ... Марина опоздала, она не успела осмотреть выставку.
選項：(А) благодаря тому что (Б) когда (В) из-за того что

分析：本題的解題技巧可參考本單元的第39題。前置詞из-за表示導致「負面」結果的原因，而前置詞благодаря則是用在「正面的」結果上。本句的原因是опоздала「遲到了」，所以導致「來不及」好好地看展覽，明顯是「負面」的結果，所以答案應為 (В) из-за того что。

★ *Из-за того что* Марина опоздала, она не успела осмотреть выставку.
　 因為瑪琳娜遲到了，所以她來不及仔細地看展覽。

44. ... я знала, что ты не придёшь, я тебя не ждала бы.
選項：(А) если бы (Б) когда (В) благодаря тому что

分析：本題的關鍵是動詞ждала＋小品詞бы，是「與事實相反」的
假設句。本題答案應為 (А) если бы。

★ *Если бы* я знала, что ты не придёшь, я тебя не ждала бы.
我不知道你不會來，所以我白等你了。

45. Бабушке тогда было 60 лет, ... дедушке - 56.
選項：(А) и (Б) а (В) но

分析：選項 (А) и作為連接同位語的連接詞是學員最為熟悉的用
法，例如Мама купила хлеб и сок. 媽媽買了麵包與果汁。
但是連接詞и還有其他用法，例如它可以當作有「因果關
係」或「加強語氣」的小品詞，例如Автобус остановился,
и мы вышли из него. 公車停了下來，於是我們下了車；Вот
и правильно. 這樣就對了。至於還有其他的意義與用法，請
學員自行參考辭典。選項 (Б) а與選項 (В) но做為連接詞使用
時，皆有「而、可是」的意義，但是用法不同。連接詞а用
在主句與從句的主詞或「主體」不同時的對比，例如Антон
любит смотреть балет, а Анна любит смотреть оперу. 安東
喜歡看芭蕾，而安娜喜歡看歌劇。而連接詞но則是用在主句
與從句的主詞或「主體」相同時的對比，例如Антон читает
газеты, но не читает журналы. 安東看報紙，但不看雜誌。
本題主、從二句的人物不同，所以必須選 (Б) а。

★ Бабушке тогда было 60 лет, *а* дедушке - 56.
奶奶當時是60歲，而爺爺是56歲。

46. Антонина любит животных, ... у неё дома всегда были собаки.
選項：(A) но (Б) а (В) и

分析：本題主句與從句有「因果關係」，而非「對比」或「語氣的轉折」，所以必須選連接詞 (В) и。

★ Антонина любит животных, *и* у неё дома всегда были собаки.
安東妮娜喜歡動物，所以以前她家裡總是有小狗。

47. Джина хотела помочь Борису, ... Борис отказался от её помощи.
選項：(A) но (Б) а (В) и

分析：本題主句與從句有「對比」或「語氣的轉折」，而非「因果關係」，所以必須選連接詞 (A) но。趁機會將動詞片語 отказываться / отказаться ＋前置詞 от ＋名詞第二格學會吧。

★ Джина хотела помочь Борису, *но* Борис отказался от её помощи.
吉娜想要幫助巴利斯，但是巴利斯拒絕了她的幫助。

48. ... Марта мыла посуду, Джон убирал комнату.
選項：(A) как только (Б) после того как (В) в то время как

分析：本題的關鍵是動詞的「體」。主句的原形動詞是 мыть，為未完成體，是「洗」的意思，後接受詞第四格，其完成體動詞為 помыть。從句的原形動詞為 убирать，也是未完成體，而完成體是 убрать，後也是接受詞第四格，是「清理、打掃」的意思。兩個動詞都是未完成體，表示動作是「同時發生」，也就是「一個動作是另外一個動作的背景」，答案應選 (В) в то время как。

★ *В то время как* Марта мыла посуду, Джон убирал комнату.
當馬爾塔洗碗的時候，約翰在打掃房間。

49. ... Ирина приехала в Прагу, там было большое наводнение.
選項：(А) с тех пор как (Б) до того как (В) куда

分析：本題要考慮是動作發生的時間背景。主句的動詞приехала 「抵達」時間在後，而從句的動詞было「發生」的時間在前，所以答案應選 (Б) до того как。

★ *До того как* Ирина приехала в Прагу, там было большое наводнение.
依琳娜在抵達之前，布拉格曾經淹水。

50. ... Сергей играл в теннис, Антон сделал всё домашнее задание.
選項：(А) как только (Б) с тех пор как (В) пока

分析：本題也是要考慮是動作發生的時間背景。主句的動詞играл 是未完成體，表示「持續的動作」，或是「動作的過程」，而從句的動詞сделал是完成體，表示「動作的結果」。整個複合句意味著從句的動作在主句動作的過程中完成，所以答案應選 (В) пока。

★ *Пока* Сергей играл в теннис, Антон сделал всё домашнее задание.
當謝爾蓋在打網球的時候，安東已經做完了所有的功課。

51. Джейн не знает, ... пошёл Том.
選項：(А) куда (Б) где (В) откуда

分析：本題的關鍵是從句的動詞。移動動詞пошёл的原形是 пойти，是「去」的意思。既然是移動動詞，所以表達的是 「移動」而非「靜止」的狀態，答案應選 (A) куда。另外， 疑問副詞откуда應與表示「來到、抵達」的移動動詞搭配使 用，例如Джейн не знает, откуда пришёл Том. 珍妮不知道湯 姆是從哪裡來的。

★ Джейн не знает, *куда* пошёл Том.
　珍妮不知道湯姆去了哪裡。

52. Я не знаю, ... находится банк.
選項：(A) где (Б) как (В) куда

分析：本題的關鍵也是從句的動詞。動詞находится的原形是 находиться，是「位於、坐落於」的意思，表達的是「靜 止」而非「移動」的狀態，答案應選 (A) где。

★ Я не знаю, *где* находится банк.
　我不知道銀行在哪裡。

53. Сергей спросил меня, ... я не еду на юг.
選項：(A) зачем (Б) как (В) почему

分析：根據本題的句意，主詞想要得知我不南下的「原因」。選 項的зачем與почему在解釋都是「為什麼」的意思，但是他 們之間的差別是很大的。副詞зачем的意思是「為了什麼目 的」，而副詞почему是問「做某事的原因」。根據句意， 本題答案應選 (B) почему。

★ Сергей спросил меня, *почему* я не еду на юг.
謝爾蓋問我為什麼不去南部。

54. Михаил спросил меня, ... я знаю его брата.
選項：(А) откуда (Б) почему (В) когда

分析：根據本題的句意，主詞想要得知我如何認識他哥哥的。選項
(Б) почему 是「認識的原因」，句意不明，而 (В) когда是
「什麼時候認識」，乍看之下，詞意通順，但卻不符俄語的
使用習慣，如果將動詞знаю改為познакомился с＋第五格，
則是個好答案。本題答案應選 (А) откуда。

★ Михаил спросил меня, *откуда* я знаю его брата.
米海意爾問我是怎麼認識他哥哥的。

55. Я знаю, ... Саша взял словарь.
選項：(А) с кем (Б) от кого (В) у кого

分析：本題是考固定用法。動詞брать / взять是「拿、取」的意思，
後接受詞第四格，其真正詞意取決於受詞及其他補充因素，
例如Антон взял книгу в библиотеке是「借書」、Антон взял
пиво в магазине是「買啤酒」等等。請注意，如果是「像某
人拿、去、借」的話，固定用法為前置詞＋人第二格，所以
答案是 (В) у кого。

★ Я знаю, *у кого* Саша взял словарь.
我知道薩沙是跟誰借的字典。

56. Елена спросила нас, ... мы отдали словарь.

選項：(А) кого (Б) кому (В) кто

分析：本題的關鍵是動詞отдали。該動詞的原形是отдать，是完成體動詞，其未完成體動詞為отдавать，意思是「歸還、交給、送出」。動詞後接物應用第四格，接人則用第三格，所以答案是 (Б) кому。

★ Елена спросила нас, *кому* мы отдали словарь.
伊蓮娜問我們把字典交給誰了。

57. ... Маша придёт раньше, ты сможешь увидеть её.

選項：(А) когда (Б) потому что (В) если

分析：本題為「一般假設句」，所以答案是 (В) если。

★ *Если* Маша придёт раньше, ты сможешь увидеть её.
如果馬莎早點到，你就可以看見她。

58. Я не знаю, ... решение примет Борис.

選項：(А) которое (Б) что (В) какое

分析：選項 (А) которое為關係代名詞，應該是代替主句的名詞，但是從句中已有名詞решение，所以不是答案。選項 (Б) что作為連接詞連接兩個句子，但是句意不明，暫不考慮。選項 (В) какое 為疑問代名詞，在此修飾名詞решение，就是答案。本題應選 (В) какое。

★ Я не знаю, *какое* решение примет Борис.
我不知道巴利斯要採取甚麼樣的決定。

59. Дмитрий хочет, ... Анна пришла на дискотеку.
選項：(А) что (Б) чтобы (В) если бы

分析：本題的句型非常明顯，主句的主詞是Дмитрий，動詞是хочет
「想要」，而從句的主詞是另外一人，是Анна，動詞是過去
式пришла。主從兩句的主詞不同，加上從句的動詞是過去
式，所以我們知道，這是利用連接詞чтобы來表示「從句主
詞能達到主句主詞的要求或願望」。本題應選 (Б) чтобы。

★ Дмитрий хочет, *чтобы* Анна пришла на дискотеку.
德米特里希望安娜能來舞會。

60. Будет хорошо, ... ты придёшь к нам в гости.
選項：(А) если (Б) чтобы (В) как

分析：依據動詞時態及主詞，本題為「一般假設句」，所以答案是
(А) если。

★ Будет хорошо, *если* ты придёшь к нам в гости.
如果你能來我們家作客那就太好了。

測驗八：複合句（三）

請選一個正確的答案。

1. Мне нравится художник, ... мы встретились на выставке.
2. Мне нравится художник, ... мы пригласили на вечер.
3. Мне нравится художник, ... выступал на встрече.

選項：(А) которого (Б) который (В) с которым (Г) у которого

分析：第1題到第42題都是帶有「關係代名詞」который的複合句，我們只要清楚知道關係代名詞在從句中所扮演的角色與其語法地位，就可解題。本三題關係代名詞所替代的是陽性名詞художник。第1題從句的動詞是встретились，其原形為встретиться，是完成體動詞，而未完成體動詞為встречаться，意思是「見面」，後應接前置詞с＋名詞第五格，所以答案應為 (В) с которым。第2題從句的動詞是пригласили，其原形為пригласить，是完成體動詞，而未完成體動詞為приглашать，意思是「邀請」，後應接受詞第四格，所以答案應為 (А) которого。第3題的從句不同於前兩題，並無主詞，而動詞是выступал，其原形為выступать。句中的動詞為第三人稱單數過去式，就是缺乏主詞，所以應選主詞第一格 (Б) который。

★ Мне нравится художник, *с которым* мы встретились на выставке.
　 我喜歡我們在展覽會上認識的那位畫家。

★ Мне нравится художник, *которого* мы пригласили на вечер.
　 我喜歡我們邀請來參加晚會的那位畫家。

★ Мне нравится художник, *который* выступал на встрече.

我喜歡在見面會上演說的那位畫家。

---

4. У меня нет книги, ... ты советуешь мне прочитать.

5. У меня нет книги, ... говорил Виктор.

6. У меня нет книги, ... тебе нужна.

選項：(А) которая (Б) в которой (В) которую (Г) о которой

分析：本三題關係代名詞所替代的是陰性名詞кни́га。第4題從句
的動詞是прочитать，是完成體動詞。動詞為及物動詞，所
以後應接受詞第四格，答案應為 (В) которую。第5題從句
的動詞是говорил，其原形為говорить，是未完成體動詞，
其完成體動詞為сказать，意思是「說」，後通常接人用第
三格、接物用前置詞о＋名詞第六格，所以答案應為 (Г) о
которой。第6題的從句不同於前兩題，並無主詞，而關鍵就
在形容詞短尾形式нужна，這是固定句型，應牢記。短尾形
容詞нужен、нужна、нужно、нужны為「需要」的意思，表
示「主動」需要的為第三格「主體」，而「被動」或是「被
需要」的則是主詞第一格。人稱代名詞тебе是ты的第三格，
所以應選主詞第一格 (А) которая。

★ У меня нет книги, *которую* ты советуешь мне прочитать.

我沒有你建議我讀的那本書。

★ У меня нет книги, *о которой* говорил Виктор.

我沒有維克多談論的那本書。

★ У меня нет книги, *которая* тебе нужна.

我沒有你需要的那本書。

分析：本三題關係代名詞所替代的是陽性名詞друг。第7題從句的動詞是учился，是未完成體動詞，是「念書」的意思，後通常接表示「地點」或「時間」的副詞或詞組。依據句意，此處代表друг，所以用前置詞с＋第五格才合理，答案應為 (В) с которым。第8題從句的動詞是живёт，其原形為жить，是未完成體動詞，意思是「住、生活」，後通常也是接表示「地點」或「時間」的副詞或詞組，如в Киеве。從句中並無主詞，所以答案應為第一格 (Г) который。第9題的關鍵是及物動詞знать。動詞後接受詞第四格，所以應選 (Б) которого。

★ Марк пишет другу, *с которым* он учился вместе в школе.
  馬克寫信給跟他一起念中學的朋友。

★ Марк пишет другу, *который* живёт в Киеве.
  馬克寫信給住在基輔的朋友。

★ Марк пишет другу, *которого* он давно знает.
  馬克寫信給他認識很久的朋友。

---

10. Борис был у врача, ... дал ему рецепт.

11. Борис был у врача, ... он рассказал о своей болезни.

12. Борис был у врача, ... он вернулся очень поздно.

選項：(А) от которого (Б) у которого (В) которому (Г) который

分析：本三題關係代名詞所替代的是陽性名詞врач。第7題從句的動詞是дал，是完成體動詞，其未完成體動詞為давать，是「給予」的意思，後通常接人用第三格、接物用第四格。代名詞ему為第三格，名詞рецепт為第四格，所以缺乏主詞，答案應為第一格 (Г) который。第11題從句的動詞是рассказал，其原形為рассказать，是完成體動詞，其未完成體動詞為рассказывать，意思是「敘述、述說」，後通常接人用第三格、接物用前置詞о＋名詞第六格，所以答案應為第三格 (Б) которому。第12題從句的主詞是он，動詞是вернулся，還有副詞очень поздно。為表達「從醫生那裡回來」必須使用前置詞от＋人第二格，所以應選 (А) от которого。

★ Борис был у врача, *который* дал ему рецепт.
   巴利斯去過給他處方簽的醫生那裡。

★ Борис был у врача, *которому* он рассказал о своей болезни.
   巴利斯去過他述說自己疾病的醫生那裡。

★ Борис был у врача, *от которого* он вернулся очень поздно.
   巴利斯從醫生那裡很晚才回來。

13. Мы ездили к подруге, ... работает в школе.
14. Мы ездили к подруге, ... есть большая собака.
15. Мы ездили к подруге, ... я звонила вчера.
選項：(А) которой (Б) которая (В) у которой (Г) которую

分析：本三題關係代名詞所替代的是陰性名詞подруга。第13題從句的動詞是работает，是第三人稱單數現在式，為「工作」的意思，後通常接地點，如本處的в школе。本題明顯無主詞，所以必須選主詞第一格 (Б) которая。第14題的從句是固定句型。表示「某人有」應用前置詞у＋人第二格＋есть＋

名詞第一格，所以答案應 (Б) у которой。第15題從句的動詞
是звонить，是未完成體動詞，完成體動詞為позвонить，是
「打電話」。動詞後接人應用第三格、接地點則用前置詞＋
地點第四格或表達地點的副詞，例如Антон позвонил маме в
офис. 安東打電話到辦公室給媽媽。本題應選 (А) которой。

★ Мы ездили к подруге, *которая* работает в школе.
　我們去了在學校工作的朋友家。

★ Мы ездили к подруге, *у которой* есть большая собака.
　我們去了有一隻大狗的朋友家。

★ Мы ездили к подруге, *которой* я звонила вчера.
　我們去了我昨天打了電話的朋友家。

---

16. Марта посмотрела фильм, ... ей очень понравился.
17. Марта посмотрела фильм, ... ей рассказала Ольга.
18. Марта посмотрела фильм, ... участвовали известные актёры.
選項：(А) в котором (Б) которым (В) который (Г) о котором

分析：本三題關係代名詞所替代的是陽性名詞фильм。第16題的從
　　　句是有動詞нравиться／понравиться的固定句型。表示「主
　　　動喜歡」的人用第三格，是「主體」，而「被喜歡的」人
　　　或物則用第一格，是「主詞」。本處的ей是第三格，所以
　　　要選主詞第一格 (В) который。第17題從句的動詞已經出現
　　　多次，請參考第11題。此處人為第三格ей，所以答案應為前
　　　置詞о＋名詞第六格，應選 (Г) о котором。第18題從句的主
　　　詞是известные актёры，動詞是участвовать，是未完成體動
　　　詞，意思是「參加、參與」。動詞後若要接表示「地點」的
　　　名詞，則不論名詞為何，前置詞一律用в＋名詞第六格，所
　　　以本題應選 (А) в котором。

★ Марта посмотрела фильм, *который* ей очень понравился.

馬爾塔看了一部她非常喜歡的電影。

★ Марта посмотрела фильм, *о котором* ей рассказала Ольга.

馬爾塔看了一部奧利嘉跟她敘述的電影。

★ Марта посмотрела фильм, *в котором* участвовали известные актёры.

馬爾塔看了一部有多位知名演員參與演出的電影。

---

19. Я жду брата, ... мы пойдём в кино.

20. Я жду брата, ... сегодня день рождения.

21. Я жду брата, ... я хочу купить подарок.

選項：(А) которому (Б) которого (В) с которым (Г) у которого

分析：本三題關係代名詞所替代的是陽性名詞брат。第19題從句的
主詞是мы，動詞是пойдём，之後有前置詞＋名詞第四格，
句意完整。關係代名詞在此做為補充，應用前置詞с＋名詞
第五格 (В) с которым。第20題是固定句型。前置詞у＋人第
二格＋день рождения，應選 (Г) у которого。第21題從句的
關鍵是動詞купить。動詞之後接人用第三格，接物則用第四
格，如此處的подарок，所以應選人的第三格 (А) которому。

★ Я жду брата, *с которым* мы пойдём в кино.

我等著要一起去看電影的哥哥。

★ Я жду брата, *у которого* сегодня день рождения.

我等著今天生日的哥哥。

★ Я жду брата, которому я хочу купить подарок.

我等著要買禮物送給他的哥哥。

22. Я купил журнал, ... нет в библиотеке.

23. Я купил журнал, ... есть красивые фотографии.

24. Я купил журнал, ... стоит 20 рублей.

選項：(А) который (Б) которого (В) которому (Г) в котором

分析：本三題關係代名詞所替代的是陽性名詞журнал。第22題的
　　　從句有關鍵詞нет，所以要用第二格，應選 (Б) которого。第
　　　23題的從句有動詞＋名詞есть красивые фотографии，此處
　　　應選擇表示「地點」的前置詞＋名詞第六格 Г) в котором。
　　　第24題的從句有動詞стоит，後接數詞＋貨幣單位，獨缺主
　　　詞，所以必選第一格 (А) который。

★ Я купил журнал, *которого* нет в библиотеке.
　　我買了一本圖書館沒有的雜誌。

★ Я купил журнал, *в котором* есть красивые фотографии.
　　我買了一本內文有漂亮照片的雜誌。

★ Я купил журнал, *который* стоит 20 рублей.
　　我買了一本二十盧布的雜誌。

25. Как зовут студента, ... ты дал словарь?

26. Как зовут студента, ... мы встретили в музее?

27. Как зовут студента, ... ты поздоровался?

選項：(А) с которым (Б) которому (В) которым (Г) которого

分析：本三題關係代名詞所替代的是陽性名詞студент。第25題
　　　的從句有關鍵動詞дать，是完成體動詞，其未完成體動詞
　　　是давать。動詞之後接人用第三格、接物用第四格。名詞
　　　словарь是第四格，所以要選第三格的答案 (Б) которому。第
　　　26題從句動詞встретили的原形為встретить，是完成體動詞，

其未完成體動詞為встречать，是「遇到、碰到」的意思。動詞後應接受詞第四格，所以應選 (Г) которого。第27題從句動詞поздоровался的原形為поздороваться，是完成體動詞，其未完成體動詞為здороваться，是「打招呼」的意思。動詞後通常接前置詞с＋名詞第五格，所以應選 (А) с которым。

★ Как зовут студента, *которому* ты дал словарь?
你借辭典給那位學生的名字是甚麼？
★ Как зовут студента, *которого* мы встретили в музее?
我們在博物館遇見的那位學生叫什麼名字？
★ Как зовут студента, *с которым* ты поздоровался?
你剛剛打招呼的那位學生名字是甚麼？

28. Я знаю общежитие, ... находится на Невском проспекте.
29. Я знаю общежитие, ... живут мои друзья.
30. Я знаю общежитие, ... мы ходили вчера.
選項：(А) в котором (Б) в которое (В) которое (Г) которого

分析：本三題關係代名詞所替代的是中性名詞общежитие。第28題的從句有動詞находится，為第三人稱單數現在式。動詞之後接前置詞 в＋名詞第六格，表示「靜止」的地點，獨缺主詞，所以答案應選第一格 (В) которое。第29題從句的主詞是мои друзья，動詞是живут。動詞是「居住、生活」的意思，後通常接表示「靜止」狀態的副詞或是前置詞＋地點第六格，所以應選 (А) в котором。第30題從句動詞ходили的原形為ходить，是不定向的移動動詞，後通常接表示「動態」的副詞或前置詞＋地點第四格，所以應選 (Б) в которое。

★ Я знаю общежитие, *которое* находится на Невском проспекте.

我知道坐落在涅夫斯基大街上的那間宿舍。

★ Я знаю общежитие, *в котором* живут мои друзья.

我知道我朋友住的那間宿舍。

★ Я знаю общежитие, *в которое* мы ходили вчера.

我知道我們昨天去過的那間宿舍。

---

31. Антон познакомился с девушкой, ... учится в нашем университете.

32. Антон познакомился с девушкой, ... он танцевал на дискотеке.

33. Антон познакомился с девушкой, ... зовут Наташа.

選項：(А) которую (Б) которая (В) с которой (Г) которой

分析：本三題關係代名詞所替代的是陰性名詞девушка。第31題的從句有動詞учится，為第三人稱單數現在式。動詞之後接前置詞 в＋名詞第六格，表示「靜止」的地點，獨缺主詞，所以答案應選第一格 (Б) которая。第32題從句的主詞是он，動詞是танцевал，後接前置詞＋名詞第六格，句意完整。答案作為補充的元素，所以應選 (В) с которой。第33題的從句是固定句型。動詞звать用在表示「名字」的句中，受詞應用第四格，而名字本身為第一格，所以應選關係代名詞которая的第四格，答案是 (А) которую。

★ Антон познакомился с девушкой, *которая* учится в нашем университете.

安東認識了一個在我們學校就讀的女孩子。

★ Антон познакомился с девушкой, *с которой* он танцевал на дискотеке.

安東認識了在舞廳一起跟他跳舞的女孩子。

★ Антон познакомился с девушкой, *которую* зовут Наташа.

安東認識了一個名叫娜塔莎的女孩子。

34. Я расскажу тебе о друге, который ...

35. Я расскажу тебе о друге, с которым ...

36. Я расскажу тебе о друге, которого ...

選項：(А) приехал из Китая (Б) я давно не видел (В) я позвонил вчера (Г) я учился в школе

分析：本三題關係代名詞所替代的是陽性名詞друг。第34題的關係代名詞為第一格，所以在從句應扮演主詞的角色，選項中只有 (А) приехал из Китая缺乏主詞，所以就是答案。第35題的關係代名詞為前置詞 с＋第五格，所以要找一個搭配的動詞。依照句意，我們應選 (Г) я учился в школе。第36題的關係代名詞為第二格或第四格。選項 (В) 的動詞звонить / позвонить後若接人應用第三格，所以不是答案。本題答案應選 (Б) я давно не видел。請注意，否定小品詞не＋及物動詞之後接的受詞應為第二格，而非第四格，但是在口語中，第四格也是符合語法的。

★ Я расскажу тебе о друге, который *приехал из Китая.*
我來跟你說說我從中國來的朋友。

★ Я расскажу тебе о друге, с которым *я учился в школе.*
我來跟你說說跟我一起唸中學的朋友。

★ Я расскажу тебе о друге, которого *я давно не видел.*
我來跟你說說我好久不見的朋友。

37. Марта потеряла книгу, которую ...

38. Марта потеряла книгу, которая ...

39. Марта потеряла книгу, в которой ...

選項：(А) есть этот рассказ (Б) она обещала дать мне (В) ей нужна (Г) она рассказывала мне

分析：本三題關係代名詞所替代的是陰性名詞книга。第37題的關
　　　係代名詞為第四格，所以在從句中應扮演受詞的角色，選項
　　　(Б) она обещала дать мне中的動詞之後接人用第三格мне，
　　　接物則是用第四格，就是答案。第38題的關係代名詞為第一
　　　格，所以要用在有形容詞短尾形式的固定句型，答案是 (B)
　　　ей нужна。第39題的關係代名詞為前置詞 в＋第六格，為表
　　　示「靜止」狀態的地點，答案是 (A) есть этот рассказ。

★ Марта потеряла книгу, которую *она обещала дать мне.*
　瑪爾塔弄丟了她答應要借我的書。

★ Марта потеряла книгу, которая *ей нужна.*
　瑪爾塔弄丟了她需要的書。

★ Марта потеряла книгу, в которой *есть этот рассказ.*
　瑪爾塔弄丟了有這則故事的書。

40. Ты знаешь студентов, с которыми ...?

41. Ты знаешь студентов, которым ...?

42. Ты знаешь студентов, которые ...?

選項：(A) окончили этот университет (Б) спрашивал мой друг (B)
　　　поздоровался Виктор (Г) нужно прийти на консультацию

分析：本三題關係代名詞所替代的是複數名詞студенты。第40題的
　　　關係代名詞為前置詞с＋第五格，所以在從句中應有相關的
　　　動詞搭配。動詞здороваться / поздороваться是「打招呼」的
　　　意思，通常後接с＋人第五格，表示「與某人打招呼」，所
　　　以本題應選 (B) поздоровался Виктор。第41題的關係代名詞
　　　為第三格，所以要扮演動詞後的間接受詞或是無人稱句中的
　　　「主體」。本題應選 (Г) нужно прийти на консультацию。

第42題的關係代名詞為第一格，是主詞，所以動詞也應為複數形式，答案是 (A) окончили этот университет。

★ Ты знаешь студентов, с которыми *поздоровался Виктор*?
你認識那些跟維克多打招呼的學生嗎？

★ Ты знаешь студентов, которым *нужно прийти на консультацию*?
你認識那些需要來諮商的學生嗎？

★ Ты знаешь студентов, которые *окончили этот университет*?
你認識那些畢業於這間大學的學生嗎？

43. Виктор сказал, ...он очень хочет поехать в Москву.
44. Я напомнил, ...он взял тёплые вещи.
45. Борис сказал, ... он тоже никогда не был в Москве.
46. Он попросил меня, ... я рассказал ему об этом городе.
選項：(А) что (Б) чтобы

分析：第43題至第62題是連接詞что與чтобы的題目。連接詞что在複合句中的角色只是連接主、從兩個句子，並無詞意或其他作用；而連接詞чтобы不僅僅連接主、從二句，而身還有「為了、為的是」的意思。連接詞чтобы的主、從句主詞不同時，從句中的動詞必須用過去式，主詞若相同，則用原形動詞，例如Антон пошёл на почту, чтобы получить посылку. 安東去郵局取包裹；Антон попросил, чтобы Анна получила посылку за него. 安東請安娜幫他取包裹。第43題主句的動詞是сказал，所「陳述」的是從句的事實，所以只須連接詞來連結兩句即可，答案是 (А) что。第44題主句的主詞為я，動詞是напомнил。動詞напоминать / напомнить後通常接人第三格，再接受詞第四格，意思是「提醒、使想起」。本題

為複合句，動詞之後並無人第三格，而從句的主詞為он，動詞為過去式взял，所以答案應選 (Б) чтобы。第45題也是陳述句，所以答案是 (А) что。第46題與第44題的題型類似，主句與從句的主詞不同，另外，從句的動詞是過去式，所以答案應選 (Б) чтобы。

★ Виктор сказал, *что* он очень хочет поехать в Москву.
維克多說他非常想去莫斯科。

★ Я напомнил, *чтобы* он взял тёплые вещи.
我提醒他要帶暖和的衣物。

★ Борис сказал, *что* он тоже никогда не был в Москве.
巴利斯說他也從沒去過莫斯科。

★ Он попросил меня, *чтобы* я рассказал ему об этом городе.
他請我跟他敘述一下這個城市。

47. Я сказал другу, ...позвоню ему вечером.

48. Друг сказал, ...он вернётся домой поздно.

49. Друг попросил, ... я позвонил ему завтра.

50. Я хочу, ... мы вместе пошли в спортзал.

選項：(А) что (Б) чтобы

分析：第47題主句的動詞是сказал，受詞為人第三格，而所「陳述」的是從句的事實，所以只須連接詞來連結二句即可，答案是 (А) что。第48題也是個陳述句，只須連接詞來連結二句即可，答案是 (А) что。第49題主句與從句的主詞不同，而且從句的動詞是過去式，所以答案應選 (Б) чтобы。第50題與第49題的題型類似，主句與從句的主詞不同，而且從句的動詞是過去式，所以答案應選 (Б) чтобы。

★ Я сказал другу, *что* позвоню ему вечером.

我跟朋友說我晚上會打電話給他。

★ Друг сказал, *что* он вернётся домой поздно.

朋友說他會晚回家。

★ Друг попросил, *чтобы* я позвонил ему завтра.

朋友請我明天打電話給他。

★ Я хочу, *чтобы* мы вместе пошли в спортзал.

我希望我們一起去健身房。

51. Мария сказала, ...она хочет поступить в университет.

52. Родители хотят, ...она поступила в университет.

53. Анна попросила, ... я дал ей словарь.

54. Она сказала, ... у неё нет словаря.

選項：(А) что (Б) чтобы

分析：第51題主句的主詞是Мария，動詞是сказала，而從句的主詞也是同一人，從句也是一般的陳述，所以只須連接詞來連結二句即可，答案是 (А) что。第52題主句與從句的主詞不同，而且從句的動詞是過去式，所以答案應選 (Б) чтобы。第49題主句與從句的主詞不同，而且從句的動詞是過去式，所以答案應選 (Б) чтобы。第53題與第52題的題型雷同，主句與從句的主詞不同，而且從句的動詞是過去式，所以答案應選 (Б) чтобы。而第54題與第51題的題型一模一樣，主句與從句的主詞相同，從句也是一般的陳述，所以只須連接詞來連結二句即可，答案是 (А) что。

★ Мария сказала, *что* она хочет поступить в университет.

瑪莉亞說她想考取大學。

★ Родители хотят, *чтобы* она поступила в университет.

父母親希望她考取大學。

★ Анна попросила, *чтобы* я дал ей словарь.

安娜要我把辭典借給她。

★ Она сказала, *что* у неё нет словаря.

她說她沒有辭典。

---

55. Я попросил друга, ...он объяснил мне задачу.

56. Друг сказал, ...задача трудная.

57. Я думаю, ... я написал диктант хорошо.

58. Преподаватель попросил, ... мы хорошо проверили свои работы.

選項：(А) что (Б) чтобы

分析：第55題主句與從句的主詞不同，而且從句的動詞是過去式，
所以答案應選 (Б) чтобы。第56題主句的主詞是друг，動詞是
сказал，而從句只是一般的陳述，所以只須連接詞來連結兩句
即可，答案是 (А) что。第57題主句與從句的主詞相同，從句
是一般的陳述，所以只須連接詞來連結兩句即可，答案是 (А)
что。第58題主句與從句的主詞不同，分別是「老師」與「我
們」，而且從句的動詞是過去式，所以答案應選 (Б) чтобы。

★ Я попросил друга, *чтобы* он объяснил мне задачу.

我請朋友跟我解釋一下習題。

★ Друг сказал, *что* задача трудная.

朋友說習題不簡單。

★ Я думаю, *что* я написал диктант хорошо.

我認為我的聽寫考得不錯。

★ Преподаватель попросил, *чтобы* мы хорошо проверили свои работы.

老師要我們好好地檢查自己的作業。

59. Ты хочешь, ...я купил тебе газеты?

60. Ирина сказала, ...она купит хлеб.

61. Друг дал мне кассету, ... я послушал эту песню.

62. Я сказал, ... это очень грустная песня.

選項：(А) что (Б) чтобы

分析：第59題主句與從句的主詞不同，而且從句的動詞是過去式，所以答案應選 (Б) чтобы。第60題主句與從句的主詞相同，都是Ирина，同時從句也只是一般的陳述，所以只須連接詞來連結兩句即可，答案是 (А) что。第61題主句與從句的主詞不同，分別是друг與я，而且從句的動詞是過去式，所以答案應選 (Б) чтобы。第62題主句的主詞是я動詞是сказал，而從句只是一般的陳述，所以只須連接詞來連結兩句即可，答案是 (А) что。

★ Ты хочешь, *чтобы* я купил тебе газеты?

你要我買報紙給你嗎？

★ Ирина сказала, *что* она купит хлеб.

依琳娜說她會買麵包。

★ Друг дал мне кассету, *чтобы* я послушал эту песню.

朋友借給我錄音帶並要我聽聽這首歌。

★ Я сказал, *что* это очень грустная песня.

我說了，這是一首哀傷的歌曲。

63. Я не пойду гулять, ... завтра у меня экзамен.

64. В комнате жарко, ... мы открыли окно.

65. Лифт не работает, ... мы идём пешком на 7 этаж.

66. Я часто звоню домой, ... скучаю по родителям.

選項：(А) потому что (Б) поэтому

分析：接下來的八題是考連接詞потому что「因為」與副詞поэтому「所以」在複合句裡的角色。我們只要了解主從句的因果關係，即可解答。第63題的主句是「果」、從句為「因」，所以應該選 (A) потому что。第64題的主句是「因」、從句為「果」，答案是 (Б) поэтому。第65題的主句是「因」、從句為「果」，所以應該選 (Б) поэтому。第66題的主句是「果」、從句為「因」，所以答案是 (A) потому что。

★ Я не пойду гулять, *потому что* завтра у меня экзамен.
　我不去散步，因為我明天有個考試。

★ В комнате жарко, *поэтому* мы открыли окно.
　房間裡熱，所以我們開了窗戶。

★ Лифт не работает, *поэтому* мы идём пешком на 7 этаж.
　電梯壞了，所以我們用走的上七樓。

★ Я часто звоню домой, *потому что* скучаю по родителям.
　我因為想念父母親而常常打電話回家。

---

67. Виктор не ходит на дискотеку, ... он не умеет танцевать.

68. Антон не был не уроке, ... он не писал контрольную работу.

69. Мария часто ходит в музеи, ... она любит живопись.

70. У меня нет билета, ... я не пойду на концерт.

選項：(A) потому что (Б) поэтому

分析：第67題的主句是「果」、從句為「因」，所以應該選 (A) потому что。第68題的主句是「因」、從句為「果」，所以應該選 (Б) поэтому。第69題的主句是「果」、從句為「因」，所以答案是 (A) потому что。第70題的主句是「因」、從句為「果」，所以應該選 (Б) поэтому。

★ Виктор не ходит на дискотеку, *потому что* он не умеет танцевать.
   維克多是不去舞廳的，因為他不會跳舞。

★ Антон не был не уроке, *поэтому* он не писал контрольную работу.
   安東沒來上課，所以他沒參加小考。

★ Мария часто ходит в музеи, *потому что* она любит живопись.
   瑪莉亞常常去博物館，因為她喜歡寫生畫。

★ У меня нет билета, *поэтому* я не пойду на концерт.
   我沒有票，所以我不會去聽音樂會。

---

71. Я не помню, ... я положил мой словарь.
72. Ты знаешь, ... открывается библиотека?
選項：(А) когда (Б) куда (В) почему (Г) как

分析：第71題的關鍵詞是從句的動詞положил。該動詞是完成體，原形動詞為положить，而未完成體動詞是класть，未完成體與完成體動詞完全不一樣，需要特別留意。動詞是「放置」的意思，表達一個「移動」的狀態，而非靜止的動作，所以通常後接表示「移動」的副詞或是前置詞＋地點第四格。若須選疑問副詞，則答案是 (Б) куда。第72題只需依照句意即可作答。從句的意思是「圖書館開門」，合理的選擇應該不是問開門的理由或是開門的方式，而應該是開門的時間，所以應該選 (А) когда。

★ Я не помню, *куда* я положил мой словарь.
   我不記得把我的辭典放哪了。

★ Ты знаешь, *когда* открывается библиотека?
   你知道圖書館幾點開門嗎？

73. Марта не помнит, ... она дала свою тетрадь.

74. Я не видел, ... она поздоровалась.

75. Я не знаю, ... он получил письмо.

選項：(А) кем (Б) от кого (В) кому (Г) с кем

分析：第73題的關鍵詞是從句的動詞дала。該動詞是完成體，原形動詞為дать，而未完成體動詞是давать，它們的變位方式非傳統第一變位法動詞的變位，請自行留意。動詞是「給予」的意思，後通常接人用第三格、接物用第四格。本句的свою тетрадь為第四格，答案應選人第三格，是 (В) кому。第74題的關鍵詞也是從句的動詞поздоровалась。該動詞是完成體，原形動詞為поздороваться，而未完成體動詞是здороваться。動詞是「打招呼」的意思，後通常接前置詞＋人第五格，所以答案是 (Г) с кем。第75題關鍵動詞получил的原形動詞為получить，是完成體動詞，而未完成體動詞是получать。動詞是「獲得、收到」的意思，後通常接第四格，如本句中的中性名詞письмо。若要表達「從某人處獲得」，則應用前置詞от＋人第二格，所以答案是 (Б) от кого。

★ Марта не помнит, *кому* она дала свою тетрадь.
　馬爾塔不記得把自己的筆記本借給了誰。

★ Я не видел, *с кем* она поздоровалась.
　我沒看到她跟誰打了招呼。

★ Я не знаю, *от кого* он получил письмо.
　我不知道是誰寄信給他的。

76. Андрей не знает, ... сегодня день рождения.

77. Мама спросила, ... я ходил.

78. Я спросил друга, ... он думает.

選項：(А) о чём (Б) к кому (В) у кого (Г) с кем

分析：第76題是固定句型。前置詞у＋人第二格＋動詞есть＋物第
一格表示「某人有某物」，若要表示「否定」，則將動詞
есть＋名詞第一格改為нет＋名詞第二格即可。本句第一格
為「生日」，動詞есть可以省略，所以答案為 (В) у кого。
第77題的關鍵詞是從句的移動動詞ходил。沒有加前綴的移
動動詞都是未完成體，其原形動詞為ходить。動詞是「走、
行走」的意思，後通常接表示「移動」的副詞或是前置詞＋
地點第四格。但是如果要表達「去找某人」的意思，則動詞
後應用前置詞к＋人第三格，所以答案是 (Б) к кому。第78
題關鍵動詞думает的原形動詞為думать，是未完成體動詞，
而完成體動詞是подумать，是「想、認為」的意思。作為
「想」解釋，則應用前置詞о＋名詞第六格；若做「認為」
解釋，則用在複合句中，後通常接連接詞что，再接從句。
本題做「想」解釋，答案應為 (А) о чём。

★ Андрей не знает, *у кого* сегодня день рождения.
   安德烈不知道今天是誰的生日。

★ Мама спросила, *к кому* я ходил.
   媽媽問我去找了誰。

★ Я спросил друга, *о чём* он думает.
   我問朋友在想些什麼。

79. У меня был билет, ... я пошёл в театр.

80. Мой брат - студент, ... моя сестра - школьница.

81. Было поздно, ... мы продолжали работать.

82. Он говорит по-русски хорошо, ... я говорю ещё плохо.

83. Эта задача лёгкая, ... я не могу решить её.

選項：(А) и (Б) но (В) а

分析：接下來五題是考連接詞и、но、а的用法。先分析選項。選項 (А) и的意思很多，大多與「並列」及「接續」的解釋有關，可參考辭典，例如Это Антон и Анна. 這是安東與安娜；Пошёл дождь, и дети остались дома. 下起雨來了，所以孩子們待在家裡。選項 (Б) но的意思是「但是」，在複合句中通常表示轉折關係，引出與上文意思相反或相對的下文，例如Антону уже 50 лет, но он ещё учится в университете. 安東已經五十歲了，但是他還在念大學。選項 (В) а的意思是「而、則、卻」等等，表示「對比」的關係，例如Антон ушёл, а Анна осталась. 安東走了，而安娜留了下來。第79題主句是個說明「原因」的背景，而從句是個「接續」的動作，所以應選 (А) и。第80題的主、從二句為對比關係，應選 (В) а。第81題的主、從二句有「轉折關係」，上文與下文意思相對，所以答案是 (Б) но。第82題的主句是хорошо，而從句為плохо，明顯為對比關係，應選 (В) а。第83題的主、從二句有「轉折關係」，上文與下文意思相對，所以答案是 (Б) но。

★ У меня был билет, *и* я пошёл в театр.

我有票，所以我去了劇場。

★ Мой брат - студент, *а* моя сестра - школьница.

我的弟弟是大學生，而我的妹妹是中學生。

★ Было поздно, *но* мы продолжали работать.

時間已經晚了，但是我們繼續工作。

★ Он говорит по-русски хорошо, *а* я говорю ещё плохо.

他俄語說得好，而我還說得不好。

★ Эта задача лёгкая, *но* я не могу решить её.

這是個簡單的題目，但是我無法解題。

84. Виктор не знает, ...
85. Ольга спросила, ...
86. Я куплю билеты, ...
87. Я буду очень рада, ...
選項：(A) пойдёт ли он в кино (Б) если он пойдёт в кино

分析：本四題是「連接表示間接問話的複合句」與「一般假設句的複合句」的用法。連接表示間接問話的複合句需搭配小品詞ли，就如選項 (A)。而選項 (Б) 的連接詞если有「如果」的意思，表達「如果怎麼樣，就怎麼樣」之意。依據句意，第84題與第85題皆為間接問話的用意，應選 (A) пойдёт ли он в кино。第86題與第87題則是一般的假設句，應選 (Б) если он пойдёт в кино。

★ Виктор не знает, *пойдёт ли он в кино*.

維克多不知道他會不會去看電影。

★ Ольга спросила, *пойдёт ли он в кино*.

奧利嘉問他會不會去看電影。

★ Я куплю билеты, *если он пойдёт в кино*.

如果他要去看電影，我就去買票。

★ Я буду очень рада, *если он пойдёт в кино*.

如果他要去看電影，我會非常高興。

88. Хотя Сергей писал диктант внимательно, он ...

89. Если бы он писал диктант внимательно, он ...

90. Если он будет писать диктант внимательно, он ...

選項：(А) мог бы написать всё правильно (Б) пропустил 2 слова

(В) писал правильно (Г) всё напишет правильно

分析：第88題有重點詞хотя。該詞是連接詞，意思是「雖然、雖說」。依照句意，前句「雖然仔細地做」，後句的結果應該還是有缺陷才是，答案應選 (Б) пропустил 2 слова。第89題是「與事實相反的假設句」。前句有если＋小品詞бы＋動詞過去式，後句也應該有對應的動詞過去式＋小品詞бы，所以應選 (А) мог бы написать всё правильно。第90題與第87題則是一般的假設句，動詞為未來式，所以答案應選未來式的 (Г) всё напишет правильно。

★ Хотя Сергей писал диктант внимательно, он *пропустил 2 слова.*
雖然謝爾蓋很仔細地寫聽寫，他還是漏掉了兩個字。

★ Если бы он писал диктант внимательно, он *мог бы написать всё правильно.*
他沒有很仔細地寫聽寫，所以有些寫錯了。

★ Если он будет писать диктант внимательно, он *всё напишет правильно.*
如果他會很仔細地寫聽寫，他一定會全都會寫對。

☰ 測驗九：形動詞與副動詞

■ 第一部分

請選一個正確的答案。

---

1. Я знаю человека, ... на семи языках.

選項：(A) говорящий (Б) говорящего (В) говорящим

分析：形動詞分為主動形動詞與被動形動詞。主動形動詞又分為現
在式的主動形動詞與過去式的主動形動詞。被動形動詞也分
為現在式的被動形動詞與過去式的被動形動詞。不管是主動
或被動，他們皆具有動詞與形容詞的雙重特性，並且與被說
明的名詞在性、數、格上一致，作為修飾之用。有關他們的
組成方式請自行參考相關的語法工具書。第1題的選項是現
在式的主動形動詞。形動詞作為修飾前句名詞之用，名詞為
человека，是單數第四格，所以形動詞也應選第四格，答案
為 (Б) говорящего。

★ Я знаю человека, *говорящего* на семи языках.

我認識一個會說七種語言的人。

---

2. Мы читаем статью об учёном, ... Нобелевскую премию.

選項：(A) получившем (Б) получившим (В) получивший

分析：本題的選項是過去式的主動形動詞。被修飾的名詞是第六格 учёном，所以形動詞也應選第六格，答案為 (A) получившем。

★ Мы читаем статью об учёном, *получившем* Нобелевскую премию.
我們在讀一篇有關曾獲得諾貝爾獎學者的文章。

3. Я познакомилась с математиком, ... МГУ.
選項：(A) окончивший (Б) окончившему (В) окончившим

分析：本題的選項是過去式的主動形動詞。被修飾的名詞是第五格 математиком，所以形動詞也應選第五格，答案為 (В) окончившим。

★ Я познакомилась с математиком, *окончившим* МГУ.
我認識一位從莫斯科大學畢業的數學家。

4. Мне нравится молодой человек, ... в нашей фирме.
選項：(A) работающим (Б) работающий (В) работающего

分析：本題的選項是現在式的主動形動詞。被修飾的名詞是第一格 молодой человек，所以形動詞也應選第一格，答案為 (Б) работающий。

★ Мне нравится молодой человек, *работающий* в нашей фирме.
我喜歡在我們公司上班的那位年輕人。

5. Я прочитал рассказ, ... в журнале «Звезда».
選項：(A) напечатанный (Б) напечатанным (В) напечатанном

分析：本題的選項是過去式的被動形動詞。被修飾的名詞是第四格 рассказ，所以形動詞也應選第四格，答案為 (A) напечатанный。

★ Я прочитал рассказ, *напечатанный* в журнале «Звезда».
我讀了一篇刊登在「星星」雜誌上的故事。

6. Татьяна потеряла зонтик, ... вчера.
選項：(A) купленного (Б) купленный (B) купленным

分析：本題的選項是過去式的被動形動詞。被修飾的名詞是第四格 зонтик，所以形動詞也應選第四格，答案為 (Б) купленный。

★ Татьяна потеряла зонтик, *купленный* вчера.
塔琪亞娜弄丟了昨天買的傘。

7. Андрей сдал экзамены по всем предметам, ... в университете.
選項：(A) изучаемым (Б) изучаемые (B) изучаемых

分析：本題的選項是現在式的被動形動詞。被修飾的名詞是複數第三格 предметам，所以形動詞也應選第三格，答案為 (A) изучаемым。

★ Андрей сдал экзамены по всем предметам, *изучаемым* в университете.
安德列通過了大學所有學科的考試。

8. Марина танцевала с гостем, ... к нам на вечер.
選項：(A) приглашённый (Б) приглашённым (B) приглашённого

分析：本題的選項是過去式的被動形動詞。被修飾的名詞是單數第五格гостем，所以形動詞也應選第五格，答案為 (Б) приглашённым。

★ Марина танцевала с гостем, *приглашённым* к нам на вечер.
    瑪琳娜跟受邀前來晚會的來賓跳舞。

9. Я ходила на выставку, ... в Эрмитаже.
選項：(А) открытая (Б) открытой (В) открытую

分析：本題的選項是過去式的被動形動詞。被修飾的名詞是單數第四格выставку，所以形動詞也應選第四格，答案為 (В) открытую。

★ Я ходила на выставку, открытую в Эрмитаже.
    我去看了在冬宮博物館展出的展覽。

10. Студенты обсуждают опыты, ... на занятии.
選項：(А) проводимые (Б) проводимых (В) проводимыми

分析：本題的選項是現在式的被動形動詞。被修飾的名詞是單數第四格опыты，所以形動詞也應選第四格，答案為 (А) проводимые。

★ Студенты обсуждают опыты, *проводимые* на занятии.
    學生們正在討論課堂上所進行的實驗。

11. Мы говорили о книге, ... бразильским писателем.
選項：(А) написанную (Б) написанной (В) написанная

分析：本題的選項是過去式的被動形動詞。被修飾的名詞是單數第六格книге，所以形動詞也應選第六格，答案為 (Б) написанной。另外，不論是現在式或過去式的被動形動詞之後若接實施該動作的「主體」，請注意，並非「主詞」，則該主體應用的五格，如本題的бразильским писателем。

★ Мы говорили о книге, *написанной* бразильским писателем.
我們談論一本由巴西作家所寫的書。

12. Надо найти человека, ... испанский язык.
選項：(А) знающего (Б) знающий (В) знающему

分析：本題的選項是現在式的主動形動詞。被修飾的名詞是受詞第四格человека，所以形動詞也應選第四格，答案為 (А) знающего。

★ Надо найти человека, *знающего* испанский язык.
必須要找到一位會說西語的人。

■ 第二部分

請選一個正確的答案。

13. Марта читает письмо, ... отцом.
選項：(А) присланное (Б) приславшее

分析：接下來的題目我們只要考慮形動詞的主動型態或是被動型態，即可解題。本題的選項 (А) присланное是過去式的被動形動詞，而選項 (Б) приславшее則是過去式的主動形動詞。前句主詞為Марта，動詞是читает，後接受詞第四格

письмо。後句有動作的「主體」，也就是名詞第五格的 отцом，所以受詞письмо是「被寄來的」，所以應用被動形動詞，答案為 (А) присланное。

★ Марта читает письмо, *присланное* отцом.
馬爾塔正在讀父親寄來的信。

14. Джон рассказывает о книге, ... им вчера.
選項：(А) прочитанной (Б) прочитавший

分析：本題的選項 (А) прочитанной是過去式的被動形動詞，而選項 (Б) прочитавший則是過去式的主動形動詞。前句主詞為Джон，動詞是рассказывает，後接前置詞＋名詞第六格 книге。後句有動作的「主體」，也就是人稱代名詞第五格的им，所以受詞книге是「被讀的」，所以應用被動形動詞，答案為 (А) прочитанной。

★ Джон рассказывает о книге, *прочитанной* им вчера.
約翰正在敘述一本他昨天讀完的書。

15. Спутники, ... в космос, служат несколько лет.
選項：(А) посылающие (Б) посланные

分析：本題的選項 (А) посылающие是現在式的主動形動詞，而選項 (Б) посланные則是過去式的被動形動詞。前句主詞為 Спутники，意思是「衛星」，動詞是служат，之後接補充說明несколько лет。形動詞之後的前置詞＋名詞第四格，表示「移動」的狀態。名詞спутники是「被送上太空的」，所以應用被動形動詞，答案為 (Б) посланные。

★ Спутники, *посланные* в космос, служат несколько лет.

被送上太空的衛星可使用數年。

16. Артистка поблагодарила зрителя, ... ей цветы.

選項：(А) подаренного (Б) подарившего

分析：本題的選項 (А) подаренного是過去式的被動形動詞，而選項 (Б) подарившего則是過去式的主動形動詞。前句主詞是 артистка，動詞是поблагодарила，後接受詞第四格зрителя「觀眾」。後句的人稱代名詞是ей，代替前句的主詞артистка，之後也是接受詞第四格цветы。本題的形動詞修飾的名詞為 зрителя，應為主動「送花的人」，所以應用主動形動詞，答案為 (Б) подарившего。

★ Артистка поблагодарила зрителя, *подарившего* ей цветы.

演員向送花給她的觀眾致謝。

17. Том вернулся и взял сумку, ... в аудитории.

選項：(А) забытую (Б) забывшую

分析：本題的選項 (А) забытую是過去式的被動形動詞，而選項 (Б) забывшую則是過去式的主動形動詞。前句主詞是Том，動詞是вернулся и взял，後接受詞第四格сумку。後句的形動詞之後只有補充的前置詞в＋名詞第六格，表示「靜止」的狀態。名詞сумку的意思是「包包」，應該是被動的「被忘了的」，而非主動形式，所以應選被動形動詞，答案為 (А) забытую。

★ Том вернулся и взял сумку, *забытую* в аудитории.

湯姆回來並拿了忘在教室的包包。

18. Нам понравился вечер, ... студентами университета.

選項：(А) организовавший (Б) организованный

分析：本題的選項 (А) организовавший是過去式的主動形動詞，而選項 (Б) организованный則是過去式的被動形動詞。前句主詞是вечер，意思是「晚會」，所以應解讀為「被籌辦的」，而後句有動作的「主體」第五格студентами，所以應選被動形動詞，答案為 (А) организованный。

★ Нам понравился вечер, *организованный* студентами университета.
我們喜歡大學學生所籌辦的晚會。

19. Мы учимся в институте, ... в 19-ом веке.

選項：(А) основавшем (Б) основанном

分析：本題的選項 (А) основавшем是過去式的主動形動詞，而選項 (Б) основанном則是過去式的被動形動詞。前句主詞是мы，動詞是учимся，後接前置詞 в＋名詞第六格институте。而後句有表示「時間」的前置詞＋時間第六格。形動詞所修飾的名詞институт應為「被成立的」，為被動，所以應選被動形動詞，答案為 (Б) основанном。

★ Мы учимся в институте, *основанном* в 19-ом веке.
我們在成立於19世紀的大學念書。

20. Я ответила на письмо, ... мной вчера.

選項：(А) получившее (Б) полученное

分析：本題的選項 (A) получившее是過去式的主動形動詞，而選項
(Б) полученное則是過去式的被動形動詞。前句被修飾的名
詞是第四格письмо，而後有動作的「主體」мной。形動詞
所修飾的名詞第四格письмо應為「被收到的」，所以應選
被動形動詞，答案為 (Б) полученное。

★ Я ответила на письмо, *полученное* мной вчера.
我已經回了我昨天收到的信。

---

21. Антон смотрит все фильмы, ... в этом кинотеатре.
選項：(A) демонстрирующие (Б) демонстрируемые

分析：本題的選項 (A) демонстрирующие是現在式的主動形動詞，
而選項 (Б) демонстрируемые則是現在式的被動形動詞。前
句被修飾的名詞是第四格фильмы，而形動詞之後只有前置
詞 в＋名詞第六格，並無受詞。形動詞所修飾的名詞第四格
фильмы應為「被播放的」，所以應選被動形動詞，答案為
(Б) демонстрируемые。

★ Антон смотрит все фильмы, *демонстрируемые* в этом кинотеатре.
安東看在這間電影院所播放的所有電影。

---

22. Мне трудно будет забыть слова, ... вами.
選項：(A) сказавшие (Б) сказанные

分析：本題的選項 (A) сказавшие是過去式的被動形動詞，而選項
(Б) сказанные則是過去式的被動形動詞。前句被修飾的名詞
是第四格слова，而形動詞之後僅有表動作「主體」的人稱

代名詞第五格вами，應解釋為「被你們所說的」，所以應選被動形動詞，答案為 (Б) сказанные。

★ Мне трудно будет забыть слова, *сказанные* вами.
　我將很難忘記你們所說過的話。

23. Эта книга написана для студентов, ... русский язык.
選項：(А) изучаемых (Б) изучающих

分析：本題的選項 (А) изучаемых是現在式的被動形動詞，而選項 (Б) изучающих則是現在式的主動形動詞。前句被修飾的名詞是第二格的студентов，而形動詞之後有受詞第四格，依照句意，應為主動，所以應選主動形動詞，答案為 (Б) изучающих。

★ Эта книга написана для студентов, *изучающих* русский язык.
　這本書是為學俄語的大學生而寫的。

24. Преподаватель поздравил студентов, ... на олимпиаде.
選項：(А) побеждённых (Б) победивших

分析：本題的選項 (А) побеждённых是過去式的被動形動詞，而選項 (Б) победивших則是過去式的主動形動詞。前句被修飾的名詞是第四格的студентов，而形動詞之後只有前置詞 на ＋名詞第六格。依照句意，學生是「取得勝利的」，所以應選主動形動詞，答案為 (Б) победивших。

★ Преподаватель поздравил студентов, *победивших* на олимпиаде.
　老師祝賀在奧林匹亞競賽中獲勝的學生。

▊第三部分

請選一個正確的答案。

> 25. Эта статья ... в последнем номере журнала.
>
> 選項：(А) напечатана (Б) напечатанная

分析：以下各題為被動形動詞的用法。請注意，能構成短尾形式
的現在式形動詞不多，例如любить／любимый、уважать／
уважаемый等等，請讀者自行參考語法工具書。被動形動
詞的短尾形式主要是由過去時態的被動形動詞組成，在句
中通常做為「謂語」，可與BE動詞быть搭配，而動作的
「主體」應用第五格，例如Санкт-Петербург был основан
Петром Первым. 聖彼得堡是由彼得大帝所創建的。可充
當「謂語」的詞類很多，而大多是動詞，請自行參考相關
書籍。另外，被動形動詞的完整形式與被說明的詞在性、
數、格必須一致，若有動作的「主體」，也應用第五格，
例如Я получил письмо, отправленное Антоном вчера. 我已
經收到安東昨天寄的信。被動形動詞отправленное修飾名詞
письмо，性、數、格一致，而安東是動作的「主體」，所
以用第五格。本題並無被修飾或說明的單詞，所以應用短尾
形式的被動形動詞。所以答案是 (А) напечатана。

★ Эта статья *напечатана* в последнем номере журнала.
  這篇文章被刊登在最近一期的雜誌中。

> 26. Выставка, ... сирийскими студентами, понравилась всем.
>
> 選項：(А) организована (Б) организованная

分析：本題是有動詞нравиться的固定句型。主體是人稱代名詞第三格всем，而「被喜歡的」是「主詞」第一格выставка，而選項作為修飾主詞的形動詞，所以應用完整形式，答案為 (Б) организованная。

★ Выставка, *организованная* сирийскими студентами, понравилась всем.
每個人都喜歡敘利亞學生所舉辦的展覽會。

---

27. Книга уже ... Её можно сдать в библиотеку.
選項：(А) прочитанная (Б) прочитана

分析：本題的被動形動詞作為「謂語」，並無需要修飾的單詞，所以應用短尾形式，答案為 (Б) прочитана。

★ Книга уже *прочитана*. Её можно сдать в библиотеку.
書已經讀完了，可以把它還給圖書館了。

---

28. Это здание ... в начале XX века.
選項：(А) построено (Б) построенное

分析：本題與上題句型一樣，被動形動詞作為「謂語」，詞組это здание為主詞，句中並無需要修飾的單詞，所以應用短尾形式，答案為 (А) построено。

★ Это здание *построено* в начале XX века.
這棟建築在20世紀初建造而成。

---

29. Я хотела купить цветы, но магазин был ...
選項：(А) закрытый (Б) закрыт

分析：本題與上題句型一樣，被動形動詞作為「謂語」，名詞магазин 為主詞，動詞過去式был與形動詞搭配並構成「謂語」。 句中並無需要修飾的單詞，所以應用短尾形式，答案為 (Б) закрыт。請注意，形動詞之前若用BE動詞過去式，代表不 清楚在說話的同時該動作的結果是否還存在，也就是說，本 題商店在過去的時間是關著的，而現在並不知道是開著或是 關著。而上題的形動詞為現在式，那就意味著在說話的同 時，該動作的結果還是存在的，也就是說，該建築在20世紀 初建造而成，而現在還矗立在街頭。

★ Я хотела купить цветы, но магазин был *закрыт*.
　我剛想買花，但是商店是關著的。

---

30. Анна принесла сочинение, ... ею ночью.
選項：(А) написано (Б) написанное

分析：本題的關鍵詞是第四格的受詞сочинение，在句中作為被動 形動詞所要修飾的單詞，所以應用完整的形動詞形式，答案 為 (Б) написанное。形動詞後接動作的「主體」，用第五格 ею (或是ей)。

★ Анна принесла сочинение, *написанное* ею ночью.
　安娜帶來了她在深夜裡寫好的作文。

---

31. Выставка будет ... завтра.
選項：(А) открытая (Б) открыта

分析：本題的主詞為выставка，而「謂語」是由BE動詞的未來式
　　　будет與形動詞所組成的。形動詞並無修飾的對象，所以要
　　　用短尾形式，答案應選 (Б) открыта。

★ Выставка будет *открыта* завтра.
　　展覽會將在明天開幕。

32. Посмотрите, вся работа уже ...
選項：(А) сделанная (Б) сделана

分析：本題的句型與上題類似，主詞為работа，而「謂語」是由省
　　　略的BE動詞與形動詞所組成的。形動詞並無修飾的對象，
　　　所以要用短尾形式，答案應選 (Б) сделана。

★ Посмотрите, вся работа уже *сделана*.
　　你們看，所有的工作都已經做完了。

33. В этом изложении ошибки ещё не ...
選項：(А) исправлены (Б) исправленные

分析：本題的句型與上題類似，主詞為ошибки，省略的BE動詞與
　　　形動詞組成「謂語」。形動詞並無修飾的對象，所以要用短
　　　尾形式，答案應選 (А) исправлены。

★ В этом изложении ошибки ещё не *исправлены*.
　　在這篇敘述中錯誤還沒有修改。

34. В аудитории лежит куртка, ... каким-то студентом.
選項：(А) забыта (Б) забытая

分析：本題的關鍵詞是主詞куртка，而形動詞在此的角色為修飾該
主詞，所以要用完整的形式，答案應選 (Б) забытая。

★ В аудитории лежит куртка, *забытая* каким-то студентом.
在教室中有一件被學生遺留的外套。

35. Эта книга была ... моей бабушкой.
選項：(А) переведённая (Б) переведена

分析：本題的主詞是книга，而BE動詞過去式была與形動詞搭配並
作為「謂語」。形動詞並無修飾的對象，所以要用短尾形
式，答案應選 (Б) переведена。

★ Эта книга была *переведена* моей бабушкой.
這本書是由我的奶奶翻譯的。

36. Анна показала мне пальто, ... ею сегодня.
選項：(А) куплено (Б) купленное

分析：本題的關鍵詞是第四格的受詞пальто，而形動詞在此的角色為
修飾該受詞，所以要用完整的形式，答案應選 (Б) купленное。

★ Анна показала мне пальто, *купленное* ею сегодня.
安娜給我看她今天買的大衣。

37. Этот портрет ... известным художником.
選項：(А) нарисовал (Б) нарисованный (В) нарисован

分析：本題的關鍵詞是第五格的詞組известным художником。第五格的詞組在此作為動作的「主體」，所以答案必須用形動詞。而形動詞在此係作為「謂語」，並無可修飾的單詞，所以要用短尾的形式，答案應選 (B) нарисован。

★ Этот портрет *нарисован* известным художником.
這幅肖像畫是由一位著名的畫家所畫的。

38. Зимний дворец ... по проекту архитектора Ф.Б. Растрелли.
選項：(A) построен (Б) построенный (В) построил

分析：本題的主詞是зимний дворец，而非第二格的архитектора，所以答案要用形動詞。主詞之後並無可修飾的單詞，所以要用短尾形式的「謂語」即可，答案應選 (A) построен。

★ Зимний дворец *построен* по проекту архитектора Ф.Б. Растрелли.
冬宮是依照建築師拉斯特列里的設計所建築而成的。

39. Вся работа была ... вовремя.
選項：(A) сделана (Б) сделала (В) сделавшая

分析：本題的主詞是вся работа，之後接BE動詞過去式была與形動詞構成的「謂語」。句中並無可修飾的單詞，所以要用短尾形式的形動詞，答案應選 (A) сделана。

★ Вся работа была *сделана* вовремя.
所有的工作都及時完成。

40. Этот профессор ... лекцию завтра в 10 часов.
選項：(А) прочитавший (Б) будет прочитан (В) будет читать

分析：本題的主詞是Этот профессор，之後名詞第四格лекцию，作
　　　為受詞，之後再接表示「時間」的副詞與詞組。由此可見，
　　　句中缺乏的是動詞，而非形動詞，答案應選未來式動詞 (В)
　　　будет читать。

★ Этот профессор *будет читать* лекцию завтра в 10 часов.
　 這位教授將在明天十點講課。

41. Картина ... моим дедом.
選項：(А) купленная (Б) была куплена (В) купил

分析：本題的關鍵詞是第五格的詞組моим дедом。第五格的詞組
　　　在此作為動作的「主體」，所以答案必須用形動詞。而形動
　　　詞在此係作為「謂語」，並無可修飾的單詞，所以要用短尾
　　　的形式，答案應選 (Б) была куплена。

★ Картина *была куплена* моим дедом.
　 這幅畫是我的祖父所購買的。

42. Это письмо я ... завтра.
選項：(А) пошлю (Б) будет послано (В) послала

分析：本題的主詞是я，受詞是第四格的это письмо，之後為表示未
　　　來的時間副詞завтра。本句缺乏的是動詞，而非形動詞。時間
　　　副詞завтра要我們選是未來式的答案，所以應選 (А) пошлю。

★ Это письмо я *пошлю* завтра.

　明天我會寄出這封信。

---

43. Я читаю книгу, ... мне братом.

選項：(A) подарившую (Б) подаренную (В) была подарена

分析：本題的關鍵是第五格的名詞братом，它做為本句形動詞所
　　　施行動作的「主體」。形動詞所修飾的名詞為книгу，書是
　　　「被贈送的」，所以形動詞應用被動形式且為第四格，答案
　　　應選 (Б) подаренную。

★ Я читаю книгу, *подаренную* мне братом.

　我正在讀哥哥送給我的書。

---

44. Задача ... Антоном за 5 минут.

選項：(A) была решена (Б) решённая (В) решил

分析：本題與上題相同，關鍵也是做為本句形動詞所施行動作的
　　　「主體」第五格名詞Антоном，所以形動詞應用短尾形式，
　　　答案應選 (A) была решена。

★ Задача *была решена* Антоном за 5 минут.

　安東用五分鐘解了題。

---

45. А.С. Пушкин – поэт, ... всеми русскими.

選項：(A) любящий (Б) любят (В) любимый

分析：本題與上題相同，關鍵也是做為本句形動詞所施行動作的「主體」第五格名詞всеми русскими，而形動詞應用被動形式，答案應選 (B) любимый。

★ А.С. Пушкин – поэт, *любимый* всеми русскими.
   普希金是所有俄羅斯人所喜愛的詩人。

46. Студент, ... на вопрос правильно, получил пятёрку.
選項：(А) ответит (Б) отвечает (В) ответивший

分析：本題的主詞為студент，後有動詞получил＋受詞第四格пятёрку。答案要選的是修飾主詞的形動詞，根據句意，形動詞應用主動形式，答案應選 (В) ответивший。請注意，名詞пятёрка是「五分」的意思，等同於中文的評分等級「甲」，或是英文的評分等級「А」。

★ Студент, *ответивший* на вопрос правильно, получил пятёрку.
   學生正確地回答了問題並得到五分。

47. Все книги ... в библиотеку.
選項：(А) сданы (Б) сдавшие (В) сданные

分析：本題的主詞是все книги，之後接充當「謂語」的形動詞。句中並無可修飾的單詞，所以要用短尾形式的形動詞，答案應選 (А) сданы。

★ Все книги *сданы* в библиотеку.
   所有的書都還給圖書館了。

48. Антон постучал в ... дверь.

選項：(А) закрывшую (Б) закрытую (В) закрывающую

分析：根據句意，門應該是「被關上的」，應為被動形式，所以要
用被動形式的形動詞，答案應選 (Б) закрытую。

★ Антон постучал в *закрытую* дверь.
　安動敲了敲被關上的門。

■ 第四部分

請選一個正確的答案。

49. ..., строители продолжили работу.

選項：(А) отдыхая (Б) отдохнув

分析：以下的題目為副動詞的用法。俄語的副動詞根據「體」的意
義，分為未完成體副動詞與完成體副動詞。未完成體副動詞
表示與主要行為同時發生，功能是修飾主要的行為；而完
成體副動詞通常表示在主要行為發生之前的動作，也是修飾
主要的行為。除了上述的原則之外，我們在解題的時候也必
須考慮句意，將原則搭配邏輯才能正確地解題。有關副動
詞的構成方式請學員自行參考相關資料。本題的主要行為
是продолжили。動詞продолжить是完成體動詞，所以副動
詞也應用完成體動詞，表示動作發生的次序，答案應選 (Б)
отдохнув。

★ *Отдохнув*, строители продолжили работу.
　休息之後，建築工人繼續工作。

50. ... задание, студенты начали делать упражнение.

選項：(А) прочитав (Б) читая

分析：本題的主要行為是начали делать。動詞начать是完成體動詞，所以副動詞也應用完成體動詞，表示動作發生的次序，答案應選 (А) прочитав。

★ *Прочитав* задание, студенты начали делать упражнение.
讀完了題目後，學生開始做習題。

51. ... домой, я встретила в троллейбусе свою подругу.

選項：(А) вернувшись (Б) возвращаясь

分析：本題的主要行為是встретила。動詞встретить是完成體動詞，而根據句意，副動詞應用未完成體動詞，表示未完成體動詞所代表的次要動作「過程」中所發生的主要行為встретила。本題答案應選 (Б) возвращаясь。

★ *Возвращаясь* домой, я встретила в троллейбусе свою подругу.
返家的時候，我在電車上遇見了我的朋友。

52. ..., отец всегда ложится отдыхать.

選項：(А) пообедав (Б) обедая

分析：本題也必須考量句意，否則句子將變得沒有邏輯。主要行為是未完成體動詞ложится отдыхать，而副動詞應用完成體動詞，表示兩個動作的「發生次序」，而非「同時」，所以本題答案應選 (А) пообедав。

★ *Пообедав*, отец всегда ложится отдыхать.

吃完飯後，父親總是躺下休息。

53. ... минуту, Анна уверенно ответила на вопрос.

選項：(А) думая (Б) подумав

分析：本題的主要行為是ответила。動詞ответить是完成體動詞，所以副動詞也應用完成體動詞，表示動作發生的次序，答案應選 (Б) подумав。

★ *Подумав* минуту, Анна уверенно ответила на вопрос.

想了一會兒，安娜有自信地回答了問題。

54. Студент сдал сочинение, ... написать своё имя.

選項：(А) забыв (Б) забывая

分析：本題的主要行為是сдал。動詞сдать是完成體動詞，所以副動詞也應用完成體動詞，表示動作發生的次序，答案應選 (А) забыв。

★ Студент сдал сочинение, *забыв* написать своё имя.

學生忘了寫名字就把作文交了出去。

55. ... в Россию, Мария обещала родителям часто писать.

選項：(А) уезжая (Б) уехав

分析：本題的主要行為是обещала。動詞обещать是未完成體動詞，而根據句意，副動詞也應用未完成體動詞，表示在次要動作的「過程」中所發生的主要行為。本題答案應選 (А)

уезжая。試想，如果用完成體副動詞，那麼就是說人都已經
離開了，那就根本無法承諾了，所以應該是在離開的過程中
所承諾的。

★ *Уезжая* в Россию, Мария обещала родителям часто писать.
　瑪麗亞在離家前往俄羅斯之際，答應父母親會常寫信。

56. ... ужин, мама позвала всех к столу.
選項：(A) готовая (Б) приготовив

分析：本題的主要行為是позвала。動詞позвать是完成體動詞，所
　　　以副動詞也應用完成體動詞，表示動作發生的次序，答案應
　　　選 (Б) приготовив。

★ *Приготовив* ужин, мама позвала всех к столу.
　媽媽煮好飯後叫大家就座。

57. Хорошо ... иностранный язык, ты сможешь работать переводчиком.
選項：(A) изучая (Б) изучив

分析：本題的主要行為是сможешь работать。動詞смочь是完成體
　　　動詞，所以副動詞也應用完成體動詞，表示動作發生的次
　　　序，答案應選 (Б) изучив。

★ Хорошо *изучив* иностранный язык, ты сможешь работать переводчиком.
　把外文學好，你以後就可以當翻譯。

58. ... новый грамматический материал, преподаватель писал на доске примеры.

選項：(A) объяснив (Б) объясняя

分析：本題的主要行為是писал。動詞писать是未完成體動詞，而根據句意，副動詞也應用未完成體動詞，表示在次要動作的「過程」中所發生的主要行為。本題答案應選 (Б) объясняя。

★ *Объясняя* новый грамматический материал, преподаватель писал на доске примеры.

老師一邊解說新的語法資料，一邊在黑板寫例子。

59. ... все экзамены, студенты уехали на каникулы.

選項：(A) сдавая (Б) сдав

分析：本題的主要行為是уехали。動詞уехать是完成體動詞，所以副動詞也應用完成體動詞，表示動作發生的次序，答案應選 (Б) сдав。

★ *Сдав* все экзамены, студенты уехали на каникулы.

學生們在通過了所有的考試之後去度假了。

60. ... в Петербурге, Том часто ходил в Эрмитаж.

選項：(A) живя (Б) прожив

分析：本題的主要行為是ходил。動詞ходить是未完成體動詞，而根據句意，副動詞也應用未完成體動詞，表示兩個動作同時發生。本題答案應選 (A) живя。

★ *Живя* в Петербурге, Том часто ходил в Эрмитаж.
湯姆居住在彼得堡的期間常常去冬宮博物館。

61. ... ключ, Лена не смогла войти в дом.
選項：(A) теряя (Б) потеряв

分析：本題的主要行為是смогла войти。動詞смочь是完成體動
詞，所以副動詞也應用完成體動詞，表示動作發生的次序，
答案應選 (Б) потеряв。

★ *Потеряв* ключ, Лена не смогла войти в дом.
蓮娜弄丟了鑰匙而無法進入屋子。

62. ... стать врачом, Анна поступила в медицинский институт.
選項：(A) решая (Б) решив

分析：本題的主要行為是поступила。動詞поступить是完成體動
詞，所以副動詞也應用完成體動詞，表示動作發生的次序，
答案應選 (Б) решив。

★ *Решив* стать врачом, Анна поступила в медицинский институт.
安娜決定要當醫生，之後考上了醫學院。

63. ... словарь подруге, Мария не смогла сделать домашнее задание.
選項：(A) отдав (Б) отдавая

分析：本題的主要行為是смогла сделать。動詞смочь是完成體動
詞，所以副動詞也應用完成體動詞，表示動作發生的次序，
答案應選 (A) отдав。

★ Отдав словарь подруге, Мария не смогла сделать домашнее задание.
瑪莉亞把辭典還給朋友之後就無法做功課了。

64. ... на вопрос, студент сделал 4 ошибки.
選項：(А) отвечая (Б) ответив

分析：本題的主要行為是сделал。動詞сделать是完成體動詞，而根據句意，副動詞應用未完成體動詞，表示在次要動作的「過程」中所發生的主要行為。本題答案應選 (А) отвечая。

★ *Отвечая* на вопрос, студент сделал 4 ошибки.
學生在回答問題時共犯了四個錯誤。

65. ... душ, Антон пошёл завтракать.
選項：(А) принимая (Б) приняв

分析：本題的主要行為是пошёл。動詞пойти是完成體動詞，所以副動詞也應用完成體動詞，表示動作發生的次序，答案應選 (Б) приняв。

★ *Приняв* душ, Антон пошёл завтракать.
安東洗完澡之後去吃早餐。

66. ... посуду, Елена разбила чашку.
選項：(А) убрав (Б) убирая

分析：本題的主要行為是разбила。動詞разбить是完成體動詞，而根據句意，副動詞應用未完成體動詞，表示在次要動作的「過程」中所發生的主要行為。本題答案應選 (Б) убирая。

★ *Убирая* посуду, Елена разбила чашку.

　伊蓮娜在收拾碗盤的時候打破了茶杯。

67. ... новости, Джина выключила радио.

選項：(А) послушав (Б) слушая

分析：本題的主要行為是выключила。動詞выключить是完成體動
　　　詞，所以副動詞也應用完成體動詞，表示動作發生的次序，
　　　答案應選 (А) послушав。

★ *Послушав* новости, Джина выключила радио.

　吉娜在聽完新聞之後把收音機關了。

68. ... письмо от мамы, Марта сразу же начала его читать.

選項：(А) получая (Б) получив

分析：本題的主要行為是начала。動詞начать是完成體動詞，所以
　　　副動詞也應用完成體動詞，表示動作發生的次序，答案應選
　　　(Б) получив。

★ *Получив* письмо от мамы, Марта сразу же начала его читать.

　馬爾塔在收到媽媽的來信之後就馬上讀了起來。

69. ... к дому, машина остановилась.

選項：(А) подъезжая (Б) подъехав

分析：本題的主要行為是остановилась。動詞остановиться是完成
　　　體動詞，所以副動詞也應用完成體動詞，表示動作發生的次
　　　序，答案應選 (Б) подъехав。

★ *Подъехав* к дому, машина остановилась.

車在駛近房子後停了下來。

70. .... мимо, Андрей с нами поздоровался.

選項：(A) пройдя (Б) проходя

分析：本題的主要行為是поздоровался。動詞поздороваться是完成
體動詞，而根據句意，副動詞應用未完成體動詞，表示在次
要動作的「過程」中所發生的主要行為。本題答案應選 (Б)
проходя。

★ *Проходя* мимо, Андрей с нами поздоровался.

安德烈從旁走過的時候跟我們打招呼。

📝 測驗十：語法測驗（一）

■第一部分

請選一個正確的答案。

> 1. Я часто пишу письма ...
>
> 2. В прошлом году я был ...
>
> 3. Я ходил на стадион ...
>
> 選項：(А) младшие братья (Б) с младшими братьями (В) у
> младших братьев (Г) младшим братьям

分析：第1題的重點是動詞пишу。該動詞的原形是писать，為未完
成體動詞，完成體動詞為написать。動詞之後接人用第三
格、接物則用第四格。本題的名詞письма為複數第四格，
所以答案應選第三格的組合 (Г) младшим братьям。第2題的
關鍵詞是BE動詞был。動詞原形為быть，只有過去式與未來
式，其現在式形式為есть，請特別注意。BE動詞之後的搭
配應是表達「靜止」狀態的「地點」。這地點可以是副詞或
是前置詞＋名詞第六格的形式，而此處為人，則應用前置詞
у＋人第二格，所以答案為 (В) у младших братьев。第3題的
動詞為移動動詞ходить。移動動詞後接表示「動態」的副詞
或是前置詞＋名詞第四格，如本題на стадион。本題依據句
意應選 (Б) с младшими братьями。

★ Я часто пишу письма *младшим братьям*.

我常常寫信給弟弟們。

★ В прошлом году я был *у младших братьев*.

去年我去拜訪弟弟們。

★ Я ходил на стадион *с младшими братьями*.

我跟弟弟們去過了體育館。

4. Скоро у нас будет экзамен ...

5. Я люблю заниматься ...

6. Мы ждём преподавателя ...

選項：(А) английский язык (Б) английского языка (В) английским языком (Г) по английскому языку

分析：第4題的重點是名詞экзамен。要修飾名詞экзамен一般不用第二格，即所謂的「從屬關係」，而是用前置詞по＋第三格，相關的用法還有урок、занятие、лекция等。本題應選 (Г) по английскому языку。第5題的關鍵詞是動詞заниматься。動詞之後的用法很固定，就是接第五格，答案是 (В) английским языком。第6題的關鍵詞是名詞преподавателя。若要說明老師的屬性，則後接第二格來修飾名詞，是「從屬關係」，本題應選 (Б) английского языка。

★ Скоро у нас будет экзамен *по английскому языку*.

我們很快會有個英文考試。

★ Я люблю заниматься *английским языком*.

我喜歡讀英文。

★ Мы ждём преподавателя *английского языка*.

我們在等英文老師。

7. В Петербурге всегда много ...

8. Петербург нравится ...

9. В Петербург часто приезжают ...

選項：(А) иностранные туристы (Б) иностранных туристов (В) иностранным туристам (Г) иностранными туристами

分析：第7題的關鍵詞是「不定量數詞」много。不定量數詞много之後要接第二格。如果後面的名詞是可數名詞，則須接複數第二格，若為不可數名詞，則要用單數第二格。本題的選項是可數的名詞，要選複數 (Б) иностранных туристов。第8題的關鍵詞是動詞нравится。動詞原形為нравиться，是未完成體動詞，而完成體動詞為понравиться。動詞的用法很固定：表示「主動喜歡」的是「主體」，用第三格，而「被喜歡」的則是「主詞」，用第一格。本題Петербург是主詞第一格，所以答案應為第三格 (В) иностранным туристам。第9題有第三人稱複數的動詞變位，句中缺乏應搭配的主詞，所以應選第一格 (А) иностранные туристы。

★ В Петербурге всегда много *иностранных туристов*.
在彼得堡總是有許多的外國觀光客。

★ Петербург нравится *иностранным туристам*.
外國觀光客喜歡彼得堡。

★ В Петербург часто приезжают *иностранные туристы*.
外國觀光客常常造訪彼得堡。

10. Вчера мы были ...

11. Преподаватели организовали ... для студентов.

12. ... закончилась в 3 часа.

選項：(A) интересную экскурсию (Б) интересная экскурсия (В)
на интересной экскурсии (Г) на интересную экскурсию

分析：第10題的關鍵詞是BE動詞были。如上述，BE動詞之後必須
接表示「靜止」狀態的副詞或前置詞＋地點第六格，所以
應選 (В) на интересной экскурсии。第11題的關鍵詞是動詞
организовали。動詞原形為организовать，是及物動詞，後
接受詞第四格，答案應為 (A) интересную экскурсию。第12
題有第三人稱陰性的動詞過去式，句中缺乏應搭配的主詞，
所以應選第一格 (Б) интересная экскурсия。

★ Вчера мы были *на интересной экскурсии.*
昨天我們去了一個有趣的旅遊。

★ Преподаватели организовали *интересную экскурсию* для студентов.
老師為學生籌辦了一個有趣的旅遊。

★ *Интересная экскурсия* закончилась в 3 часа.
有趣的旅遊在三點鐘結束了。

13. Моему другу нравится ...

14. Он сам выбрал ...

15. Он интересно рассказывает ...

選項：(A) профессия артиста (Б) профессией артиста (В) профессию
артиста (Г) о профессии артиста

分析：第13題是動詞нравиться的固定句型。如上述，表示「主動喜歡」的是「主體」，用第三格，而「被喜歡」的則是「主詞」，用第一格。本題моему другу是主體第三格，所以答案應為第一格 (A) профессия артиста。第14題的關鍵詞是動詞выбрал。動詞原形為выбрать，是完成體動詞，而未完成體動詞為выбирать，後接受詞第四格，是及物動詞，答案應為 (B) профессию артиста。第15題的動詞рассказывать，後接人用第三格，接物可用第四格或是前置詞 о＋名詞第六格。本題應選 (Г) о профессии артиста。

★ Моему другу нравится *профессия артиста*.
　我的朋友喜歡演員的職業。

★ Он сам выбрал *профессию артиста*.
　他自己選擇了演員的職業。

★ Он интересно рассказывает *о профессии артиста*.
　他有趣地述說演員的職業。

16. Я живу рядом ...
17. Этот магазин находится ...
18. Мы встретились недалеко ...
選項：(А) от центрального проспекта (Б) с центральным проспектом
　　　(В) на центральном проспекте (Г) центрального проспекта

分析：這三題是考副詞及動詞的用法。第16題的副詞是рядом，意思是「在附近、在旁邊、與相鄰」，後通常接前置詞с＋名詞第五格。本題答案為 (Б) с центральным проспектом。第17題的動詞是находиться，意思是「位於、坐落於」，後通常接表示「靜止」狀態的副詞或是前置詞＋名詞第六格。本題答案為 (В) на центральном проспекте。第18題的

副詞是недалеко，意思是「在附近、不遠處」，後通常接前置詞от＋名詞第二格。本題答案為 (A) от центрального проспекта。

★ Я живу рядом *с центральным проспектом*.
　　我住在中央大街旁。

★ Этот магазин находится *на центральном проспекте*.
　　這家商店位於中央大街上。

★ Мы встретились недалеко *от центрального проспекта*.
　　我們在離中央大街不遠的地方見面。

19. У меня нет ...
20. Дай, пожалуйста, ...
21. Я всегда пишу ...
選項：(A) синяя ручка (Б) синей ручки (В) синюю ручку (Г) синей ручкой

分析：第19題是固定句型。前置詞y＋人第二格＋есть＋名詞第一格表示「某人有某物」；否定的則是y＋人第二格＋нет＋名詞第二格，表示「某人沒有某物」。本題是否定的句型，所以答案是第二格 (Б) синей ручки。第20題的動詞是дай，為原形動詞дать的命令式，為完成體動詞，其未完成體動詞為давать，意思是「給」。動詞後接人用第三格、接物用第四格，所以答案是第四格 (В) синюю ручку。第21題的動詞писать／написать與давать／дать類似，但是此處並非接人或接物，而是要表達「如何寫」，所以必須用第五格，答案是 (Г) синей ручкой。

★ У меня нет *синей ручки.*

我沒有藍色的原子筆。

★ Дай, пожалуйста, *синюю ручку.*

請借我一支藍色的原子筆。

★ Я всегда пишу *синей ручкой.*

我總是用藍色的原子筆寫字。

---

22. В больнице работает много ...
23. Все ... пришли на собрание.
24. В кабинете было 3 ...
25. В институте работает 10 ...
選項：(A) врачи (Б) врачей (В) врача

分析：第22題是「不定量數詞」много的題目。如上述，該詞之後如果是可數名詞則用複數的第一格，若為不可數名詞，則用單數第二格。本題的選項為可數名詞，所以要選複數的 (Б) врачей。第23題有代名詞的複數第一格形式все，意思是「所有、所有的」，其陽性為весь、陰性為вся、中性為всё。後接動詞的複數形式過去式，所以主詞也應為複數第一格，應選 (A) врачи。第24題是考數詞的用法。數詞1之後接單數第一格，數詞2至4接單數第二格，而數詞5及5以上則是接複數第二格。本題數詞是3，所以要選單數第二格的 (В) врача。第25題的數詞為10，所以要接複數第二格，答案為 (Б) врачей。

★ В больнице работает много *врачей.*

有很多醫生在醫院工作。

★ Все *врачи* пришли на собрание.

所有的醫生都來開會了。

★ В кабинете было 3 *врача*.

　診間有三位醫生。

★ В институте работает 10 *врачей*.

　有十位醫生在大學工作。

---

26. У Марты много ...
27. Многие её ... окончили университет.
28. Марта всегда помогает ...
29. Она часто встречает ... на дискотеке.
選項：(А) подругам (Б) подруг (В) подруги

分析：第26題又是「不定量數詞」много的題目。如上述，該詞之後如果是可數名詞則用複數的第二格，若為不可數名詞則用單數第二格。本題的選項為可數名詞，所以要選複數的 (Б) подруг。第27題有複數形容詞многие，意思是「很多的」，後接動詞的複數形式過去式，所以主詞也應為複數，應選 (В) подруги。第28題是考動詞的用法。動詞помогать / помочь 後接人用第三格，之後可再接前置詞в＋名詞第六格。本題接人，所以答案為 (А) подругам。第29題動詞встречать / встретить為及物動詞，後接受詞第四格，所以答案為 (Б) подруг。

★ У Марты много *подруг*.

　馬爾塔有很多朋友。

★ Многие её *подруги* окончили университет.

　她很多朋友都大學畢業了。

★ Марта всегда помогает *подругам*.

　馬爾塔總是幫助朋友。

★ Она часто встречает *подруг* на дискотеке.

　她常常在舞會上遇到朋友。

30. ... – самый тёплый месяц года.

31. Мой друг поедет домой ...

32. День рождения брата 15 ...

33. ... было жарко.

選項：(А) июль (Б) июля (В) в июле

分析：第30題的關鍵是「破折號」。破折號之前與之後應為「同位
　　　語」，如果самый тёплый месяц года是第一格，那麼答案也應
　　　為第一格 (А) июль。第31題主詞是мой друг，動詞是поедет，
　　　後接表示「動態」的地點副詞домой，句意完整。若要再接
　　　月份，則應用前置詞＋月份第六格，答案是 (В) в июле。第32
　　　題月份用第二格來修飾數詞15，是「從屬關係」，答案為 (Б)
　　　июля。第33題有BE動詞было，若要搭配月份，則應用前置詞
　　　в＋月份第六格，所以答案為 (В) в июле。

★ *Июль* – самый тёплый месяц года.

　七月是一年當中最溫暖的月份。

★ Мой друг поедет домой *в июле*.

　我的朋友將在七月回家。

★ День рождения брата 15 *июля*.

　哥哥的生日是七月十五日。

★ *В июле* было жарко.

　七月的時候天氣炎熱。

34. Борис знает много ...

35. Борис хорошо читает ...

36. Он интересуется ...

37. Мне тоже нравятся ...

選項：(A) русских стихов (Б) русские стихи (В) русскими стихами

分析：第34題又是「不定量數詞」много的題目。如上述，該詞之後如果是可數名詞則用複數的第二格，若為不可數名詞則用單數第二格。本題的選項為可數名詞，所以要選複數的 (A) русских стихов。第35題動詞是及物動詞，後接受詞第四格，答案為 (Б) русские стихи。第36題的動詞為интересоваться，是未完成體動詞，而完成體動詞為заинтересоваться，動詞之後接名詞第五格，答案為 (В) русскими стихами。第37題有動詞нравятся。如上述，表示「主動喜歡」的是「主體」，用第三格，而「被喜歡」的則是「主詞」，用第一格。本題мне是主體第三格，所以答案應為第一格 (Б) русские стихи。

★ Борис знает много *русских стихов*.
   巴利斯知道很多俄國詩。

★ Борис хорошо читает *русские стихи*.
   巴利斯俄國詩讀得好。

★ Он интересуется *русскими стихами*.
   他對俄國詩感到興趣。

★ Мне тоже нравятся *русские стихи*.
   我也喜歡俄國詩。

38. Перерыв продолжается ...

39. Урок начался ...

40. Концерт кончится ...

41. До начала урока осталось ...

選項：(A) через полчаса (Б) полчаса (В) полчаса назад

分析：這幾題的解題關鍵在動詞的詞意及時態。第38題動詞是 продолжаться / продолжиться，意思是「持續」。動詞之後若接「一段時間」，則時間不加前置詞，答案為 (Б) полчаса。請注意，полчаса是「三十分鐘」，不變格。第39題動詞是 начинаться / начаться，意思是「開始」。本題動詞為完成體的過去式，所以要選表示過去時間的副詞，應選 (В) полчаса назад。第40題的動詞為кончаться / кончиться，是「結束」的意思。本題動詞為完成體的未來式，所以要選有表示未來時間的副詞或是前置詞。本題應選 (A) через полчаса。第41題有動詞оставаться / остаться，意思是「剩下、留下」。動詞後若接一段時間，則時間之前不用前置詞，所以答案是 (Б) полчаса。

★ Перерыв продолжается *полчаса*.
  休息時間持續半小時。

★ Урок начался *полчаса назад*.
  課在半小時之前開始了。

★ Концерт кончится *через полчаса*.
  音樂會將在半小時之後結束。

★ До начала урока осталось *полчаса*.
  距離課堂開始剩下半小時。

▓第二部分

請選一個正確的答案。

---

42. Экзамен ... 4 часа.

選項：(А) продолжал (Б) продолжался

分析：先看選項。選項 (А) продолжал的原形動詞為продолжать，
為未完成體動詞，其完成體動詞為продолжить。動詞後可接
受詞第四格，或是原形動詞，是「繼續」的意思，例如Антон
продолжил работу = Антон продолжил работать. 安東繼續工
作。選項 (Б) продолжаться / продолжиться是帶有 –ся的動詞，
意思還是「繼續、持續」，是動詞продолжать / продолжить的
被動形式，但動詞後通常不接受詞，而常接「一段時間」，
表示動作的持續。本題句尾有「一段時間」，所以答案要選
(Б) продолжался。

★ Экзамен *продолжался* 4 часа.
　考試持續了四個小時。

---

43. Марта ... русский язык.

選項：(А) изучает (Б) учится

分析：先看選項。選項 (А) изучает的原形動詞為изучать，為未完
成體動詞，其完成體動詞為изучить。動詞是及物動詞，後
通常接受詞第四格，是「學習」的意思。選項 (Б) учится的
原形動詞是учиться，是「學習、念書」的意思，但是動詞
後面通常不加受詞，而是搭配「時間」或「地點」的副詞或
是詞組，例如Антон учится в университете на Тайване. 安東

在台灣念大學。本題有受詞第四格русский язык，所以答案要選 (A) изучает。

★ Марта *изучает* русский язык.

馬爾塔在學俄文。

---

44. Мы ... с другом в парке.

選項：(A) встретили (Б) встретились

分析：先看選項。選項 (A) встретили的原形動詞為встретить，為完成體動詞，其未完成體動詞為встречать。動詞是及物動詞，後通常接受詞第四格，是「遇見、碰到」的意思，是「不期而遇」的概念，例如Антон часто встречал этого студента в библиотеке. 安東常常在圖書館遇到這位學生。選項 (Б) встретились的原形動詞是встретиться，為完成體動詞，其未完成體動詞為встречаться，是「見面」的意思，是「約定見面」的概念。動詞後面不加受詞，而是搭配「時間」或「地點」的副詞或是詞組，例如Друзья встречаются в ресторане раз в месяц. 朋友們一個月在餐廳聚會一次。本題並無受詞第四格，所以答案要選 (Б) встретились。另外，在翻譯的時候，主詞мы不要翻作「我們」，要譯為「我」。在俄語，мы с другом就等於я и друг，要注意，前者是搭配前置詞，而後者是連接詞。

★ Мы *встретились* с другом в парке.

我跟朋友在公園見面。

---

45. Выставка ... Русским музеем.

選項：(A) организована (Б) организованная

分析：本題的解題技巧可參考「測驗九第三部分」。被動形動詞的短尾形式主要是由過去時態的被動形動詞組成，在句中通常做為「謂語」，可與BE動詞быть搭配，而動作的「主體」應用第五格，例如Санкт-Петербург был основан Петром Первым. 聖彼得堡是由彼得大帝所創建的。可充當「謂語」的詞類很多，而大多是動詞，請自行參考相關書籍。另外，被動形動詞的完整形式與被說明的詞在性、數、格必須一致，若有動作的「主體」，也應用第五格，例如Я получил письмо, отправленное Антоном вчера. 我已經收到安東昨天寄的信。被動形動詞отправленное修飾名詞письмо，性、數、格一致，而安東是動作的「主體」，所以用第五格。本題主詞是выставка，其他並無被修飾或說明的單詞，所以應用短尾形式的被動形動詞。所以答案是 (A) организована。

★ Выставка *организована* Русским музеем.

展覽是由俄羅斯博物館所籌辦的。

---

46. Мне нравится ... задачи.

47. Вчера я весь вечер ... задачи.

48. Я ... 10 задач.

選項：(A) решал (Б) решать (В) решил (Г) решить

分析：解下來的題目是考動詞完成體與未完成體的意義，我們只要掌握句中的線索，就能解題。第46題的關鍵是動詞нравиться。動詞是「喜歡」的意思，所以如果後面加原形動詞，那就一定要搭配未完成體動詞，表示是「持續、反覆」的動作。本題應選 (Б) решать。第47題的關鍵線索有兩個：時間副詞вчера及詞組весь вечер。時間副詞вчера告訴我們時態要用過去式，而詞組весь вечер代表的是「一段時間」，是時間的「面」，

而非時間的「點」，所以答案要用未完成體的過去式，應選 (A) решал。第48題的關鍵是數詞。句中若有數詞，表示達成的「成果、結果」，而非「過程」，所以動詞應用完成體，答案是 (B) решил。

★ Мне нравится *решать* задачи.

我喜歡做習題。

★ Вчера я весь вечер *решал* задачи.

昨天我整晚在做習題。

★ Я решил 10 задач.

我做了十個習題。

49. Мой брат всегда ... мне.

50. Вчера я тоже ... ему перевести текст.

51. Я должен ... другу сделать это упражнение.

選項：(А) помогать (Б) помог (В) помогает (Г) помочь

分析：第49題的關鍵是頻率副詞всегда。句中有頻率副詞出現的話，通常都是搭配未完成體的動詞，以表達動作的「重複、反覆」，所以本題應選 (В) помогает。第50題的關鍵線索是時間副詞вчера。但是請注意，並不是只要有時間副詞вчера我們就一定要用完成體的動詞過去式，而是因為如果句中沒有表達「重複」或「一段時間」意涵的話，那才可以完全確定用完成體動詞。本題答案是 (Б) помог。第51題的關鍵有兩個：должен「應該」及完成體動詞сделать。句中如有должен (должна, должны) 後面通常接完成體動詞，表示「在未來時間即將要做的動作」，所以答案是 (Г) помочь。

★ Мой брат всегда *помогает* мне.

我的哥哥總是幫助我。

★ Вчера я тоже *помог* ему перевести текст.

昨天我也幫他翻譯文章。

★ Я должен *помочь* другу сделать это упражнение.

我應該幫朋友做這個練習題。

52. Марта каждый день ... домашнее задание.

選項：(А) сделает (Б) делает

分析：本題的關鍵詞組каждый день。本詞組就如同頻率副詞一般，代表的是「重複、反覆」的動作，答案自然要用未完成體動詞，應選 (Б) делает。

★ Марта каждый день *делает* домашнее задание.

馬爾塔每天做功課。

53. Завтра я ... текст на урок.

54. Я хочу ... тебе о своих каникулах.

55. Я уже ... текст.

選項：(А) рассказать (Б) буду рассказывать (В) рассказал

分析：第53題的關鍵是時間副詞завтра。副詞是「明天」的意思，所以動詞時態要用未來式。完成體動詞變位表示未來的時態，但是選項並沒有，所以我們可以放心選擇 (Б) буду рассказывать。第54題的關鍵是動詞хочу。此等「情慾動詞」之後通常接完成體的原形動詞，表示「即將要做的動作」，有「一次性」的意涵，所以答案是 (А) рассказать。

第55題的關鍵是副詞уже。副詞的意思是「已經」，表示動作的「結果」，答案是 (B) рассказал。

★ Завтра я *буду рассказывать* текст на уроке.
　明天我將在課堂上講述課文。

★ Я хочу *рассказать* тебе о своих каникулах.
　我想跟你敘述一下我的假期。

★ Я уже *рассказал* текст.
　我已經敘述過課文了。

---

56. Мария любит ... письма.
57. Вчера она ... 2 письма.
58. Завтра она тоже ... письмо.
選項：(А) получает (Б) получать (В) получила (Г) получит

分析：第56題的關鍵是動詞любить。動詞的詞意是「喜歡、愛」的意思，後面只能接未完成體的原形動詞，表達的是「反覆、重複」的動作，答案是 (Б) получать。第57題的關鍵線索有兩個：時間副詞вчера及數詞2。時間副詞вчера告訴我們時態要用過去式，而數詞2代表的是「結果」，所以答案要用完成體的過去式，應選 (В) получила。第58題的關鍵是時間副詞завтра。副詞的意思是「明天」，表示未來的動作，應用未來式，而完成體動詞的變位正是未來式，答案應選 (Г) получит。

★ Мария любит *получать* письма.
　瑪莉亞喜歡收到信。

★ Вчера она *получила* 2 письма.
　昨天她收到兩封信。

★ Завтра она тоже *получит* письмо.

　明天她也會收到信。

59. Сейчас я ... новое правило.

60. Когда я ... правило, я пойду в кино.

選項：(А) выучил (Б) учу (В) выучу

分析：第59題的關鍵是時間副詞сейчас「現在」。既然是現在，那就
　　　用動詞現在式，所以要用未完成體動詞，答案是 (Б) учу。第60
　　　題的關鍵是動詞пойду。動詞пойду的原形是пойти，是「去」
　　　的意思，為完成體動詞，表示未來的時態，所以前面的動詞
　　　也要是未來式，表示「兩個動作依照先後次序完成」，先
　　　выучу правило，而後пойду в кино。本題答案是 (В) выучу。

★ Сейчас я *учу* новое правило.

　現在我在學新的規則。

★ Когда я *выучу* правило, я пойду в кино.

　當我學會規則後我要去看電影。

61. Ты ... вчера в музей?

選項：(А) ходил (Б) шёл

分析：以下各題是考移動動詞的用法。不加前綴 (詞首) 的移動動詞
　　　都是未完成體動詞。定向的移動動詞表示動作的固定方向，
　　　通常是指「當下」時間所發生的移動方向。不定向移動動詞
　　　發生時間不應該是「當下」移動的方向，而是「反覆的」或
　　　是「去了，又回來了」的模式。本題有時間副詞вчера，指的
　　　是昨天的移動動作，而非「當下」時間的動作，所以應該要
　　　選不定向動詞 (А) ходил。

★ Ты *ходил* вчера в музей?

你昨天有去博物館嗎？

---

62. Ты ... в университет каждый день?
選項：(А) идёшь (Б) ходишь

分析：本題的關鍵是表達「時間」的詞組каждый день。該詞組表示動作的「重複性、反覆性」，所以移動動詞應該是不定向的，答案是 (Б) ходишь。

★ Ты *ходишь* в университет каждый день?

你每天去大學嗎？

---

63. Ты любишь ... на велосипеде?
選項：(А) ездить (Б) ехать

分析：本題的關鍵是動詞любить。動詞詞意是「喜歡、愛」，所以接的原形動詞應當是表達「重複性、反覆性」的動作，所以移動動詞應該是不定向的，答案是 (А) ездить。

★ Ты любишь *ездить* на велосипеде?

你喜歡騎腳踏車嗎？

---

64. Когда я ... домой, я встретил друга.
選項：(А) ходил (Б) шёл

分析：本題的關鍵有兩個：疑問連接詞когда及過去式的完成體動詞встретил。疑問連接詞正是表達「當下」的時間，而過去式的完成體動詞表達「一次性」的動作，所以答案是 (Б) шёл。

★ Когда я *шёл* домой, я встретил друг.

當我回家的時候，我遇到了朋友。

> 65. Я ещё не ... в Мариинский театр.
>
> 66. Завтра я первый раз ... туда.
>
> 選項：(А) ходил (Б) пойду (В) буду ходить

分析：第65題的關鍵是「否定小品詞」не，意思是「沒去過」，如果用BE動詞的話，可將本句改成Я ещё не был в Мариинском театре. 另外，詞組ещё не後搭配的動詞通常用過去式，所以答案為 (А) ходил。第66題的關鍵是時間副詞завтра及表示「定向移動」的副詞туда，所以應選 (Б) пойду。請注意，定向移動動詞加了前綴之後就變成了完成體動詞，而不定向的移動動詞加了前綴後依然維持其未完成體動詞的本質。

★ Я ещё не *ходил* в Мариинский театр.

我還沒去過馬林斯基劇院。

★ Завтра я первый раз *пойду* туда.

我明天要第一次去那裡。

> 67. Антон ... домой поздно.
>
> 68. Преподаватель открыл дверь и ... в класс.
>
> 69. Виктор ... к окну и открыл его.
>
> 選項：(А) подошёл (Б) пришёл (В) вошёл (Г) перешёл

分析：這幾題考動詞的詞意。先看選項。選項 (А) подошёл的原形動詞為подойти，意思是「走近」，後通常接前置詞к＋名詞第三格。選項 (Б) пришёл的原形動詞為прийти，意思是「抵達、返回」，後通常接前置詞＋名詞第四格，若是接人，則

用前置詞к＋人第三格。選項 (B) вошёл的原形動詞為войти，意思是「走進、進入」，後通常接前置詞＋名詞第四格。選項 (Г) перешёл的原形動詞為перейти，意思是「跨越、穿越」，後通常接前置詞через＋名詞第四格，或是直接接第四格。第67題答案為 (Б) пришёл。第68題的答案是 (B) вошёл。第69題答案為 (A) подошёл。

★ Антон *пришёл* домой поздно.
　安東很晚回到家。

★ Преподаватель открыл дверь и *вошёл* в класс.
　老師打開了門並走進班級。

★ Виктор *подошёл* к окну и открыл его.
　維克多走近了窗戶並打開了它。

---

70. Вчера мы ... на выставку.
71. Туда мы ... пешком.
72. Когда мы ... домой, мы говорили о картинах.
選項：(A) ходили (Б) шли

分析：這三題的題型在前面幾題已經討論許多。第70題有時間副
　　　詞вчера，指的是昨天的移動動作，而非「當下」時間的動
　　　作，所以應該要選不定向動詞 (A) ходили。第71題的關鍵是
　　　表示「定向移動」的副詞туда，意思是「往那裏」，就是定
　　　向的概念，所以應選 (Б) шли。第72題有疑問連接詞когда，
　　　該詞表達「當下」的時間，而未完成體動詞говорили意味著
　　　是移動動詞的「背景」。移動動詞也可以當作動詞говорили
　　　的背景，兩者互相搭配，意思是「一面A動作，一面B動
　　　作」。本題答案是 (Б) шли。

★ Вчера мы *ходили* на выставку.

昨天我們去看了展覽。

★ Туда мы *шли* пешком.

我們用走的到那裡。

★ Когда мы *шли* домой, мы говорили о картинах.

我們在回家的路上談論著畫作。

---

73. Виктора нет в Петербурге, он ... вчера.

74. Мой друг ... сюда недавно.

75. Я поужинала и ... на вокзал.

選項：(A) поехал (Б) уехал (В) приехал (Г) ехал

分析：先看選項。選項 (A) поехал的原形動詞為поехать，是定向的完成體移動動詞，意思是「出發、前往」，指得是「一個動作結束之後開始移動」，通常後接表示「移動」狀態的副詞或是前置詞＋地點第四格。選項 (Б) уехал的原形動詞為уехать，是定向的完成體移動動詞，意思是「離開」，也可以是「前往某地」，通常後接表示「移動」狀態的副詞或是前置詞＋地點第四格。選項 (В) приехал的原形動詞為приехать，是定向的完成體移動動詞，意思是「到達、抵達」，通常後接表示「移動」狀態的副詞或是前置詞＋地點第四格，也可以是前置詞＋名詞第二格，表示「從哪裡抵達」。選項 (Г) ехал的原形動詞為ехать，是定向的未完成體移動動詞，意思是「去」，通常後接表示「移動」狀態的副詞或是前置詞＋地點第四格。第73題依照句意應選擇 (Б) уехал。第74題應選 (В) приехал。第75題答案是 (A) поехал。

★ Виктора нет в Петербурге, он *уехал* вчера.

維克多不在彼得堡，他昨天走了。

★ Мой друг *приехал* сюда недавно.
　我的朋友不久前來到這裡。

★ Я поужинала и *поехал* на вокзал.
　我吃了晚餐之後前往火車站。

---

76. Лена ... к двери и закрыл её.
77. Она ... от двери и села на диван.
78. Она ... через дорогу и вошла в аптеку.
選項：(А) пришла (Б) подошла (В) перешла (Г) отошла

分析：先看選項。選項 (А) пришла的原形動詞為прийти，是定向的完成體移動動詞，意思是「到達、來到」，通常後接表示「移動」狀態的副詞或是前置詞＋地點第四格，也可以是前置詞＋名詞第二格，表示「從哪裡來到」。選項 (Б) подошла的原形動詞為подойти，是定向的完成體移動動詞，意思是「走近」，後通常接前置詞к＋名詞第三格。選項 (В) перешла的原形動詞為перейти，意思是「跨越、穿越」，後通常接前置詞через＋名詞第四格，或是直接接第四格。選項 (Г) отошла的原形動詞為отойти，是定向的完成體移動動詞，意思是「離開」，指得是「從一個表面離開」，通常後接前置詞от＋名詞第二格。第76題依照句意應選擇 (Б) подошла。第77題應選 (Г) отошла。第78題答案是 (В) перешла。

★ Лена *подошла* к двери и закрыл её.
　蓮娜走近門邊然後關了門。

★ Она *отошла* от двери и села на диван.
　她從門邊走開，然後在沙發坐了下來。

★ Она *перешла* через дорогу и вошла в аптеку.
　她過了馬路後進入了藥局。

■第三部分

請選一個正確的答案。

> 79. Я жду студентов, которые ...
>
> 80. Я жду студентов, которых ...
>
> 81. Я жду студентов, с которыми ...
>
> 選項：(A) приехали из Москвы (Б) я учусь в одной группе (В) ты
>
> 　　　знаешь (Г) ты спрашивал у меня

分析：以下的題目是帶有關係代名詞который的複合句。關係代名詞
который的運用完全取決於它所在從句中所扮演的角色而定。
本三題的關係代名詞是代替複數的студенты，是有生命的。
第79題的關係代名詞為第一格，是扮演主詞的角色，而只有
選項 (A) приехали из Москвы缺乏第一格的主詞，所以就是答
案。第80題的關係代名詞為第二格或第四格。第二格可能用
在否定句中，而第四格應作為受詞。選項 (В) ты знаешь恰巧
缺乏受詞第四格，就是答案。第81題有前置詞с，所以要找跟
前置詞搭配的動詞。本題應選 (Б) я учусь в одной группе。

★ Я жду студентов, которые *приехали из Москвы.*

　我在等從莫斯科來的學生。

★ Я жду студентов, которых *ты знаешь.*

　我在等你認識的那些學生。

★ Я жду студентов, с которыми *я учусь в одной группе.*

　我在等跟我讀同班的那些學生。

82. Я встретил друзей, о которых ...

83. Я встретил друзей, которые ...

84. Я встретил друзей, с которыми ...

選項：(А) я рассказывал тебе (Б) живут в моём городе

(В) я познакомился здесь (Г) давно не видел

分析：第82題是前置詞о＋關係代名詞的第六格，所以答案要找一個與前置詞о可以搭配的動詞。選項中只有動詞рассказывать可以跟前置詞о搭配，所以應選 (А) я рассказывал тебе。第83題的關係代名詞代替前面有生命的名詞，所以是第一格，在從句中擔任主詞的角色。選項中的 (Б) 與 (Г) 都缺乏主詞：選項 (Б) 的動詞為第三人稱複數的變位，而選項 (Г) 的動詞為第三人稱陽性過去式。本題關係代名詞為複數形式，所以答案為 (Б) живут в моём городе。第84題的關鍵是前置詞с，所以要找跟前置詞搭配的動詞。本題應選 (В) я познакомился здесь。

★ Я встретил друзей, о которых *я рассказывал тебе*.
  我遇見了我跟你說過的那些朋友。

★ Я встретил друзей, которые *живут в моём городе*.
  我遇見了住在我們城市的那些朋友。

★ Я встретил друзей, с которыми *я познакомился здесь*.
  我遇見了我在這裡認識的那些朋友。

85. У меня есть словарь, ... я купил в Доме книги.

86. У меня есть словарь, ... ты интересовался.

87. У меня есть словарь, ... нет в нашей библиотеке.

選項：(А) который (Б) которому (В) которого (Г) которым

分析：這三題的關係代名詞代替陽性名詞словарь。第85題關鍵是
　　　動詞купил。動詞之後接人用第三格、接物用第四格。本句
　　　中的關係代名詞為物品，所以為受詞第四格，答案應選 (A)
　　　который。第86題的動詞是интересоваться，意思是「對某
　　　人或某物感到興趣」，而這某人或某物應用第五格，所以答
　　　案為 (Г) которым。第87題的關鍵是否定詞нет，所以主體應
　　　用第二格，答案是 (В) которого。

★ У меня есть словарь, *который* я купил в Доме книги.
　我有一本我在書屋買的辭典。

★ У меня есть словарь, *которым* ты интересовался.
　我有一本你感到興趣的辭典。

★ У меня есть словарь, *которого* нет в нашей библиотеке.
　我有一本圖書館沒有的辭典。

88. Я купил газету, ... я дам сестре.

89. Я купил газету, ... есть интересные статьи.

90. Я купил газету, ... стоит 5 рублей.

選項：(А) которая (Б) которую (В) которой (Г) в которой

分析：這三題的關係代名詞代替陰性名詞газета。第88題關鍵是
　　　動詞дам。動詞的原形是дать，之後接人用第三格、接物
　　　用第四格。本句中的сестре是第三格，所以關係代名詞為
　　　受詞第四格，答案應選 (Б) которую。第89題是固定句型。
　　　表示「某人有某物」用前置詞у＋人第二格＋есть＋名詞第
　　　一格，若要表示「在某地有某物」則用前置詞＋名詞第六
　　　格＋есть＋名詞第一格。本題的類型屬後者，答案為 (Г) в
　　　которой。第90題從句的動詞為第三人稱單數的變位стоит，
　　　但沒有主詞，所以答案應選主詞第一格 (А) которая。

★ Я купил газету, *которую* я дам сестре.

我買了一份要給姊姊的報紙。

★ Я купил газету, *в которой* есть интересные статьи.

我買了一份有些有趣文章的報紙。

★ Я купил газету, *которая* стоит 5 рублей.

我買了一份五盧布的報紙。

---

91. Брат посоветовал мне, ... я написал письмо родителям.

92. Я решил, ... напишу родителям сегодня вечером.

93. Преподаватель сказал, ... мы пойдём на экскурсию завтра.

94. Преподаватель напомнил, ... мы взяли студенческие билеты.

95. Я думаю, ... экскурсия будет интересной.

選項：(А) что (Б) чтобы

分析：這五題都是連接詞что與чтобы的題目。連接詞что在複合句中的角色只是連接主、從兩個句子，並無其他任何作用或是意思；而連接詞чтобы不僅僅連接主、從二句，而身還有「為了、為的是」的意思。連接詞чтобы的主、從句主詞不同時，從句中的動詞必須用過去式，主詞若相同，則用原形動詞，例如Антон пошёл на почту, чтобы получить посылку. 安東去郵局取包裹；Антон попросил, чтобы Анна получила посылку за него. 安東請安娜幫他取包裹。第91題主句的主詞為брат，動詞是посоветовал。動詞советовать / посоветовать後通常接人第三格，再接原形動詞，意思是「建議某人做某事」。本題受詞為第三格мне，而從句的主詞為я，動詞為過去式написал，所以答案應選 (Б) чтобы。第92題主句的動詞是решил，所「決定」的是從句中所以做的動作，所以只須連接詞來連結兩句即可，答案是 (А) что。第93題

主句的動詞是сказал，所「陳述」的是從句的事實，所以只
須連接詞來連結兩句即可，答案是 (A) что。第94題主句的
主詞為преподаватель，動詞是напомнил。動詞напоминать /
напомнить後通常接人第三格，再接原形動詞，意思是「提
醒某人做某事」。該動詞後無受詞，而從句的主詞為мы，動
詞為過去式взяли，所以答案應選 (Б) чтобы。第95題主句的
動詞是думаю，所「認為」的是從句的事實，所以只須連接
詞來連結兩句即可，答案是 (A) что。

★ Брат посоветовал мне, *чтобы* я написал письмо родителям.
　哥哥建議我寫封信給父母親。

★ Я решил, *что* напишу родителям сегодня вечером.
　我決定今天晚上寫信給父母親。

★ Преподаватель сказал, *что* мы пойдём на экскурсию завтра.
　老師說我們明天要去旅遊。

★ Преподаватель напомнил, *чтобы* мы взяли студенческие билеты.
　老師提醒我們要帶學生證。

★ Я думаю, *что* экскурсия будет интересной.
　我認為旅遊將會是有趣的。

---

96. Виктор не знает, ... находится аптека.
97. Анна объяснила ему, ... туда идти.
選項：(А) где (Б) как (В) почему (Г) куда

分析：第96題的關鍵是動詞находиться。動詞的意思是「位於、坐
　　　落於」，後面通常搭配表示「靜止」狀態的副詞或是前置詞
　　　＋名詞第六格。本題要選的是當作連接詞使用的疑問副詞，
　　　所以當然要選代表「靜止」狀態的 (А) где。第97題的關鍵

是副詞туда。副詞的詞意是「去那裡」，代表的是「移動」
的狀態，所以搭配了移動動詞идти，所以連接詞不能選也是
代表「移動」的疑問副詞куда。依照句意，答案是 (Б) как。

★ Виктор не знает, *где* находится аптека.
　維克多不知道藥局在哪裡。

★ Анна объяснила ему, *как* туда идти.
　安娜跟他解釋要怎麼去。

---

98. Я не знаю, ... он не пишет мне.

99. Я не знаю, ... доехать до центра.

100. Он знает, ... начинается концерт.

選項：(А) откуда (Б) когда (В) почему (Г) как

分析：第98題的關鍵是否定小品詞не。依據句意，本題應選 (В)
　　　почему。第99題的關鍵是詞組доехать до＋名詞第二格。
　　　詞組的意思是「去、到、抵達」，依據句意，本題應選
　　　(Г) как。第100題的關鍵是動詞начинается。動詞的原形是
　　　начинаться，為「開始」的意思，通常與「時間」有關。依
　　　據句意，本題應選 (Б) когда。

★ Я не знаю, *почему* он не пишет мне.
　我不知道他為什麼不寫信給我。

★ Я не знаю, *как* доехать до центра.
　我不知道怎麼去市中心。

★ Он знает, *когда* начинается концерт.
　他知道音樂會什麼時候開始。

101. Я не видел, ... он разговаривал.

102. Пётр спросил, ... есть ручка.

103. Ты помнишь, ... ты дал учебник?

選項：(А) с кем (Б) кому (В) кого (Г) у кого

分析：第101題的關鍵是動詞разговаривать，意思是「聊天」。動詞通常與前置詞с＋人第五格搭配，所以答案為 (А) с кем。第102題的關鍵是動詞есть。有есть的句子是固定句型：表示「某人有某物」用前置詞у＋人第二格＋есть＋名詞第一格，若要表示「在某地有某物」則用前置詞＋名詞第六格＋есть＋名詞第一格。本題的類型屬前者，答案為 (Г) у кого。第103題的關鍵是動詞дал。動詞的原形是дать，為「給」的意思，通常接人用第三格、接物用第四格。名詞учебник是第三格，所以本題應選 (Б) кому。

★ Я не видел, *с кем* он разговаривал.
   我沒有看到他剛剛跟誰聊天。

★ Пётр спросил, *у кого* есть ручка.
   彼得問誰有原子筆。

★ Ты помнишь, *кому* ты дал учебник?
   你記得你把課本借給誰了嗎？

104. Когда я завтракаю, ...

選項：(А) я слушал новости (Б) я слушаю новости (В) я послушаю новости

分析：本題的關鍵在動詞的時態。前句動詞завтракаю為未完成體原形動詞завтракать的第一人稱單數現在式變位，所以後句

也應用對等的時態來表示「兩個動作同時發生，一個動作是另外一個動作的背景」，本題應選 (Б) я слушаю новости。

★ Когда я завтракаю, *я слушаю новости.*
當我吃早點的時候，我聽新聞。

---

105. Когда я решу задачу, ...
選項：(А) я объясню её тебе (Б) я объяснял её тебе (В) я объясняю её тебе

分析：本題與上一題同樣是考動詞的時態。前句動詞решу為完成體原形動詞решить的第一人稱單數變位，表未來式，所以後句也應用對等的時態來表示「兩個完成體動詞的動作按照先後次序完成」。動詞объясню為完成體，而объясняю為未完成體動詞，所以本題應選 (А) я объясню её тебе。

★ Когда я решу задачу, *я объясню её тебе.*
當我解了題之後，我會跟你解釋題目。

---

106. Когда Мария переводила текст, ...
選項：(А) она смотрит слова в словаре (Б) она смотрела слова в словаре (В) она посмотрит слова в словаре

分析：同樣是考動詞的體與時態。前句動詞переводила為未完成體原形動詞переводить的陰性過去式，所以後句也應用對等的時態來表示「兩個動作同時發生，一個動作是另外一個動作的背景」，所以本題應選 (Б) она смотрела слова в словаре。

★ Когда Мария переводила текст, *она смотрела слова в словаре.*

當瑪莉亞翻譯文章的時候，她用辭典查新的單詞。

107. Если Андрей позвонит мне, ...

選項：(A) я расскажу ему эту новость (Б) я рассказал бы ему эту новость

分析：本題是有連接詞если的「一般假設句」，只要考量時態及句意，就可解題。前句動詞позвонит為完成體原形動詞позвонить的第三人稱單數變位，為未來式，所以後句如果也用未來式，就可符合「兩個完成體動詞的動作按照先後次序完成」的時態原則，所以本題應選 (A) я расскажу ему эту новость。

★ Если Андрей позвонит мне, *я расскажу ему эту новость.*

如果安德烈打電話給我的話，我就跟他說這件消息。

108. Если бы ты попросил меня, ...

選項：(A) я объяснял бы тебе эту задачу (Б) я объясню тебе эту задачу

分析：上題是連接詞если的「一般假設句」，而本題則是連接詞если бы的「與事實相反的假設句」。連接詞если бы後所接的動詞一定要用過去式，而後句所接的動詞也要用過去式，而且還要加小品詞бы。所以本題應選 (A) я объяснял бы тебе эту задачу。中文裡沒有類似的句型，所以在翻譯與事實相反的假設句時要特別注意。

★ Если бы ты попросил меня, *я объяснял бы тебе эту задачу.*

你沒有要求我，所以我沒有跟你解說這個習題。

109. Хотя экзамен был трудный, ...

選項：(А) мы хорошо сдали его (Б) мы хорошо сдадим его

分析：本題是有連接詞хотя的複合句，只要考慮動詞時態，就可解
　　　題。前句的主詞是экзамен，動詞是BE動詞的過去式，說明
　　　過去的事實，而後句也應搭配過去式，表示動作在過去已經
　　　結束。本題答案應選 (А) мы хорошо сдали его。

★ Хотя экзамен был трудный, *мы хорошо сдали его.*
　雖然考試很難，我們卻考得不錯。

110. Я не пошёл гулять, ...

選項：(А) поэтому было холодно (Б) потому что было холодно

分析：本題是「因果關係句」，只要探討兩句的原因及結果，就可
　　　解題。依照句意，前句應是「結果」，而答案應該是「原
　　　因」，所以應選 (Б) потому что было холодно。

★ Я не пошёл гулять, *потому что было холодно.*
　因為天氣冷，所以我沒有去散步。

測驗十一：語法測驗（二）

■ 第一部分

請選一個正確的答案。

1. Эту статью написал ...
2. Недавно мы познакомились ...
3. Мой друг получил письмо ...

選項：(А) известному журналисту (Б) известный журналист

      (В) с известным журналистом (Г) от известного журналиста

分析：第1題動詞написал是陽性的過去式，而詞組эту статью是第四格，為受詞，所以句子缺乏第一格的主詞。本題答案應選第一格的組合 (Б) известный журналист。第2題的關鍵詞是動詞познакомились。動詞原形為познакомиться，是完成體動詞，其未完成體動詞為знакомиться。動詞的意思是「與某人認識、與某物熟悉」。動詞之後通常搭配前置詞с＋名詞第五格，所以答案為 (В) с известным журналистом。第3題的動詞為получить，是完成體動詞，而未完成體動詞是получать，為及物動詞，意思是「收到、獲得」。動詞後接受詞第四格，但是如果要說明「由某人之處收到」，則用前置詞от＋人第二格，答案是 (Г) от известного журналиста。

★ Эту статью написал *известный журналист*.
　著名的記者寫了這篇文章。

★ Недавно мы познакомились *с известным журналистом*.

　我們在不久前認識了著名的記者。

★ Мой друг получил письмо *от известного журналиста*.

　我的朋友收到一封著名記者的來信。

4. Виктор увлекается ...

5. Он часто ходит на концерты ...

6. Я тоже люблю слушать ...

選項：(А) классическая музыка (Б) классическую музыку (В)
　　　классической музыки (Г) классической музыкой

分析：第4題的關鍵是動詞увлекаться。動詞的詞意為「醉心於」，
　　　後接名詞第五格，所以答案是 (Г) классической музыкой。第
　　　5 題的主詞為он，動詞為移動動詞ходит，後接前置詞＋名詞
　　　第四格，詞義完整。選項為修飾名詞концерты的詞組並作為
　　　「從屬關係」，所以應用第二格，答案是 (В) классической
　　　музыки。第6題關鍵是動詞слушать，是未完成體動詞，而完
　　　成體動詞是послушать，為及物動詞，意思是「聽」。動詞
　　　後接受詞第四格，答案是 (Б) классическую музыку。

★ Виктор увлекается *классической музыкой*.

　維克多熱愛古典樂。

★ Он часто ходит на концерты *классической музыки*.

　他常常去聽古典樂的音樂會。

★ Я тоже люблю слушать *классическую музыку*.

　我也喜歡聽古典樂。

7. Моя подруга - студентка ...

8. Я тоже мечтаю поступить ...

9. На этой площади находится ...

選項：(А) Театральная академия (Б) в Театральной академии

(В) Театральной академии (Г) в Театральную академию

分析：第7題的關鍵是名詞студентка，而選項則是作為修飾名詞студентка的詞組，是「從屬關係」，應用第二格 (В) Театральной академии。第8題的關鍵是動詞поступить，是完成體動詞，而未完成體動詞是поступать，意思是「進入、加入、考入」。動詞後通常接前置詞＋名詞第四格，答案是 (Г) в Театральную академию。第9題關鍵是動詞находиться，意思是「坐落於、位於」。動詞後通常接表示「靜止」狀態的副詞或是前置詞＋名詞第六格，獨缺主詞第一格，答案是 (А) Театральная академия。

★ Моя подруга - студентка *Театральной академии.*
我的朋友是戲劇學院的學生。

★ Я тоже мечтаю поступить *в Театральную академию.*
我也渴望考上戲劇學院。

★ На этой площади находится *Театральная академия.*
戲劇學院位於這個廣場上。

10. Машина остановилась около ...

11. Моя подруга переехала ...

12. Магазин находится ...

選項：(А) в соседнем доме (Б) соседнего дома (В) к соседнему дому (Г) в соседний дом

分析：第10題的關鍵是副詞около。副詞是「靠近、大約」的意思，後接第二格，答案是 (Б) соседнего дома。第11題的關鍵是動詞переехать，是完成體動詞，而未完成體動詞是переезжать，意思是「穿越、度過、搬遷」。動詞若為「穿越、度過」的意思，後通常接前置詞через＋名詞第四格，但如果是「搬遷」的意思，則用前置詞＋名詞第四格。本題是「搬家」的意思，所以答案是 (Г) в соседний дом。第12題關鍵是動詞находиться，意思是「坐落於、位於」。動詞後通常接表示「靜止」狀態的副詞或是前置詞＋名詞第六格，答案是 (А) в соседнем доме。

★ Машина остановилась около *соседнего дома*.
車子停在隔壁棟附近。

★ Моя подруга переехала *в соседний дом*.
我的朋友搬到隔壁棟去了。

★ Магазин находится *в соседнем доме*.
商店在隔壁棟。

13. Мы купили сувениры ...

14. Памятник Гоголю находится рядом ...

15. Борис живёт недалеко ...

選項：(А) от Невского проспекта (Б) на Невском проспекте (В) с Невским проспектом (Г) Невского проспекта

分析：第13題的主詞是мы，動詞是купили，後接受詞第四格сувениры，句意完整。選項作為補充說明，應為表示靜止的「地點」，答案是 (Б) на Невском проспекте。第14題的關鍵是副詞рядом，意思是「在旁邊、附近」。副詞通常接前置詞с＋名詞第五格，所以答案是 (В) с Невским проспектом。第15

題是副詞недалеко，意思是「不遠、附近」。副詞後通常接前置詞от＋名詞第二格，答案是 (A) от Невского проспекта。

★ Мы купили сувениры *на Невском проспекте*.
我們在涅夫斯基大街上買了紀念品。

★ Памятник Гоголю находится рядом *с Невским проспектом*.
果戈里雕像位於涅夫斯基大街上。

★ Борис живёт недалеко *от Невского проспекта*.
巴利斯住在離涅夫斯基大街不遠的地方。

---

16. На вечере мы встретились ...

17. От преподавателя мы узнали ...

18. На концерт пригласили ...

選項： (А) о талантливом музыканте (Б) с талантливым музыкантом

(В) талантливому музыканту (Г) талантливого музыканта

分析：第16題的關鍵是完成體動詞встретиться，其未完成體動詞為встречаться，意思是「與某人見面」。動詞後通常接前置詞с＋名詞第五格。類似的動詞встречать／встретить，意思是「遇見、碰到」，後接受詞第四格，兩者詞意不同，用法也不同，請特別注意。本題應選 (Б) с талантливым музыкантом。第17題的動詞是узнать，是完成體動詞，其未完成體動詞為знать，意思是「知道、得知」。動詞後通常接受詞第四格或是前置詞о＋名詞第六格。根據句意，主詞是「由老師那裡得知」，所以答案是 (А) о талантливом музыканте。第18題的關鍵是動詞приглашать／пригласить。動詞是「邀請」的意思，後接受詞第四格，之後再接前置詞＋名詞第四格，或是表達「動態」的副詞。此處要接受詞，所以答案是 (Г) талантливого музыканта。

★ На вечере мы встретились *с талантливым музыкантом*.

我們在晚會上跟一位才華洋溢的音樂家見了面。

★ От преподавателя мы узнали *о талантливом музыканте*.

從老師口中我們得知了一位才華洋溢的音樂家。

★ На концерт пригласили *талантливого музыканта*.

一位才華洋溢的音樂家受邀到音樂會。

---

19. Я поздравил ... с днём рождения.

20. Он послал письмо ...

21. Мы часто играем в теннис ...

選項：(А) со старшей сестрой (Б) старшую сестру (В) старшей сестре

(Г) от старшей сестры

分析：第19題的關鍵是完成體動詞поздравить，其未完成體動詞
為поздравлять，意思是「祝賀」。動詞後通常接人用第四
格，而後所祝賀的事物用前置詞с＋名詞第五格。本題應選
受詞第四格 (Б) старшую сестру。第20題的動詞是послать，
是完成體動詞，其未完成體動詞為посылать，意思是「寄
送」。動詞後接人用第三格、接物用第四格。本題答案是
(В) старшей сестре。第21題的答案是句子的補充成分，根
據句意，答案應選 (А) со старшей сестрой。

★ Я поздравил *старшую сестру* с днём рождения.

我祝賀姊姊生日快樂。

★ Он послал письмо *старшей сестре*.

他寄了一封信給姊姊。

★ Мы часто играем в теннис *со старшей сестрой*.

我常常跟姊姊打網球。

22. Я встречал на вокзале ...

23. Он познакомил меня ...

24. Марта часто рассказывает ...

選項：(А) своих друзей (Б) к своим друзьям (В) о своих друзьях
　　　(Г) со своими друзьями

分析：第22題的關鍵是動詞встречать。該動詞在第16題有詳細
　　　介紹，是「遇見、碰到」的意思，但是如果句中有交通工
　　　具的站體，則作「迎接」解釋。動詞後接受詞第四格，應
　　　選 (А) своих друзей。第23題的動詞是познакомить，是完
　　　成體動詞，其未完成體動詞為знакомить，意思是「介紹某
　　　人給某人認識」。動詞後通常接前置詞с＋名詞第五格。
　　　本題答案是 (Г) со своими друзьями。第24題的關鍵是動詞
　　　рассказывать / рассказать。動詞的意思是「敘述、訴說」，
　　　後面接人用第三格，接物可用第四格或是前置詞о＋名詞第
　　　六格，答案應選 (В) о своих друзьях。

★ Я встречал на вокзале *своих друзей.*
　 我在火車站接自己的朋友。

★ Он познакомил меня *со своими друзьями.*
　 他介紹我跟自己的朋友認識。

★ Марта часто рассказывает *о своих друзьях.*
　 馬爾塔常常敘述自己的朋友。

25. Мне понравилось выступление ...

26. В нашу школу приехали ...

27. Эта статья понравилась ...

選項：(А) артисты (Б) артистов (В) артистами (Г) артистам

分析：第25題的動詞нравиться / понравиться。該動詞的意思是「喜歡」，表達「主動喜歡」的人用第三格，是「主體」，而表達「被喜歡」的人或物則用第一格，是「主詞」。本題的人мне是第三格，物выступление是第一格，而選項則應用第二格來修飾выступление，作為「從屬關係」，答案是 (Б) артистов。第26題的動詞是第三人稱複數的過去式приехали，後接有前置詞в＋名詞第四格，獨缺主詞，所以本題答案是主詞第一格 (А) артисты。第27題也有關鍵動詞нравиться / понравиться。第一格是эта статья，所以答案應選名詞第三格 (Г) артистам。

★ Мне понравилось выступление *артистов*.
我喜歡演員們的表演。

★ В нашу школу приехали *артисты*.
演員們來到我們的學校。

★ Эта статья понравилась *артистам*.
演員們喜歡這篇文章。

28. В университете учится много ...
29. ... участвовали в конференции.
30. В аудитории было 4 ...
31. В нашей группе учится 9 ...
選項：(А) студенты (Б) студента (В) студентов

分析：第28題的關鍵詞是「不定量數詞」много。該詞之後接名詞第二格：可數名詞用複數第二格，而不可數名詞則用單數第二格。本題的名詞為可數名詞，所以用複數第二格，答案是 (В) студентов。第29題的動詞是第三人稱複數的過去式участвовали，後接有前置詞в＋名詞第六格，獨缺主

詞，所以本題答案是主詞第一格 (A) студенты。第30題的數詞4之後接名詞，則名詞應用單數第二格，所以答案是 (Б) студента。第31題的數詞9之後接名詞，則名詞應用複數第二格，所以答案是 (В) студентов。

★ В университете учится много *студентов.*
　大學裡有很多學生就讀。

★ *Студенты* участвовали в конференции.
　學生們參加研討會。

★ В аудитории было 4 *студента.*
　在教室裡有四位學生。

★ В нашей группе учится 9 *студентов.*
　我們班上有九位學生就讀。

32. До конца урока осталось ...
33. Урок кончится ...
34. Перерыв начался ...
35. Наш разговор продолжался ...
選項：(A) 15 минут назад (Б) 15 минут (В) через 15 минут

分析：第32題與第35題的動詞分別是оставаться / остаться「留下、剩下」與продолжаться / продолжиться「持續、繼續」。動詞之後如果接時間是表示「一段時間」，不加任何前置詞或副詞，所以這兩題的答案都是 (Б) 15 минут。第33題是完成體動詞，是第三人稱單數的變位，表未來式，所以答案必須為表達未來時間的 (В) через 15 минут。第34題的動詞是過去式，所以答案必須為表達過去時間的 (A) 15 минут назад。

★ До конца урока осталось *15 минут.*

到課堂結束還剩十五分鐘。

★ Урок кончится *через 15 минут.*

課堂在十五分鐘之後結束。

★ Перерыв начался *15 минут назад.*

休息時間在十五分鐘前開始。

★ Наш разговор продолжался *15 минут.*

我們談話持續了十五分鐘。

---

36. Борис ездили в Москву ...

37. День рождения моего брата ...

38. ... – самый короткий месяц года.

39. Каникулы начнутся в начале ...

選項：(А) в феврале (Б) февраль (В) февраля

分析：第36題的主詞是Борис，動詞是移動動詞ездили，後面搭配了前置詞в＋地點第四格，句意完整。答案若為補充並表達一個特定時間，則應用前置詞в＋月份第六格，答案是 (А) в феврале。第37題也是考一個特定時間的概念，所以也應該用前置詞в＋月份第六格，答案是 (А) в феврале。第38題有破折號。破折號之前與之後是「同位語」：右邊是第一格，所以左邊也應為第一格，應選 (Б) февраль。第39題的關鍵是名詞第六格начале。答案作為修飾第六格的名詞並作為「從屬關係」，應用第二格，答案是 (В) февраля。

★ Борис ездили в Москву *в феврале.*

巴利斯在二月時去了一趟莫斯科。

★ День рождения моего брата *в феврале.*

我弟弟的生日在二月。

★ *Февраль* – самый короткий месяц года.
二月是一年當中最短的月份。

★ Каникулы начнутся в начале *февраля*.
假期將在二月初開始。

40. Школу построили ...
選項：(А) прошлый год (Б) прошлого года (В) в прошлом году

分析：本題的動詞построили是第三人稱過去式，為表達動作在過去的特定時間發生，則應用前置詞в＋名詞第六格，答案是 (В) в прошлом году。

★ Школу построили *в прошлом году*.
學校是在去年蓋好的。

41. Санкт-Петербург начали строить ...
選項：(А) XVIII век (Б) в XVIII веке (В) XVIII века

分析：本題的動詞начали строить是第三人稱過去式，句型與第40題相同，皆為表達動作在過去的特定時間發生，所以也應用前置詞в＋名詞第六格，答案是 (Б) в XVIII веке。

★ Санкт-Петербург начали строить *в XVIII веке*.
聖彼得堡是在十八世紀時開始建造的。

■第二部分

請選一個正確的答案。

---

42. Я давно собирался ... другу.

選項：(А) позвоню (Б) позвонил (В) позвонить

分析：本題動詞是собирался，原形動詞為собираться，是未完成體
動詞，其完成體動詞為собраться，意思是「計畫、打算、
聚集」。動詞在句中若作為「助動詞」，之後則應接原形動
詞，做「計畫、打算」解釋。若作為「聚集」解釋，則動詞
後不再加原形動詞，例如Мы собираемся в ресторане раз в
месяц. 我們一個月在餐廳聚會一次。本題動詞為助動詞，後
接原形動詞，答案是 (В) позвонить。

★ Я давно собирался *позвонить* другу.

我計畫打電話給朋友已經很久了。

---

43. Антон любит ... цветы сестре.

選項：(А) дарит (Б) дарил (В) дарить

分析：本題動詞是любит，原形動詞為любить，是未完成體動詞，
其完成體動詞為полюбить，意思是「喜歡、愛」。動詞後
可接受詞第四格，但動詞若在句中作為「助動詞」，之後則
應接原形動詞。本題答案是 (В) дарить。

★ Антон любит *дарить* цветы сестре.

安東喜歡送花給妹妹。

44. Преподаватель ... студентов весь урок.

選項：(А) спрашивал (Б) спросил (В) спросит

分析：本題動詞спрашивать是未完成體動詞，而спросить是完成體動詞，意思是「問」。動詞後接受詞第四格。解題關鍵是詞組весь урок「整堂課」，表示「一段時間」。一段時間的概念是時間的「面」，而非一個「點」，所以動詞應該要用未完成體動詞，本題答案是 (А) спрашивал。

★ Преподаватель *спрашивал* студентов весь урок.
老師整堂課都在問學生問題。

45. Я быстро ... и пошёл в библиотеку.

選項：(А) пообедаю (Б) пообедал (В) буду обедать

分析：本題是「兩個完成體動詞依照順序完成動作」的概念。動詞пошёл是完成體動詞過去式，其原形動詞為пойти，意思是「去」。在пошёл動作之前的動作自然也是完成體的過去式，本題答案是 (Б) пообедал。

★ Я быстро *пообедал* и пошёл в библиотеку.
我很快地吃了中飯，然後去圖書館。

46. Два часа он ... эти задачи.

選項：(А) решил (Б) решал (В) решит

分析：本題的關鍵詞組два часа是表達「一段時間」的概念。既然一段時間的概念是時間的「面」，而非一個「點」，所以動詞應該要用未完成體動詞，本題答案是 (Б) решал。

★ Два часа он *решал* эти задачи.

他做習題做了兩個小時。

47. Он долго ... ошибки.

選項：(А) исправил (Б) исправлял (В) исправит

分析：本題的關鍵是副詞долго。副詞的意思是「久」，而時間久
　　　當然還是表達「一段時間」的概念。既然一段時間的概念是
　　　時間的「面」，而非一個「點」，所以動詞應該要用未完成
　　　體動詞，本題答案是 (Б) исправлял。

★ Он долго *исправлял* ошибки.

他花很久的時間訂正錯誤。

48. Мне надо ... учебник в библиотеке.

選項：(А) взяла (Б) взять (В) возьму

分析：本題的關鍵是無人稱句中作為「主要成分」的надо，是「必
　　　須」的意思，而行為「主體」要用第三格。該詞之後應用原
　　　形動詞，所以本題答案是 (Б) взять。

★ Мне надо *взять* учебник в библиотеке.

我需要在圖書館借一本課本。

49. Она встала и ... окно.

選項：(А) закрыла (Б) закроет (В) закрывала

分析：本題是「兩個完成體動詞依照順序完成動作」的概念。動詞
　　　встать是完成體動詞，其未完成體動詞為вставать，意思是

「起身、起床」。在встала動作之後的動作也應使用完成體
的過去式。動詞закрывать是未完成體動詞，完成體動詞為
закрыть，所以答案是 (А) закрыла。

★ Она встала и *закрыла* окно.
她起身後把窗戶關了起來。

> 50. Ольга кончила ... ужин поздно.
> 選項：(А) готовить (Б) готовила (В) приготовить (Г) приготовила

分析：本題的關鍵動詞是кончила。動詞為完成體，其未完成體
　　　動詞為кончать，意思是「結束」。動詞之後可接受詞第四
　　　格或原形動詞，若接原形動詞，則原形動詞應為未完成體
　　　動詞。相同的用法還有動詞начинать / начать「開始」、
　　　продолжать / продолжить「持續、繼續」。動詞готовить是
　　　未完成體動詞，所以答案是 (А) готовить。

★ Ольга кончила *готовить* ужин поздно.
奧利嘉很晚才停止煮晚餐。

> 51. Художник долго ... портрет.
> 52. Через месяц он ... портрет.
> 53. Вчера мой брат весь вечер ...
> 選項：(А) рисовал (Б) нарисовал

分析：第51題的關鍵是副詞долго，意思是「久」。時間長久是
　　　表達「一段時間」的概念。既然一段時間的概念是時間的
　　　「面」，而非一個「點」，所以動詞應該要用未完成體動
　　　詞，本題答案是 (А) рисовал。第52題的關鍵是前置詞через

＋表達時間的名詞。前置詞через是「經過、之後」的意思，所以指得是時間的「點」，應用完成體動詞，答案是 (Б) нарисовал。第53題的關鍵是表達「一段時間」的詞組 весь вечер。一段時間是動作的「過程」，而非「結果」，答案是 (А) рисовал。

★ Художник долго *рисовал* портрет.
   畫家花了很久時間畫肖像畫。
★ Через месяц он *нарисовал* портрет.
   一個月之後他畫好了肖像畫。
★ Вчера мой брат весь вечер *рисовал*.
   昨天我的弟弟整晚在作畫。

---

54. Дедушка часто ... мне сказки.
55. Брат сразу ... мне, что случилось.
56. Виктор ... нам новости и ушёл.
選項：(А) рассказывал (Б) рассказал

分析：第54題的關鍵是頻率副詞часто，意思是「常常」。頻率副詞代表動作的「重複性、反覆性」，而非「一次性」，所以動詞要用未完成體，答案應選 (А) рассказывал。第55題的關鍵是副詞сразу。副詞сразу是「馬上、立刻」的意思，所以指得是時間的「點」，應用完成體動詞，答案是 (Б) рассказал。第56題是「兩個完成體動詞依照順序完成動作」的概念。動詞ушёл是完成體動詞。在ушёл動作之前的動作也應使用完成體的過去式來表達動作實行的先後次序。本題答案是 (Б) рассказал。

★ Дедушка часто *рассказывал* мне сказки.

　祖父常常跟我說童話故事。

★ Брат сразу *рассказал* мне, что случилось.

　弟弟馬上跟我敘述發生了甚麼事情。

★ Виктор *рассказал* нам новости и ушёл.

　維克多跟我們說了新消息之後就離開了。

---

57. Вчера я ... музей.

58. Я ... туда 30 минут.

59. Когда я ... в музей, я встретил Анну.

選項：(А) шёл (Б) ходил

分析：第57題的關鍵是時間副詞вчера，意思是「昨天」。句中並
　　　無暗示「當下」動作的單詞，同時依照合理的判斷，主詞昨
　　　天「去過，並且回來了」，所以應該選擇不定向動詞，答案
　　　是 (Б) ходил。第58題的關鍵是副詞туда。副詞是定向的動
　　　作，是「去那裡」的意思，所以配合的動詞應為定向動詞，
　　　答案應選 (А) шёл。第59題的疑問連接詞когда指得是「當下
　　　的」動作，也就是由A點到B點途中所「遇到」安娜的定向
　　　概念，答案是 (А) шёл。

★ Вчера я *ходил* музей.

　昨天我去了博物館。

★ Я *шёл* туда 30 минут.

　我花了三十分鐘走到那裡。

★ Когда я *шёл* в музей, я встретил Анну.

　當我走去博物館的時候，我遇見了安娜。

60. Ты часто ... в спортзал?

61. Сейчас ты ... в спортзал или в бассейн?

62. Привет, Андрей! Куда ты ...?

選項：(А) идёшь (Б) ходишь

分析：第60題的關鍵是頻率副詞часто，表示「反覆、重複」的意思，應該選擇不定向動詞，答案是 (Б) ходишь。第61題的關鍵是時間副詞сейчас。副詞是指「當下」的動作，所以配合的動詞應為定向動詞，答案應選 (А) идёшь。第62題的疑問副詞куда。疑問副詞意思是「去哪裡」，搭配句中的問候語привет，所以指得是「當下的定向」動作，答案是 (А) идёшь。

★ Ты часто *ходишь* в спортзал?

　你常常去健身房嗎？

★ Сейчас ты *идёшь* в спортзал или в бассейн?

　你現在去健身房還是去游泳池？

★ Привет, Андрей! Куда ты *идёшь*?

　嗨，安德烈！你去哪？

63. В августе мы ... в Москву.

選項：(А) ехали (Б) ездили

分析：本題的答案選項是過去式，表示動作是過去的時態。選項 (А) ехали是定向動詞，意味著八月份我們去莫斯科，而「在說話的同時，我們還在去的途中」。選項 (Б) ездили是不定向的動詞，表示「我們去過，也回來了」。合理的答案是 (Б) ездили。

★ В августе мы *ездили* в Москву.

　　我們八月去了一趟莫斯科。

64. Сколько времени нужно ... до Новгорода?

65. Ты любишь ... на поезде?

66. Уже 8 часов, пора ... на работу.

選項：(А) ехать (Б) ездить

分析：第64題的關鍵是前置詞до＋名詞第二格，意思是「抵達諾
　　　夫哥羅德」。前置詞是「抵達」的意思，意味著是「從某地
　　　出發抵達」，就是定向的移動，所以答案是 (А) ехать。第
　　　65題的關鍵是動詞любить。動詞是「喜歡、愛」的意思。
　　　動詞後如果接著原形動詞，則要用未完成體動詞或是不定
　　　向的移動動詞，所以答案應選 (Б) ездить。第66題的關鍵是
　　　無人稱句中作為謂語的пора。它的意思是「該是什麼的時候
　　　了」，後接原形動詞，且原形動詞應為未完成體動詞或是定
　　　向的移動動詞，請讀者特別注意。本題答案是 (А) ехать。

★ Сколько времени нужно *ехать* до Новгорода?

　　到諾夫哥羅德要花多少時間？

★ Ты любишь *ездить* на поезде?

　　你喜歡搭火車嗎？

★ Уже 8 часов, пора *ехать* на работу.

　　已經八點了，該去上班了。

67. Пассажир идёт по вокзалу и ... чемодан.

68. Марк всегда ... на урок словарь.

69. Ребёнок не спит, и мать ... его по комнате.

選項：(А) несёт (Б) носит

分析：第67題的關鍵是動詞идёт。動詞是定向的移動動詞，所以答案也用定向的移動動詞才合理，答案選 (A) несёт。第68題的關鍵是頻率副詞всегда。頻率副詞與不定向的移動動詞搭配，所以答案是 (Б) носит。第69題的關鍵是句意。媽媽為了安撫小孩，所以應該是抱著小孩「走來走去」，而非「沿著房間走」，答案是 (Б) носит。

★ Пассажир идёт по вокзалу и *несёт* чемодан.
　乘客拿著行李並沿著火車站走。

★ Марк всегда *носит* на урок словарь.
　馬克總是帶辭典上課。

★ Ребёнок не спит, и мать *носит* его по комнате.
　小孩不睡覺，所以媽媽抱著她在房間走來走去。

---

70. Борис встал и ... к окну.

71. Вчера отец ... домой рано.

72. Сергей попрощался и ...

選項：(A) пришёл (Б) ушёл (В) подошёл (Г) вошёл

分析：先看選項。選項 (A) пришёл的原形動詞是прийти，意思是「回來、抵達」，後可接前置詞＋名詞第四格或是表達「移動」狀態的副詞。選項 (Б) ушёл的原形動詞是уйти，意思是「離開」，後可接前置詞＋名詞第四格或是前置詞＋名詞第二格以表達「從某處離開」。選項 (В) подошёл的原形動詞是подойти，意思是「走近」，通常後接前置詞к＋名詞第三格。選項 (Г) вошёл的原形動詞是войти，意思是「走進、進入」，通常後接前置詞＋名詞第四格或是表達「移動」狀態的副詞。第70題有前置詞к，所以答案是 (В) подошёл。第

71題的關鍵是表達「移動」狀態的副詞домой，答案是 (A) пришёл。第72題依照句意，答案應選 (Б) ушёл。

★ Борис встал и *подошёл* к окну.
　巴利斯起身後並走到窗前。

★ Вчера отец *пришёл* домой рано.
　昨天父親很早到家。

★ Сергей попрощался и *ушёл*.
　謝爾蓋告別後就離開了。

---

73. Ира ... через дорогу и села в машину.

74. Она ... от окна и включила свет.

75. Она постучала и ... в комнату.

選項：(A) вошла (Б) перешла (В) отошла (Г) пришла

分析：先看選項。選項 (A) вошла及選項 (Г) пришла請參考上題說明。選項 (Б) перешла的原形動詞是перейти，意思是「穿越」，後可接受詞第四格或是前置詞через＋名詞第四格。選項 (В) отошла的原形動詞是отойти，通常後接前置詞от＋名詞第二格，意思是「離開」。第73題有前置詞через，所以答案是 (Б) перешла。第74題有前置詞от，所以答案是 (В) отошла。第75題依照句意，答案應選 (A) вошла。

★ Ира *перешла* через дорогу и села в машину.
　易拉穿越了馬路並上了車。

★ Она *отошла* от окна и включила свет.
　她從窗邊離開，然後關了燈。

★ Она постучала и *вошла* в комнату.
　她敲了敲門，然後走進房間。

76. Мой друг ... из Китая недавно.

77. Автобус ... к университету.

78. Антон сел в машину и ...

選項：(А) поехал (Б) въехал (В) приехал (Г) подъехал

分析：先看選項。基本上選項 (Б)、(В) 及 (Г) 只是上題中войти、
прийти及подойти需要搭乘交通工具的動詞，其詞意及用
法皆相同。選項 (А) поехал的原形動詞是поехать，意思是
「出發」，後可接前置詞＋名詞第四格。第76題依照句意，
答案應選 (В) приехал。第77題有前置詞к，所以答案是 (Г)
подъехал。第78題依照句意，答案應選 (А) поехал。

★ Мой друг *приехал* из Китая недавно.
　我的朋友不久前從中國來了。

★ Автобус *подъехал* к университету.
　遊覽車駛近了大學。

★ Антон сел в машину и *поехал*.
　安東坐上車後就出發了。

■ 第三部分

請選一個正確的答案。

79. Я прочитал рассказ, ... мне очень понравился.

80. Я прочитал рассказ, ... ты говорил мне.

81. Я прочитал рассказ, ... нет в этом журнале.

選項：(А) который (Б) которому (В) которого (Г) о котором

分析：以下數題都是帶有關係代名詞который的題目。顧名思義，
　　　位於從句的關係代名詞который就是代替前面主句的名詞，

其用法、變格則取決於它在從句的角色而定。這角色可以是主詞，可以是受詞，有前置詞或無前置詞之搭配，或者可以是任何合乎句意的用法。第79題的從句是帶有動詞нравиться／понравиться的固定句型。表示「主動喜歡」的人用第三格，是「主體」，而「被喜歡的人或物」則用第一格，是「主詞」。本句中的主題是мне第三格，所以答案應為代替рассказ的陽性第一格，所以答案是 (A) который。第80題的從句有關鍵動詞говорить。動詞之後接人用第三格，接物則用前置詞о＋名詞第六格，答案應選 (Г) о котором。第81題的從句是否定的無人稱句。無人稱句中否定詞нет之後搭配名詞第二格，所以答案是 (B) которого。

★ Я прочитал рассказ, *который* мне очень понравился.
   我讀完了我非常喜歡的故事。

★ Я прочитал рассказ, *о котором* ты говорил мне.
   我讀完了你跟我敘述過的那個故事。

★ Я прочитал рассказ, *которого* нет в этом журнале.
   我讀完了在這本雜誌沒有的那個故事。

---

82. Я поступил в университет, ... учился мой отец.

83. Я поступил в университет, ... окончила моя сестра.

84. Я поступил в университет, ... исполнилось 100 лет.

選項：(A) который (Б) которому (B) в котором (Г) которым

分析：第82題的從句主詞是мой отец，動詞是учился。動詞учиться之後通常接時間或「靜止」狀態的地點，所以應用前置詞в＋關係代名詞第六格，答案是 (B) в котором。第83題的從句有關鍵動詞окончила。動詞是及物動詞，後接受詞第四格，所以答案應選 (A) который。第84題的關鍵是動詞

исполняться / исполниться。動詞詞意是「到了、滿了」。
如果指得是人的年紀或是物的歷史，則是用於無人稱句中，
而人或物則用第三格，所以答案是 (Б) которому。

★ Я поступил в университет, *в котором* учился мой отец.
   我考取了我父親以前念的大學。

★ Я поступил в университет, *который* окончила моя сестра.
   我考取了我姊姊畢業的大學。

★ Я поступил в университет, *которому* исполнилось 100 лет.
   我考取了有一百年歷史的大學。

---

85. Я встретил студентку, ... мы ходили на экскурсию.
86. Я встретил студентку, ... зовут Мария.
87. Я встретил студентку, ... живёт в моём общежитии.
選項：(А) которую (Б) которая (В) с которой (Г) которой

分析：第85題的從句主詞是мы，動詞是ходили，之後搭配動詞的
　　　是前置詞на＋名詞第四格，句意完整。關係代名詞作為補充
　　　之用，依照句意，應選擇 (В) с которой。第86題的從句是帶
　　　有動詞зовут的固定句型。某人名字為何的句型為名詞第四
　　　格＋зовут＋名字第一格。關係代名詞為陰性，所以應選 (А)
　　　которую。第87題的從句有第三人稱單數動詞現在式，後接
　　　前置詞в＋名詞第六格，獨缺主詞，所以應選第一格的主詞
　　　(Б) которая。

★ Я встретил студентку, *с которой* мы ходили на экскурсию.
   我碰見跟我去旅遊的那位女大生。

★ Я встретил студентку, *которую* зовут Мария.
   我碰見名為瑪麗亞的那位女大生。

★ Я встретил студентку, *которая* живёт в моём общежитии.

　我碰見住在宿舍的那位女大生。

88. Я купил газеты, ... я всегда читаю.

89. Я купил газеты, ... у меня не было.

90. Я купил газеты, ... ты мне говорил.

選項：(А) о которых (Б) которые (В) с которыми (Г) которых

分析：第88題的關鍵是動詞читаю。動詞читать為及物動詞，後接受
　　　詞第四格，所以答案為 (Б) которые。第89題是否定的無人稱
　　　句，否定的過去式не было之後接名詞第二格，所以應選 (Г)
　　　которых。第90題的關鍵是動詞говорить。動詞之後接人用第
　　　三格，接物用前置詞о＋名詞第六格，答案為 (А) о которых。

★ Я купил газеты, *которые* я всегда читаю.

　我買了我常常看的報紙。

★ Я купил газеты, *которых* у меня не было.

　我買了我沒有的報紙。

★ Я купил газеты, *о которых* ты мне говорил.

　我買了你跟我說過的報紙。

91. Виктор купил учебник, которого ...

92. Виктор купил учебник, о котором ...

93. Виктор купил учебник, который ...

選項：(А) стоит 80 рублей (Б) есть эта грамматика (В) нет в
　　　библиотеке (Г) говорил ему друг

分析：關係代名詞代替陽性名詞учебник。第91題的關係代名詞
　　　為第二格，需與否定的無人稱句配合，答案為 (В) нет в

библиотеке。第92題的關係代名詞為第六格，而前有前置詞 о，需與動詞говорил配合，應選 (Г) говорил ему друг。第93 題的關係代名詞是第一格或是第四格：第一格為主詞，而第 四格為受詞。選項 (A) стоит 80 рублей是答案。

★ Виктор купил учебник, которого *нет в библиотеке.*
　維克多買了一本圖書館沒有的教科書。

★ Виктор купил учебник, о котором *говорил ему друг.*
　維克多買了一本朋友跟他說過的教科書。

★ Виктор купил учебник, который *стоит 80 рублей.*
　維克多買了一本八十盧布的教科書。

---

94. Борис познакомился с девушкой, которую ...
95. Борис познакомился с девушкой, которая ...
96. Борис познакомился с девушкой, с которой ...
選項：(A) увлекается музыкой (Б) он ехал в поезде (В) зовут Ольга
　　　(Г) ему рассказала сестра

分析：關係代名詞代替陰性名詞девушка。第94題的關係代名詞為 第四格，作為受詞，需與動詞зовут搭配，答案為 (В) зовут Ольга。第95題的關係代名詞為第一格，當作主詞，需與動 詞第三人稱單數現在式увлекается配合，應選 (A) увлекается музыкой。第96題的關係代名詞帶有前置詞с的第五格，做 為選項 (Б) он ехал в поезде的補充。

★ Борис познакомился с девушкой, которую *зовут Ольга.*
　巴利斯認識了一位名叫奧莉佳的女孩。

★ Борис познакомился с девушкой, которая *увлекается музыкой.*
　巴利斯認識了一位熱愛音樂的女孩。

★ Борис познакомился с девушкой, с которой *он ехал в поезде.*
  巴利斯認識了一位與他火車同行的女孩。

---

97. Я знаю страны, в которых ...

98. Я знаю страны, из которых ...

99. Я знаю страны, которые ...

選項：(А) граничат с Россией (Б) вы хотите поехать (В) приехали
      мои друзья (Г) побывал мой брат

分析：關係代名詞代替名詞的複數страны。第97題的關係代名詞
      為第六格，前有前置詞в，表示「靜止」狀態的地點，可與
      動詞побывал搭配，答案為 (Г) побывал мой брат。第98題
      的關係代名詞為第二格，前有前置詞из，表示「從某處」
      的意思，可與動詞приехали搭配，答案為 (В) приехали мои
      друзья。第99題的關係代名詞為第一格或是第四格：第一格
      為主詞，而第四格為受詞。選項 (А) граничат с Россией的動
      詞即為第三人稱複數的變位，就是答案。

★ Я знаю страны, в которых *побывал мой брат.*
  我知道我弟弟去過的國家。

★ Я знаю страны, из которых *приехали мои друзья.*
  我知道我朋友來自哪些國家。

★ Я знаю страны, которые *граничат с Россией.*
  我知道與俄羅斯接壤的國家。

---

100. Я живу в Петербурге, ... мой друг живёт в Москве.

101. Я купил билет, ... мы пошли в кино.

102. Погода была хорошая, ... мы не гуляли.

選項：(А) и (Б) но (В) а

分析：以下為連接詞的題目。連接詞и是「與、和」的意思，通常連接同位語或兩個句子。連接的句子常有「時間先後」或是「原因」的相互關係。連接詞но是「然而、但是」的意思。連接詞а也有「但是、可是」的意思，但是它與но的差別在於：連接詞а所連接的兩個句子中使用的主詞不同，而連接詞но所連接的兩個句子中使用的主詞可以是相同的。第100題前後兩句主詞不同，是「對比」關係，答案為 (B) а。第101題前後兩句有「時間先後」的關係，答案為 (A) и。第102題前後兩句也是「對比」關係，答案為 (Б) но。

★ Я живу в Петербурге, *а* мой друг живёт в Москве.
  我住在彼得堡，而我的朋友住在莫斯科。

★ Я купил билет, *и* мы пошли в кино.
  我買了票，然後我們去看電影。

★ Погода была хорошая, *но* мы не гуляли.
  天氣不錯，但是我們沒有去散步。

103. Профессор вошёл в аудиторию, ... лекция началась.
104. Мой друг заболел, ... я вызвал врача.
105. Я люблю футбол, ... мой брат любит баскетбол.
選項：(А) и (Б) но (В) а

分析：第103題前後兩句有「時間先後」的關係，答案為 (A) и。第104題前後兩句也是有「時間先後」或「原因」的關係，答案也是 (A) и。第105題前後兩句是「對比」關係，主詞不同，答案為 (B) а。

★ Профессор вошёл в аудиторию, *и* лекция началась.
  教授進入了教室，然後開始上課。

★ Мой друг заболел, *и* я вызвал врача.

　我的朋友生病了，於是我請醫生來看診。

★ Я люблю футбол, *а* мой брат любит баскетбол.

　我喜歡足球，而我的弟弟喜歡籃球。

---

106. Хуан приехал в Петербург, ... получить образование.

107. Он сказал, ... он хочет учиться в Петербурге.

108. Сестра пригласила Антона в театр, ... он послушал оперу.

109. Антон сказал, ... опера ему понравилась.

選項：(А) что (Б) чтобы

分析：這四題是連接詞что與чтобы的題目。連接詞что在複合句中的角色只是連接主、從兩個句子，並無詞意或其他作用；而連接詞чтобы不僅僅連接主、從二句，而本身還有「為了、為的是」的意思。連接詞чтобы的主、從句主詞不同時，從句中的動詞必須用過去式，主詞若相同，則用原形動詞，例如Антон пошёл в магазин, чтобы купить хлеб. 安東去商店買麵包；Антон попросил, чтобы мама зашла в магазин и купила хлеб. 安東請媽媽順道去商店買麵包。第106題主句的主詞為Хуан，動詞是приехал，而從句並無主詞，動詞為原形動詞получить，答案應選 (Б) чтобы。第107題主句的動詞是сказал，所「陳述」的是從句的事實，所以只須連接詞來連結二句即可，答案是 (А) что。第108題主句的主詞為сестра，動詞是пригласила。動詞приглашать / пригласить後通常接人第四格，再接前置詞＋地點第四格。從句的主詞為он，動詞為過去式послушал，所以答案應選 (Б) чтобы。第109題主句的動詞是сказал，所「陳述」的是從句的事實，所以只須連接詞來連結二句即可，答案是 (А) что。

★ Хуан приехал в Петербург, *чтобы* получить образование.

璜來到彼得堡接受教育。

★ Он сказал, *что* он хочет учиться в Петербурге.

他說他想在彼得堡念書。

★ Сестра пригласила Антона в театр, *чтобы* он послушал оперу.

姊姊邀請安東去劇場聽歌劇。

★ Антон сказал, *что* опера ему понравилась.

安東說他喜歡剛聽的歌劇。

---

110. Я был занят, ... не пошёл в кино.

111. Анна не поехала на озеро, ... было холодно.

112. Мой друг много знает, ... я люблю разговаривать с ним.

113. Мне трудно говорить, ... у меня болит горло.

選項：(А) поэтому (Б) потому что

分析：接下來的四題是考副詞поэтому「所以」與連接詞потому что
「因為」在複合句裡的角色，我們只要了解主從句的因果關
係，即可解答。第110題的主句是「因」、從句為「果」，
所以應該選 (А) поэтому。第111題的主句是「果」、從句為
「因」，答案是 (Б) потому что。第112題的主句是「因」、
從句為「果」，所以應該選 (А) поэтому。第113題的主句是
「果」、從句為「因」，所以答案是 (Б) потому что。

★ Я был занят, *поэтому* не пошёл в кино.

我剛剛在忙，所以沒去看電影。

★ Анна не поехала на озеро, *потому что* было холодно.

安娜因為天氣冷而沒去湖邊。

★ Мой друг много знает, *поэтому* я люблю разговаривать с ним.

我的朋友懂得很多，所以我喜歡跟他聊天。

★ Мне трудно говорить, *потому что* у меня болит горло.

我不方便說話，因為我的喉嚨痛。

---

114. Вы понимаете, ... он говорит?

115. Я не знаю, ... пойдёт на экскурсию.

選項：(А) кто (Б) где (В) что (Г) как

分析：選項中的疑問副詞或疑問代名詞的意義相信都已經非常熟
悉，我們只要依據句意，就可解答。第114題是問句，動詞是
говорит「說」，所以答案應該選 (В) что。第115題的關鍵是
動詞пойдёт，為第三人稱單數未來式，所以答案是 (А) кто。

★ Вы понимаете, *что* он говорит?

你們懂他在說什麼嗎？

★ Я не знаю, *кто* пойдёт на экскурсию.

我不知道誰要去旅行。

---

116. Я не знаю, ... она была в музее.

117. Виктор спросил, ... есть линейка.

118. Я не помню, ... он пригласил в театр.

選項：(А) у кого (Б) с кем (В) кому (Г) кого

分析：這三題是考疑問代名詞кто「誰」與動詞的搭配。第116題
從句的動詞是BE動詞，後接前置詞＋地點第六格，句意完
整。選項作為補充元素，依照句意，答案應該選 (Б) с кем。
第117題的關鍵是BE動詞есть。固定句型表達某人或是某處
「有某物」：前置詞у＋人第二格＋есть＋名詞第一格；前
置詞＋地點第六格＋есть＋名詞第一格。本題是人，答案為
(А) у кого。第118題從句的動詞пригласил是解題關鍵。動詞

приглашать / пригласить為及物動詞，後接受詞第四格，再接前置詞＋地點第四格，如本題в театр。疑問代名詞кто的第四格為 (Г) кого。

★ Я не знаю, *с кем* она была в музее.
　我不知道她跟誰去了博物館。

★ Виктор спросил, *у кого* есть линейка.
　維克多問誰有尺。

★ Я не помню, *кого* он пригласил в театр.
　我不記得他邀請了誰去劇場。

---

119. Когда мы танцевали, друзья ... музыку.
選項：(А) слушали (Б) слушают (В) буду слушать

分析：本題考兩個未完成體動詞的複合句，兩個動作同時發生，而一個動作是另外一個動作的「背景」。前句動詞為過去式，所以後面的句子動詞也要用過去式，表示動作「同時進行」，答案為 (А) слушали。

★ Когда мы танцевали, друзья *слушали* музыку.
　我們在跳舞的時候，朋友們在聽音樂。

---

120. Когда я сделаю домашнее задание, я ... ужин.
選項：(А) приготовил (Б) приготовлю (В) готовлю

分析：本題考兩個完成體動詞的複合句，代表的意義是「兩個動作按照先後次序發生」。前句動詞為完成體未來式，所以後面的句子動詞也要用完成體未來式，答案為 (Б) приготовлю。

★ Когда я сделаю домашнее задание, я *приготовлю* ужин.
當我做完功課之後，我來煮一頓晚餐。

121. Когда он будет читать текст, он ... слова в словаре.
選項：(A) смотрит (Б) будет смотреть (В) смотрел

分析：本題考兩個未完成體動詞的複合句，兩個動作同時發生，而
一個動作是另外一個動作的「背景」。前句動詞為複合型的
未來式，所以後面的句子動詞也要用複合型的未來式，表示
動作「同時進行」，答案為 (Б) будет смотреть。

★ Когда он будет читать текст, он *будет смотреть* слова в словаре.
他當要讀文章的時候，他將會查辭典。

122. Когда Игорь решит задачу, он ... мне ответ.
選項：(A) будет говорить (Б) сказал (В) скажет

分析：本題考兩個完成體動詞的複合句，代表的意義是「兩個動作
按照先後次序發生」。前句動詞為未來式，所以後面的句子
動詞也要用未來式，答案為 (В) скажет。

★ Когда Игорь решит задачу, он *скажет* мне ответ.
當伊格爾解題之後，他會把答案告訴我。

123. Когда врач осмотрел больного, он ... рецепт.
選項：(A) выписал (Б) выписывает (В) выпишет

分析：本題考兩個完成體動詞的複合句，代表的意義是「兩個動作按照先後次序發生」。前句動詞 осмотрел 為過去式，所以後面的句子動詞也要用過去式，答案為 (A) выписал。

★ Когда врач осмотрел больного, он *выписал* рецепт.
　醫生在看完病人之後開立了處方箋。

---

124. Олег не знает, ...

125. Сестра купит билеты, ...

126. Мария спросила, ...

127. Я расскажу ему о спектакле, ...

選項：(A) пойдёт ли он в театр (Б) если он пойдёт в театр

分析：本四題是「連接表示間接問話的複合句」與「一般假設句的複合句」的用法。連接表示間接問話的複合句需搭配小品詞 ли，就如選項 (A)。而選項 (Б) 的連接詞 если 有「如果」的意思，表達「如果怎麼樣，就怎麼樣」之意。依據句意，第124題與第126題皆為間接問話的用意，應選 (A) пойдёт ли он в театр。第125題與第127題則是一般的假設句，應選 (Б) если он пойдёт в театр。

★ Олег не знает, *пойдёт ли он в театр.*
　阿列格不知道他會不會去劇場。

★ Сестра купит билеты, *если он пойдёт в театр.*
　如果他要去劇場，妹妹就會買票。

★ Мария спросила, *пойдёт ли он в театр.*
　瑪琳娜問他會不會去劇場。

★ Я расскажу ему о спектакле, *если он пойдёт в театр.*
　如果他要去劇場，我就會跟他講述戲劇。

128. Хотя Андрей писал внимательно, он ...

128. Хотя Андрей писал внимательно, он ...

129. Если бы он писал внимательно, он ...

130. Если он будет писать внимательно, он ...

選項：(А) написал бы без ошибок (Б) сделал 3 ошибки (В) писал без ошибок (Г) всё напишет без ошибок

分析：第128題是有連接詞хотя的複合句。連接詞是「雖然」的意思，意味著「前後兩句的行為或結果不成正比」。本提前句為「正面行動」，而後句則是「負面結果」，應選 (Б) сделал 3 ошибки。第129題是帶有小品詞бы的「與事實相反的假設句」。該假設句句型為：前句Если бы＋動詞過去式，後句動詞也是過去式＋бы。本題答案為 (А) написал бы без ошибок。第130題則是「一般假設句」，應選 (Г) всё напишет без ошибок。

★ Хотя Андрей писал внимательно, он *сделал 3 ошибки.*
雖然安德烈寫得很細心，但還是犯了三個錯。

★ Если бы он писал внимательно, он *написал бы без ошибок.*
他寫得不夠細心，所以沒有全寫對。

★ Если он будет писать внимательно, он *всё напишет без ошибок.*
如果他細心寫，他會全寫對。

⬛ 測驗十二：語法測驗（三）

■ 第一部分
請選一個正確的答案。

---

1. Наташа и Ольга часто ... друг с другом.

選項：(A) отвечают (Б) рассказывают (В) разговаривают

分析：選項 (A) отвечают的原形動詞為отвечать，意思是「回答」，通常後面加人用第三格，之後用前置詞на＋名詞вопрос的單複數。選項 (Б) рассказывают的原形動詞為рассказывать，意思是「敘述、述說」，通常後面加人用第三格，接物可用第四格或是前置詞о＋名詞第六格。選項 (В) разговаривают的原形動詞為разговаривать，意思是「聊天」，通常後面用前置詞с＋人第五格。詞組друг друга 是「彼此」的意思，兩個詞之間可依據需要加入前置詞。本題依據句意，答案應選 (В) разговаривают。

★ Наташа и Ольга часто *разговаривают* друг с другом.
　娜塔莎與奧利嘉常常跟彼此聊天。

---

2. Анна любит ... в библиотеке.

選項：(A) учиться (Б) учить (В) заниматься

分析：選項 (A) учиться的意思是「念書、就讀」，通常後面加表示「靜止」狀態的「地點」或「時間」。選項 (Б) учить的意思是「學習」，後面必須加受詞第四格。選項 (В) заниматься的意思是「從事」，通常後面接名詞第五格。如果動詞之後不加名詞，而接一個「靜止」的地點，則應做「學習、自習」等解釋。本題依據句意及句型，答案應選 (В) заниматься。

★ Анна любит *заниматься* в библиотеке.
　安娜喜歡在圖書館自習。

3. Антон и Ольга ... современное искусство в Академии искусств.
選項：(А) изучают (Б) занимаются (В) учат

分析：選項 (А) изучают的原形動詞為изучать，意思是「學、學習」，後面必須加受詞第四格。動詞изучать與учить的差別在於：изучать通常學習的標的是「學科」，而учить之後通常是「非學科」，例如слова、стихи。選項 (Б) занимаются與選項 (В) учат請參考上題解說。本題的受詞為современное искусство，是為「學科」，所以答案為 (А) изучают。

★ Антон и Ольга *изучают* современное искусство в Академии искусств.
　安東與奧利嘉在藝術學院學習現代藝術。

4. Вы не знаете, как ... этот проспект?
選項：(А) называть (Б) зовут (В) называется

分析：選項 (А) называть的意思是「稱為、說出」，後面接受詞用第四格，而被稱呼的名詞用第五格，例如Антон назвал сына Иваном. 安東給兒子命名為伊凡。選項 (Б) зовут的原

形動詞為звать，意思是「稱為」，常與疑問副詞как連用，問人名，例如Как Вас зовут? 選項 (В) называется的原形動詞為называться，意思也是「稱為」，但通常與「非生命體」搭配使用，就如本題的名詞проспект。本題應選 (В) называется。

★ Вы не знаете, как *называется* этот проспект?
您知道這條街的名稱嗎？

5. Маргарита прекрасно знает ...
選項：(А) по-французски (Б) на французском языке (В) французский язык

分析：本題的關鍵是動詞знать。動詞為及物動詞，後直接搭配受詞第四格，所以答案是 (В) французский язык。另外請注意，如果是搭配「語言」，那麼動詞писать「書寫」、читать「閱讀」、понимать「瞭解」之後不用受詞第四格，而是接副詞的形式，例如писать по-французски。

★ Маргарита прекрасно знает *французский язык*.
瑪格麗特的法文非常好。

6. Ольга с детства ... плавать.
選項：(А) понимает (Б) умеет (В) знает

分析：選項 (А) понимает的原形動詞為понимать，意思是「懂、瞭解」。除了上題所說的可以接副詞之外，後面還可直接用受詞第四格，作為「瞭解、聽懂某人或瞭解某事物」解釋。選項 (В) знает的原形動詞為знать，意思是「知道、認

識」。在詞意上與動詞понимать相似，後面直接用受詞第四格，作為「知道、認識某人或知道某事物」解釋。而選項(Б) умеет的詞意則有所不同，是「會」的意思，後接原形動詞，表示「會原形動詞的技能」。本題應選 (Б) умеет。

★ Ольга с детства *умеет* плавать.
　 奧利嘉從小就會游泳。

7.　Когда я шёл в театр, я случайно ... своего друга.
選項：(А) увиделся (Б) встретился (В) встретил

分析：本題的關鍵是第四格的受詞своего друга。既然是受詞第四格，所以動詞應該是及物動詞，本題應選 (В) встретил。動詞的原形動詞為встретить，是完成體動詞，其未完成體動詞為встречать，意思是「遇見、碰到」，為「不期而遇」。但是請注意，如果句中搭配交通大站，則動詞作「迎接」解釋。而動詞встречаться / встретиться在詞意上很不同，是「見面」的意思，意指「約好的見面」。動詞видеться / увидеться是「見面、相會」的意思，與встречаться / встретиться相似，後通常接前置詞с＋名詞第五格，例如Антон и Анна давно не виделись друг с другом. 安東與安娜好久沒見到彼此了。

★ Когда я шёл в театр, я случайно *встретил* своего друга.
　 我去劇場的時候碰巧地遇見了朋友。

8.　Когда я приду домой, я буду ... новое стихотворение.
選項：(А) учить (Б) заниматься (В) изучать

分析：本題的解答技巧可參考本單元的第2題與第3題有關動詞
учить與изучать的說明。句中詞組новое стихотворение為受
詞第四格，是「新詩」的意思，而非某種「學科」，所以配
合的動詞應選 (A) учить。

★ Когда я приду домой, я буду *учить* новое стихотворение.
　當我回到家之後，我要來學新詩。

---

9. Андрей редко ... вопросы преподавателям.
選項：(А) спрашивает (Б) даёт (В) задаёт

分析：本題的關鍵是受詞вопросы。選項 (А) спрашивает的原形動
詞為спрашивать，意思是「問」，通常後接人第四格或是前
置詞у＋人第二格。選項 (Б) даёт的原形動詞為давать，意思
是「給」，通常後接人第三格、接物第四格，但是不能與
вопросы連用。(В) задаёт的原形動詞為задавать，意思是「提
出、指定」，通常後接人第三格、接物第四格。該動詞與名
詞вопросы搭配使用正是「提出問題」之意，應選 (В) задаёт。

★ Андрей редко *задаёт* вопросы преподавателям.
　安德烈很少向老師提問題。

---

10. В начале июня студенты будут ... экзамены.
選項：(А) делать (Б) решать (В) сдавать

分析：本題的關鍵是受詞экзамены。選項 (А) делать的意思是
「做」，通常後接第四格。選項 (Б) решать的意思是「解
決、決定」，後也是接受詞第四格。這兩個動詞都不能與名
詞экзамены 連用。俄語中，表示「參加考試」或是「通過

考試」必須使用相對的未完成體動詞與完成體動詞сдавать /
сдать。本題答案是 (Б) сдавать。

★ В начале июня студенты будут *сдавать* экзамены.
  學生們要在六月初參加考試。

11. Антон подошёл к столу и ... на стул.
選項：(А) сидел (Б) сел (В) посидел

分析：本題的關鍵是選項的動詞本身。選項 (А) сидел與選項 (В)
    посидел是一對的未完成體動詞與完成體動詞，意思是「坐
    著」，後接表示「靜止」狀態的副詞或是前置詞＋名詞第六
    格，例如Антон сидит дома и ничего не делает. 安東閒閒在
    家，甚麼也不作。而選項 (Б) сел的原形動詞為сесть，是完
    成體動詞，其未完成體動詞為садиться，意思是「坐下」，
    要看成是一個「移動」的動作，所以後接表示「動態」的副
    詞或是前置詞＋名詞第四格。本題應選 (Б) сел。

★ Антон подошёл к столу и *сел* на стул.
  安東走近桌邊，然後朝椅子坐了下來。

12. Нина всегда ... спать поздно.
選項：(А) лежит (Б) ложится (В) ходит

分析：本題的關鍵是選項的動詞本身。選項 (А) лежит的原形動詞
    為лежать，是未完成體動詞，其未完成體動詞為полежать，
    意思是「躺著、物品平放」，後接表示「靜態」的副詞或是
    前置詞＋名詞第六格。選項 (Б) ложиться是未完成體動詞，
    其完成體動詞為лечь，意思是「躺下」，後接表示「移動」

狀態的副詞或是前置詞＋名詞第四格，與動詞спать連用，表示「上床睡覺」。本題應選 (Б) ложится。

★ Нина всегда *ложится* спать поздно.
　妮娜總是很晚才上床睡覺。

13. Когда мы встречаемся, мы ... наше детство.
選項：(А) помним (Б) вспоминаем (В) запоминаем

分析：選項 (А) помним的原形動詞為помнить，是未完成體動詞，其完成體動詞為запомнить，意思是「記得」，後接受詞第四格。選項 (Б) вспоминаем的原形動詞為вспоминать，是未完成體動詞，其完成體動詞為вспомнить，意思是「回憶起、想起」，後接受詞第四格或是前置詞o＋名詞第六格。選項 (В) запоминаем的原形動詞為запоминать，是未完成體動詞，其完成體動詞為запомнить，意思是「記牢、記住」，後通常接受詞第四格。本題受詞наше детство為第四格，依照句意應選 (Б) вспоминаем。

★ Когда мы встречаемся, мы *вспоминаем* наше детство.
　當我們見面的時候，我們回憶童年。

14. Вчера мы долго ... новый диск.
選項：(А) слушали (Б) слышали (В) послушали

分析：選項 (А) слушали的原形動詞為слушать，是未完成體動詞，其完成體動詞為послушать，意思是「聆聽」，後接受詞第四格。選項 (Б) слышали的原形動詞為слышать，是未完成體動詞，其未完成體動詞為услышать，意思是「聽

到、聽見」，後也接受詞第四格。本題有副詞долго及受詞
новый диск，選擇 (A) слушали較為合理。

★ Вчера мы долго *слушали* новый диск.
我們昨天聽新的CD聽了很久。

15. Анна закончила писать контрольную работу и ... тетрадь на
стол преподавателя.
選項：(A) клала (Б) положила (В) лежала

分析：選項 (A) клала與選項 (Б) положила是一對未完成體動詞與
完成體動詞，其原形形式為класть／положить，意思是「放
置」，後通常接表示「移動」狀態的副詞或是前置詞＋名
詞第四格。而選項 (В) лежала的動詞解釋請參考第12題講
解。動詞закончила是完成體動詞，所以應該選擇完成體動
詞положила來表示「兩個完成體動詞依照先後次序完成動
作」，答案是 (Б) положила。

★ Анна закончила писать контрольную работу и *положила* тетрадь
на стол преподавателя.
安娜寫完了小考，然後將筆記本放在老師的桌上。

16. Игорь ... Нину дать ему словарь.
選項：(A) попросил (Б) спросил (В) спрашивал

分析：選項 (Б) спросил (В) спрашивал是一對完成體動詞與未完成
體動詞，其原形形式為спросить／спрашивать，意思是「詢
問」，後通常接受詞第四格或是前置詞y＋人第二格。而選
項 (A) попросил的原形動詞是попросить，是完成體動詞，

其未完成體動詞是просить，意思是「請求」，後接受詞第四格。依照句意，本題答案是 (A) попросил。

★ Игорь *попросил* Нину дать ему словарь.
　伊格爾請妮娜借給他辭典。

17. Мы включили радиоприёмник и с интересом ... новости.
選項：(А) слышали (Б) слушали

分析：選項 (А) слышали是「聽到」的意思，而選項 (Б) слушали是「聆聽」的意思，相關解說請參考第14題的解析。本題有動詞включили「打開」及詞組с интересом「很有興趣地」，所以答案是 (Б) слушали。

★ Мы включили радиоприёмник и с интересом *слушали* новости.
　我們打開了收音機，然後興高采烈地聽著新聞。

18. Моя мама не носит очки, хотя плохо ...
選項：(А) видит (Б) смотрит

分析：選項 (А) видит是「看到」的意思，為未完成體動詞，其完成體動詞為увидеть。而選項 (Б) смотрит是「看」的意思，也是未完成體動詞，其完成體動詞為посмотреть。兩個動詞後都可接受詞第四格。動詞смотреть之後如果接前置詞на＋名詞第四格，則當作「盯著看」解釋。動詞видеть後如果不加受詞，而有副詞修飾，大多與「視力」相關，正如本題的句型，答案是 (А) видит。

★ Моя мама не носит очки, хотя плохо *видит*.

我的媽媽不戴眼鏡，雖然她的視力不佳。

19. Прозвенел звонок, и урок ...

選項：(А) начал (Б) начался

分析：選項 (А) начал的原形動詞為начать，是完成體動詞，其未完成體動詞為начинать，意思是「開始」，後通常接受詞第四格或原形動詞。選項 (Б) начался的原形動詞為начаться，是完成體動詞，其未完成體動詞為начинаться，意思也是「開始」，但動詞後不接受詞及原形動詞，通常接表示「時間」的詞組。本題答案是 (Б) начался。

★ Прозвенел звонок, и урок *начался*.

鐘聲響起，然後課就開始了。

20. Преподаватель ... принимать экзамен и вышел из аудитории.

選項：(А) кончился (Б) кончится (В) кончил

分析：選項 (А) кончился的原形動詞為кончиться，是完成體動詞，其未完成體動詞為кончаться，意思是「結束」，後不接受詞及原形動詞，通常接表示「時間」的詞組。選項 (Б) кончится是кончиться的第三人稱單數變位，表未來式。選項 (В) кончил的原形動詞為кончить，是完成體動詞，其未完成體動詞為кончать，意思也是「結束」，但後通常要接受詞第四格或原形動詞。本題有原形動詞принимать，所以答案是 (В) кончил。

★ Преподаватель *кончил* принимать экзамен и вышел из аудитории.
老師在口試結束後走出了教室。

---

21. Вера окончит школу и ... образование в университете.

選項：(А) продолжит (Б) будет продолжаться (В) продолжится

分析：選項 (А) продолжит的原形動詞為продолжить，是完成體動詞，
其未完成體動詞為продолжать，意思是「繼續、持續」，
後通常接受詞第四格或是原形動詞。選項 (Б) продолжаться
是未完成體動詞，其完成體動詞為選項 (В) 的原形動詞
продолжиться。動詞也是「繼續、持續」的意思，但後面不
接受詞或是原形動詞，所以答案應選 (А) продолжит。

★ Вера окончит школу и *продолжит* образование в университете.
薇拉在中學畢業之後將在大學繼續求學。

▋第二部分
請選所有正確的答案（可複選）。

---

22. Туристы осматривали ... здание.

選項：(А) старое (Б) старинное (В) старшее

分析：選項 (А) старое是中性形容詞，修飾名詞здание，意思是
「老的、舊的」。選項 (Б) старинное的意思是「古老的、
古代的」。選項 (В) старшее是「年紀較長」的意思，例如
старший брат是「哥哥」，старшая сестра是「姊姊」。本題
依據句意，選項 (А) старое與 (Б) старинное皆為本題答案。

★ Туристы осматривали *старое (старинное)* здание.

遊客參觀一棟老建築。

23. Письмо написано. Теперь нужно его ...

選項：(А) ответить (Б) послать (В) отправить

分析：選項 (А) ответить 為「回覆、回答」的意思，動詞與書信搭配使用的話，書信前須加前置詞 на，作為「回信」解釋。選項 (Б) послать 與選項 (В) отправить 都有「寄送」的意思，後接受詞第四格，都可作為本題的答案。

★ Письмо написано. Теперь нужно его *послать (отправить)*.

信已經寫好了，現在必須將它寄出去。

24. Экзамен сдан. Нас ждёт интересная ...

選項：(А) прогулка (Б) поездка (В) путешествие

分析：選項 (А) прогулка 是陰性名詞，為「遊玩、散步」的意思。選項 (Б) поездка 也是陰性名詞，為「旅行」的意思。選項 (В) путешествие 是中性名詞，是「旅行」的意思。本題形容詞為陰性，修飾陰性名詞，答案 (А) прогулка 與 (Б) поездка 皆可。

★ Экзамен сдан. Нас ждёт интересная *прогулка (поездка)*.

已經通過考試了，等著我們的是有趣的旅遊。

25. Матч кончился. Все собрались на стадионе, чтобы увидеть, как ... победителей.

選項：(А) награждают (Б) поздравляют (В) отмечают

分析：選項 (A) награждают的原形動詞為награждать，是未完成體動詞，其完成體動詞為наградить，意思是「獎賞、賦予」，後通常接受詞人第四格。選項 (Б) поздравляют的原形動詞為поздравлять，是未完成體動詞，其完成體動詞為поздравить，意思是「祝賀」，後通常接受詞人第四格，也可再接前置詞 с＋名詞第五格。選項 (В) отмечают的原形動詞為отмечать，是未完成體動詞，其完成體動詞為отметить，意思是「慶祝」，後通常接物第四格。本題受詞победителей為名詞複數第四格，所以答案 (A) награждают 與 (Б) поздравляют皆可。

★ Матч кончился. Все собрались на стадионе, чтобы увидеть, как *награждают (поздравляют)* победителей.

比賽已經結束，所有的人都聚集在體育館，想看看如何頒獎給（祝賀）優勝者。

■ 第三部分

請選一個正確的答案。

---

26. Виктор очень интересуется ...

27. Виктор всегда любил ...

28. Ему с детства нравилась ...

選項：(A) классическая архитектура (Б) классической архитектурой
(В) классическую архитектуру (Г) о классической архитектуре

分析：第26題的關鍵是動詞интересоваться。動詞是未完成體，而完成體動詞為заинтересоваться。動詞意思是「對某人或某物有興趣」，後接名詞第五格，所以答案為 (Б) классической архитектурой。第27題動詞любить之後用受詞第四格，答

案應選 (Б) классическую архитектуру。第28題有關鍵動詞 нравиться。動詞意思是「喜歡」，表示「主動喜歡」的人用第三格，是「主體」，而「被喜歡」的人或物用第一格，為「主詞」。本題人ему為第三格，所以答案應選第一格 (А) классическая архитектура。

★ Виктор очень интересуется *классической архитектурой*.
　維克多對古典建築非常感興趣。

★ Виктор всегда любил *классическую архитектуру*.
　維克多以前總是喜愛古典建築。

★ Ему с детства нравилась *классическая архитектура*.
　他從小就喜歡古典建築。

---

29. Мы решили встретиться на углу Садовой улицы и ...
30. Давай погуляем ...
31. Многие литераторы писали ...
選項：(А) по Невскому проспекту (Б) Невский проспект (В) Невского проспекта (Г) о Невском проспекте

分析：第29題的關鍵是第六格名詞углу與第二格詞組Садовой улицы。
　　　詞組Садовой улицы修飾前名詞，作為「從屬關係」，而後有連接詞и，所以選項為詞組的「同位語」，所以也是第二格，答案為 (В) Невского проспекта。第30題動詞гулять / погулять之後慣用前置詞по＋名詞第三格，答案是 (А) по Невскому проспекту。第31題的關鍵是動詞писать。動詞意思是「寫」，後加人用第三格、接物用第四格或是前置詞о＋名詞第六格，在此為第六格 (Г) о Невском проспекте。

★ Мы решили встретиться на углу Садовой улицы и *Невского проспекта*.

　我們決定在花園街與涅夫斯基大道的轉角處見面。

★ Давай погуляем *по Невскому проспекту*.

　我們去涅夫斯基大道散散步吧。

★ Многие литераторы писали *о Невском проспекте*.

　許多文學家以涅夫斯基大道為體裁寫作。

---

32. Михаилу очень нравится ...

33. Он очень хочет встретить ... на вокзале.

34. Михаил всё время говорит ...

選項：(А) о моей сестре (Б) мою сестру (В) моя сестра (Г) моей сестре

分析：第32題有關鍵動詞нравиться。動詞意思是「喜歡」，表示「主動喜歡」的人用第三格，是「主體」，而「被喜歡」的人或物用第一格，為「主詞」。本題人Михаилу為第三格，所以答案應選第一格 (В) моя сестра。第33題動詞встречать / встретить之後用受詞第四格，答案是 (Б) мою сестру。第34題的關鍵是動詞говорить。動詞意思是「說」，後加人用第三格、接物用前置詞о＋名詞第六格，在此為第六格 (А) о моей сестре。

★ Михаилу очень нравится *моя сестра*.

　米海爾很喜歡我的妹妹。

★ Он очень хочет встретить *мою сестру* на вокзале.

　他非常想去火車站接我妹妹。

★ Михаил всё время говорит *о моей сестре*.

　米海爾總是把我的妹妹掛在嘴邊。

35. Жак рассказал ..., где он учится.

36. Жак долго разговаривал ...

37. Жак спросил ..., как пройти к театру.

選項：(А) молодого человека (Б) молодому человеку (В) к молодому человеку (Г) с молодым человеком

分析：第35題的關鍵是動詞рассказывать／рассказать「敘述、述說」。動詞之後接人用第三格，接物則用第四格或是前置詞 о＋名詞第六格，答案應選 (Б) молодому человеку。第36題的動詞разговаривать之後不接受詞，是「聊天」的意思，接人則用前置詞с＋人第五格，答案是 (Г) с молодым человеком。第37題的關鍵是動詞спрашивать／спросить「詢問」，後通常接受詞第四格或是前置詞у＋人第二格。本題答案為 (А) молодого человека。

★ Жак рассказал *молодому человеку*, где он учится.
札克跟年輕人說明他在哪裡念書。

★ Жак долго разговаривал *с молодым человеком*.
札克跟年輕人聊了很久。

★ Жак спросил *молодого человека*, как пройти к театру.
札克問年輕人怎麼去劇場。

38. Мы вышли из автобуса и пошли ...

39. Мы встретили Нику ...

40. Мы вернулись домой ... в 12 часов.

選項：(А) у Оперного театра (Б) к Оперному театру (В) из Оперного театра (Г) Оперный театр

分析：第38題的關鍵是動詞пошли。該動詞的原形為пойти，是「走、出發」的意思，通常指得是「一個動作結束後」的「出發」。動詞是移動動詞，所以後接表示「動態」的副詞或是前置詞＋地點第四格。本題應選 (Б) к Оперному театру。第39題的主詞是мы，動詞為встретили，動詞之後接受詞Нику，句意完整。選項為補充元素，根據句意應選表達「地點」的 (А) у Оперного театра。第40題的主詞是мы，動詞為вернулись，動詞之後接表達「動態」的副詞домой，之後再接表達「時間」的詞組，句意完整。選項為補充元素，根據句意應選與動詞搭配的 (В) из Оперного театра。

★ Мы вышли из автобуса и пошли *к Оперному театру*.
　我們下了公車之後往歌劇院走去。
★ Мы встретили Нику *у Оперного театра*.
　我們在歌劇院附近遇見了妮卡。
★ Мы вернулись домой *из Оперного театра* в 12 часов.
　我們十二點從歌劇院回到了家。

41. Прошлым летом мы побывали ...
42. Мы вернулись ... в конце августа.
43. Мы долго будем вспоминать ...
選項：(А) интересное путешествие (Б) в интересное путешествие
　　　(В) из интересного путешествия (Г) в интересном путешествии

分析：第41題的關鍵是動詞бывать / побывать「到過、去過」。該動詞後接表示「靜態」的副詞或是前置詞＋地點第六格，所以應選 (Г) в интересном путешествии。第42題的動詞為возвращаться / вернуться「返回」。動詞之後可表達「動態」的副詞或是前置詞＋地點第四格，若是表達「從某處返

回」，則用前置詞＋地點第二格。本題應選 (B) из интересного путешествия。第43題的關鍵是動詞вспоминать／вспомнить「回憶、想起」。動詞之後通常接受詞第四格或是前置詞о＋名詞第六格，所以要選 (A) интересное путешествие。

★ Прошлым летом мы побывали *в интересном путешествии*.
我們去年夏天去了一趟有趣的旅行。

★ Мы вернулись *из интересного путешествия* в конце августа.
我們八月底從有趣的旅行返回了家。

★ Мы долго будем вспоминать *интересное путешествие*.
我們將會回想這有趣的旅行很久。

---

44. Мы пригласили в наш клуб ...

45. Встреча ... проходила в декабре.

46. Мы подарили цветы ...

選項：(А) известного писателя (Б) известному писателю (В) об известном писателе (Г) с известным писателем

分析：第44題的動詞приглашать／пригласить是「邀請」的意思。該動詞後接受詞第四格，再接表達「動態」的前置詞＋地點第四格。選項為人，所以是受詞第四格 (А) известного писателя。第45題的關鍵是名詞встреча。名詞是動詞встречаться／встретиться「與某人見面」的派生詞。名詞之後若是人，也用前置詞с＋人第五格，所以應選 (Г) с известным писателем。第46題的關鍵是動詞дарить／подарить「贈送」。動詞之後接人用第三格，接物則用受詞第四格，答案是 (Б) известному писателю。

★ Мы пригласили в наш клуб *известного писателя*.
我們邀請知名的作家來我們的俱樂部。

★ Встреча *с известным писателем* проходила в декабре.
在十二月舉辦了與知名作家的見面會。

★ Мы подарили цветы *известному писателю*.
我們送花給知名的作家。

47. Я хотел бы почитать ...

48. Зимний дворец находится ...

49. В центре Санкт-Петербурга находится ...

選項：(A) Дворцовая площадь (Б) на Дворцовой площади (В) на
　　　 Дворцовую площадь (Г) о Дворцовой площади

分析：第47題的關鍵是動詞читать / почитать「閱讀」。該動詞後
　　　接受詞第四格。若要修飾受詞，可用前置詞о＋名詞第六
　　　格。本題的受詞省略，所以應選 (Г) о Дворцовой площади。
　　　第48題動詞находиться「坐落於」之後接表達「靜態」的
　　　副詞或是前置詞＋地點第六格，所以應選 (Б) на Дворцовой
　　　площади。第49題也有動詞находится，是第三人稱單數現在
　　　式，後已接表達「靜態」的前置詞в＋地點第六格，所以獨
　　　缺主詞，所以要選第一格 (А) Дворцовая площадь。

★ Я хотел бы почитать *о Дворцовой площади*.
我想讀讀有關皇宮廣場的故事。

★ Зимний дворец находится *на Дворцовой площади*.
冬宮位於皇宮廣場上。

★ В центре Санкт-Петербурга находится *Дворцовая площадь*.
皇宮廣場位於聖彼得堡市中心。

50. У Ирины 7 ...

51. Её ... живут в Москве.

52. Ирина часто пишет письма ...

選項：(А) братьям (Б) о братьях (В) братьев (Г) братья

分析：第50題的關鍵是數詞7。數詞後接複數第二格，答案是 (В) братьев。第51題有動詞第三人稱複數的現在式，但無主詞，所以應選主詞第一格 (Г) братья。第52題關鍵是動詞писать／написать「寫、寫信」。該動詞後接人用第三格，接物則用第四格。本題的受詞письма為第四格，所以應選 (А) братьям。

★ У Ирины 7 *братьев*.

依琳娜有七個兄弟。

★ Её *братья* живут в Москве.

她的兄弟們住在莫斯科。

★ Ирина часто пишет письма *братьям*.

依琳娜常常寫信給兄弟們。

53. В нашем институте учится 250 ...

54. ... приехали в Петербург осенью.

55. Этот город понравился ...

選項：(А) китайские студенты (Б) с китайскими студентами (В) китайским студентам (Г) китайских студентов

分析：第53題的關鍵是數詞250。數詞後接複數第二格，答案是 (Г) китайских студентов。第54題有動詞第三人稱複數的過去式，但無主詞，所以應選主詞第一格 (А) китайские студенты。第55題關鍵是動詞нравиться／понравиться「喜歡」。表示「主動喜歡」的用第三格，為「主體」，而「被喜歡」的人或物

用第一格，為「主詞」。詞組 этот город 為第一格，所以應選
「主體」第三格 (B) китайским студентам。

★ В нашем институте учится 250 *китайских студентов*.
有250位中國學生讀我們學校。

★ *Китайские студенты* приехали в Петербург осенью.
中國學生在秋天時來到彼得堡。

★ Этот город понравился *китайским студентам*.
中國學生喜歡上了彼得堡。

---

56. Елена всегда заботится ...

57. Она часто получает письма ...

58. В выходные дни она ходит в гости ...

選項：(А) своих друзей (Б) о своих друзьях (В) к своим друзьям
　　　(Г) от своих друзей

分析：第56題的關鍵是動詞 заботится。動詞的原形為 заботиться，
　　　是「照顧」的意思，後接前置詞 о + 名詞第六格，所以
　　　答案是 (Б) о своих друзьях。第57題的動詞是 получать /
　　　получить，是「獲得、得到」的意思。動詞後接受詞第四
　　　格。若是表達「從某人處獲得」，則應用前置詞 от + 人第二
　　　格，所以答案是 (Г) от своих друзей。第58題關鍵是移動動
　　　詞 ходить「去」。動詞之後接表示「動態」的副詞或是前置
　　　詞 + 地點第四格，若是「去找某人」，則用前置詞 к + 人第
　　　三格。本題答案為 (В) к своим друзьям。

★ Елена всегда заботится *о своих друзьях*.
伊蓮娜總是照顧自己的朋友。

★ Она часто получает письма *от своих друзей.*

她常常收到朋友的來信。

★ В выходные дни она ходит в гости *к своим друзьям.*

她在休假時去找朋友作客。

---

59. Антон смотрел выступление ...

60. На Олимпиаду приехало 50 ...

61. В газетах писали ...

62. На соревнование прилетели ...

選項：(А) российские спортсменки (Б) российских спортсменок

(В) о российских спортсменках

分析：第59題的關鍵是受詞выступление。選項為修飾受詞的第
二格詞組，作為「從屬關係」，答案是 (Б) российских
спортсменок。第60題的關鍵是數詞50。數詞後接複數第二
格，答案是 (Б) российских спортсменок。第61題關鍵是動詞
писать／написать，是「寫」的意思。動詞後接人用第三格，
接物用第四格。若是表達「書寫內容」，則應用前置詞о＋
名詞第六格，所以答案是 (В) о российских спортсменках。
第62題的關鍵是動詞第三人稱複數的過去式。動詞是移動動
詞，後接前置詞＋地點第四格，獨缺主詞，所以答案是 (А)
российские спортсменки。

★ Антон смотрел выступление *российских спортсменок.*

安東觀賞俄羅斯女性運動員的表現。

★ На Олимпиаду приехало 50 *российских спортсменок.*

有五十名俄羅斯的女性運動員來到奧林匹克運動會。

★ В газетах писали *о российских спортсменках.*

報紙上寫了有關俄羅斯女性運動員的事蹟。

★ На соревнование прилетели *российские спортсменки*.
俄羅斯的女性運動員飛抵賽事。

> 63. У Виктора несколько ...
>
> 64. Его ... учатся в школе.
>
> 65. У Антона две ...
>
> 66. На концерт пришли его ...
>
> 選項：(А) сёстры (Б) сестёр (В) сестры

分析：第63題的關鍵是數詞несколько「數個」。該數詞後接可數名詞應用複數第二格，答案是 (Б) сестёр。第64題的關鍵是動詞第三人稱複數現在式，所以缺的是主詞，答案應為第一格名詞 (А) сёстры。第65題關鍵是數詞2。數詞2後接單數第二格，所以答案是 (В) сестры。第66題的關鍵是動詞第三人稱複數的過去式。動詞是移動動詞，後接前置詞＋地點第四格，獨缺主詞，所以答案是 (А) сёстры。

★ У Виктора несколько *сестёр*.
維克多有幾個姊妹。

★ Его *сёстры* учатся в школе.
他的姊妹們在念中學。

★ У Антона две *сестры*.
安東有兩個妹妹。

★ На концерт пришли его *сёстры*.
他的姊妹們來到了音樂會。

67. Елена окончила школу ...

68. Она поступила в университет ...

69. В августе ... она сдала вступительные экзамены.

70. Весь ... она очень много занималась.

選項：(A) в прошлом году (Б) прошлого года (В) прошлый год

分析：第67題的主詞是Елена，動詞後接受詞第四格是關鍵是окончила
школу，句意完整。選項是表達「時間」的詞組，應選前置
詞＋名詞第六格，應選 (A) в прошлом году。第68題的句型
與第67題的句型完全一樣，答案也是 (A) в прошлом году。
第69題關鍵是詞組в августе。選項的時間修飾該詞組並做為
其「從屬關係」，應用第二格，答案是 (Б) прошлого года。
第70題的關鍵是「代名詞」весь。代名詞為陽性形式，陰
性、中性及複數分別為вся、всё及все。代名詞後接所修飾
的名詞，所以應選同為第四格的 (В) прошлый год。

★ Елена окончила школу *в прошлом году*.
伊蓮娜去年中學畢業了。

★ Она поступила в университет *в прошлом году*.
她去年考上大學。

★ В августе *прошлого года* она сдала вступительные экзамены.
去年八月她通過了入學考試。

★ Весь *прошлый год* она очень много занималась.
去年一整年她非常用功念書。

71. Мария приехала в начале ...

72. Двадцать седьмого ... она уехала домой.

73. Учебный год в России начинается ...

74. ... – мой любимый месяц.

選項：(А) сентябрь (Б) в сентябре (В) сентября

分析：第71題的關鍵是詞組в начале。選項的月份修飾該詞組並做為其「從屬關係」，應用第二格，答案是 (В) сентября。第72題的句型與第73題的句型幾乎一模一樣。表示某個「確切日期」必須用第二格двадцать седьмого，月份修飾該詞組並做為其「從屬關係」，答案也是 (В) сентября。第73題關鍵是動詞начинается。動詞是「開始」的意思，後接月份應用前置詞＋第六格，答案是 (Б) в сентябре。第74題的關鍵是「破折號」。破折號前後為「同位語」，若месяц為第一格，則選項也應用第一格 (А) сентябрь。

★ Мария приехала в начале *сентября*.
　　瑪麗亞在九月初抵達了。

★ Двадцать седьмого *сентября* она уехала домой.
　　她在9月27日返家了。

★ Учебный год в России начинается *в сентябре*.
　　俄羅斯的學年在九月開始。

★ *Сентябрь* – мой любимый месяц.
　　九月是我最喜歡的月份。

75. Мы встретимся с тобой ...

選項：(А) 5 минут назад (Б) через 5 минут (В) 5 минут

分析：本題的關鍵是動詞встретимся。其原形動詞為встретиться，
是完成體動詞，而未完成體動詞為встречаться。本題的完成
體動詞為第一人稱複數的變位，表達的是未來時態，答案應
選 (Б) через 5 минут。

★ Мы встретимся с тобой *через 5 минут.*
　我們在五分鐘之後見面。

76. Тестирование будет проходить ...
選項：(А) будущую неделю (Б) на будущей неделе (В) будущая
　　　неделя

分析：本題的主詞是тестирование，動詞是будет проходить，後接
選項的詞組表示舉行的「時間」，所以應用前置詞＋名詞第
六格，答案為 (Б) на будущей неделе。

★ Тестирование будет проходить *на будущей неделе.*
　考試將在下星期舉行。

77. Компьютеры появились в конце ...
選項：(А) в XX веке (Б) XX век (В) XX века

分析：本題的關鍵是詞組в конце。選項的時間修飾該詞組並做為
其「從屬關係」，應用第二格，答案為 (В) XX века。請注
意，若以文字表達，XX века應為двадцатого века。

★ Компьютеры появились в конце *XX века.*
　電腦在二十世紀末問世。

■ 第四部分

請選一個正確的答案。

78. Мария всегда мечтала ... в университет.
選項：(А) поступила (Б) поступить (В) поступит

分析：本題的關鍵是助動詞мечтала。助動詞原形為мечтать，意思是「渴望、夢想」，後應接原形動詞，答案為 (Б) поступить。

★ Мария всегда мечтала *поступить* в университет.
　瑪利亞總是夢想著考取大學。

79. Иван собирается ... в Китай.
選項：(А) поедет (Б) поехать (В) поехал

分析：本題的關鍵是助動詞собирается。助動詞原形為собираться，意思是「聚集、打算」。做為「聚集」解釋時，動詞後通常接表示「時間」或「地點」的詞組，若做「打算」解釋，則後加原形動詞。本題答案為 (Б) поехать。

★ Иван собирается *поехать* в Китай.
　伊凡打算去中國。

80. Артист вышел на сцену и начал ...
選項：(А) петь (Б) запел (В) пел

分析：本題的關鍵是助動詞начал。助動詞原形為начать，是完成體
動詞，其未完成體動詞為начинать，意思是「開始」。動詞
之後接原形動詞，且應接未完成體動詞，答案是 (A) петь。

★ Артист вышел на сцену и начал *петь*.
演員走上舞台然後開始歌唱。

81. Сегодня мы идём ... балет.
選項：(A) посмотрели (Б) смотрели (В) смотреть

分析：本題的關鍵是助動詞идём。助動詞原形為идти，是未完成
體動詞，其完成體動詞為пойти，意思是「走」。動詞之後
接原形動詞，答案是 (В) смотреть。

★ Сегодня мы идём *смотреть* балет.
今天我們要去看芭蕾。

82. На следующей неделе Анна ... на концерт.
選項：(A) пойдёт (Б) пошла (В) ходила

分析：本題的關鍵是表示「時間」概念的詞組на следующей
неделе，意思是「在下個禮拜」，表未來式。選項中只有動
詞пойти的變位表示未來時態，所以答案為 (A) пойдёт。

★ На следующей неделе Анна *пойдёт* на концерт.
安娜在下個禮拜要去音樂會。

83. Прошлым летом Антонина ... на даче.
選項：(A) отдохнёт (Б) отдыхает (В) отдыхала

分析：本題的關鍵是表示「時間」概念的詞組прошлым летом，意思是「在去年夏天」，表過去式。選項 (A) отдохнёт是完成體動詞отдохнуть的變位，為未來式，選項 (Б) отдыхает是現在式，所以答案是 (B) отдыхала。

★ Прошлым летом Антонина *отдыхала* на даче.
去年夏天安東尼娜在郊區小屋度假。

84. В Доме книги можно ... разные словари.
選項：(A) купит (Б) купить (B) купили

分析：本題的關鍵詞是「無人稱句的謂語」можно。該詞之後接原形動詞，所以答案是 (Б) купить。

★ В Доме книги можно *купить* разные словари.
在書屋可以買到各式各樣的辭典。

85. Я быстро ... и пойду на занятия.
選項：(A) позавтракаю (Б) завтракаю (B) завтракать

分析：本題的關鍵是完成體動詞。若句中有兩個完成體動詞，則表示「按照先後次序完成動作」。動詞пойду是完成體動詞пойти的第三人稱單數變位，是未來式，所以前一個動詞也應為未來式，答案是 (A) позавтракаю。

★ Я быстро *позавтракаю* и пойду на занятия.
我要趕快吃完早餐，然後去上課。

86. Анна долго ... газетную статью.

選項：(A) перевела (Б) переводила (В) переведёт

分析：本題的關鍵是「時間副詞」долго。副詞的詞意為「久」，為
　　　一段時間且表示是時間的一個「面」，而非一個「點」，所以
　　　搭配的動詞應為未完成體動詞。本題答案是 (Б) переводила。

★ Анна долго *переводила* газетную статью.
　　安娜翻譯報紙的文章翻了許久。

87. Я скоро вернусь и ... тебе решить проблему.

選項：(A) буду помогать (Б) помогу (В) помогаю

分析：本題與上題的題型相同。第一個動詞вернусь的原形是
　　　вернуться，是完成體動詞，意思是「返回」。根據語法規
　　　則，第二個動詞也應是完成體動詞的變位，表未來式，所以
　　　本題答案是 (Б) помогу。

★ Я скоро вернусь и *помогу* тебе решить проблему.
　　我會很快回來，然後就幫你解決問題。

88. В детстве я часто ... в этом саду.

選項：(A) поиграл (Б) играл (В) поиграю

分析：本題的關鍵詞是「頻率副詞」часто「常常」。句中與「頻
　　　率副詞」搭配的動詞應為未完成體動詞，所以本題答案是
　　　(Б) играл。

★ В детстве я часто *играл* в этом саду.

小時候我常常在這個花園玩耍。

89. Профессор кончил ... с аспирантом поздно вечером.

選項：(А) побеседовать (Б) беседовать (В) беседовал

分析：本題的關鍵詞是動詞кончил。該動詞的原形是кончить，為完成體動詞，其未完成體動詞為кончать，是「結束」的意思。動詞後可接受詞第四格或是原形動詞，若接原形動詞，則應接未完成體動詞。相同的用法還有продолжать / продолжить「持續」、начинать / начать「開始」。本題答案是 (Б) беседовать。

★ Профессор кончил *беседовать* с аспирантом поздно вечером.

教授很晚才結束跟研究生的會談。

90. Продолжайте, пожалуйста, ... текст.

選項：(А) прочитать (Б) читать (В) читай

分析：本題的關鍵詞是動詞продолжайте，是未完成體動詞продолжать的命令式。如上題解析，該動詞後可接受詞第四格或是原形動詞，若接原形動詞，則應接未完成體動詞，所以答案是 (Б) читать。

★ Продолжайте, пожалуйста, *читать* текст.

請繼續讀課文。

91. Завтра вечером я ... сочинение.

選項：(А) написала (Б) буду писать (В) писать

分析：本題的解題關鍵是表示「時間」的詞組завтра вечером。詞組的意思是「明天晚上」，所以搭配的動詞應為未來的時態，答案是 (Б) буду писать。

★ Завтра вечером я *буду писать* сочинение.
　明天晚上我要寫作文。

---

92. Раньше Дима часто ... ей письма.

93. В апреле Антон ... родителям 2 письма.

94. Я написал тебе письмо, но не ...

選項：(А) послал (Б) посылал

分析：第92題的關鍵詞是「頻率副詞」часто。與頻率副詞搭配的動詞應為未完成體動詞，所以答案為 (Б) посылал。第93題的關鍵有兩個：一個是詞組в апреле「在四月份」。詞組的意義是一個時間的「點」，而非一個「面」；另外就是詞組 2 письма「兩封信」，應可以看作是一個動作的「結果」，而非「過程」。基於以上，我們要選完成體動詞來搭配這些關鍵，答案是 (А) послал。第94題的關鍵是句意，動作沒有施行可視為是「結果」，所以搭配的動詞是完成體 (А) послал。

★ Раньше Дима часто *посылал* ей письма.
　以前季馬常常寄信給她。
★ В апреле Антон *послал* родителям 2 письма.
　安東在四月寄了兩封信給雙親。
★ Я написал тебе письмо, но не *послал*.
　我給你寫了一封信，但是沒有寄出。

95. Я быстро ... текст, а потом покажу тебе.

96. Не жди меня, я ... текст долго.

97. Когда я ... текст, я смогу пойти с тобой погулять.

選項：(А) переведу (Б) буду переводить

分析：第95題的關鍵詞是動詞покажу。該動詞的原形是показать，是完成體動詞，而未完成體動詞是показывать，意思是「給某人看」。動詞後接人用第三格，接物用第四格。本句應選動詞，所以要選完成體動詞與其呼應，表示「兩個完成體動詞按照先後次序完成動作」。答案是 (А) переведу。第96題的關鍵是時間副詞долго「久」。副詞指得是一個時間的「面」，而非一個「點」，是一個動作的「過程」，而非「結果」，所以要選未完成體動詞，答案是 (Б) буду переводить。第97題的語法意義與第95題相同，同樣要選完成體動詞 (А) переведу。

★ Я быстро *переведу* текст, а потом покажу тебе.
　我很快會翻譯好文章，然後給你看。

★ Не жди меня, я *буду переводить* текст долго.
　不要等我，我翻譯文章會翻很久。

★ Когда я *переведу* текст, я смогу пойти с тобой погулять.
　當我翻譯完文章之後，我就可以跟你去散步了。

98. Наш дом ... 2 года назад.

99. Театр ... 1,5 года.

100. Ты уже видел, какое красивое здание ... около метро?

選項：(А) строили (Б) построили

分析：第98題的關鍵詞是副詞назад。該副詞表示「過去、之前的時間」概念，在此指得是動作的「結果」，而非「過程」，答案應選完成體動詞 (Б) построили。第99題的關鍵是「一段時間」1,5 года。既然是一段時間，所以指得是時間的「面」，而非「點」，是一個動作的「過程」，而非「結果」，所以要選未完成體動詞，答案是 (А) строили。第100題依照句意，建築物已經完成，所以要選完成體動詞 (Б) построили。

★ Наш дом *построили* 2 года назад.
   我們的房子是兩年前蓋好的。

★ Театр *строили* 1,5 года.
   劇場蓋了一年半。

★ Ты уже видел, какое красивое здание *построили* около метро?
   你已經看到了捷運旁邊蓋了多麼漂亮的房子嗎？

---

101. Когда я ... в институт, начался дождь.

102. Ты ... сегодня на лекцию?

103. Я уже ... на выставку в Эрмитаж.

選項：(А) ходил (Б) шёл

分析：接下來是不定向移動動詞與定向移動動詞的題目。第101題的關鍵詞是動詞начался。該動詞的原形為начаться，為完成體動詞，表示「結果」，也就是說，這個結果發生在過去的一個「當下」的過程。表示「當下」的行動應當用定向的移動動詞，所以答案是 (Б) шёл。第102題並沒有「當下」行動的元素，而動詞是過去式，如果用定向的移動動詞，表示在過去時間裡「一直在走」，並不合理。本題應用 (А) ходил。第103題與第102題類似，是「去過，而且已經回來」的意思，所以要選不定向移動動詞 (А) ходил。

★ Когда я *шёл* в институт, начался дождь.

我去學校的路上下起雨來了。

★ Ты *ходил* сегодня на лекцию?

你今天有去上課嗎？

★ Я уже *ходил* на выставку в Эрмитаж.

我已經去看過冬宮的展覽了。

---

104. Антон закончил делать уроки и сейчас ... в бассейн.

105. Он ... в бассейн по воскресеньям.

106. Елена ... в бассейн каждую субботу.

選項：(А) идёт (Б) ходит

分析：依照第104題的句意，主角先做完了功課，而現在「正走去」游泳池，所以「正走去」的移動是定向的，答案是 (А) идёт。第105題與第106題的關鍵都一樣，為表示「時間」的詞組。詞組по воскресеньям的意思是「每個星期日」，也可改寫為каждое воскресенье，而каждую субботу「每個星期六」也可以換一種表達方式，寫作по субботам。兩個詞組都是「頻率」的說法，所以要用不定向的移動動詞。這兩題的答案要選 (Б) ходит。

★ Антон закончил делать уроки и сейчас *идёт* в бассейн.

安東做完了功課，然後現正走去游泳池。

★ Он *ходит* в бассейн по воскресеньям.

他每個星期日去游泳。

★ Елена *ходит* в бассейн каждую субботу.

伊蓮娜每個星期六去游泳。

107. – Вчера я ... в Гостиный двор.

108. – Ты ... один или с Таней?

109. – Один. Когда я ... в Гостиный двор, я в автобусе встретил Наташу.

選項：(А) ездил (Б) ехал

分析：第107題就是一個過去事實的陳述，並沒有「當下」行動
的元素，所以答案是不定向的移動動詞，應選 (А) ездил。
第108題與第107題的關鍵也一樣，就是一個過去事實的陳
述，同時也沒有「當下」行動的元素，所以答案也是不定
向的移動動詞，應選 (А) ездил。第109題的關鍵詞是動詞
встретил。該動詞的原形為встретить，為完成體動詞，表示
「結果」，也就是說，這個結果發生在過去的一個「當下」
的過程。表示「當下」的行動應當用定向的移動動詞，所以
答案是 (Б) ехал。

★ – Вчера я *ездил* в Эрмитаж.

– 昨天我去了一趟冬宮。

★ – Ты *ездил* один или с Таней?

– 你是一個人去的，還是跟譚雅去的？

★ – Один. Когда я *ехал* в Эрмитаж, я в автобусе встретил Наташу.

– 一個人去的。我去冬宮的公車上遇見了娜塔莎。

110. Сейчас я ... в Русский музей.

111. Летом я часто ... за город.

112. – Вы едете в Москву? – Да, я ... на конференцию.

選項：(А) еду (Б) езжу

分析：第110題的關鍵是「時間副詞」сейчас「現在」。既然是現
　　　在，那就是「當下」的動作，所以為定向移動，應選 (A)
　　　еду。第111題的關鍵詞是「頻率副詞」часто。頻率副詞應該
　　　與不定向的移動動詞搭配，答案是 (Б) езжу。第112題有上下
　　　文的暗示，也是「當下」的動作，所以答案是 (A) еду。

★ Сейчас я *еду* в Русский музей.
　 我正在去俄羅斯博物館的路上。

★ Летом я часто *езжу* за город.
　 夏天我常常去郊外。

★ – Вы едете в Москву? – Да, я *еду* на конференцию.
　 – 你是去莫斯科嗎？– 是的，我去參加研討會。

113. Таня иногда ... в Париж.

114. До Парижа самолёт ... 3 часа.

115. Евгений – лётчик. Он ... в разные страны.

選項：(A) летит (Б) летает

分析：第113題有「頻率副詞」иногда，所以要用不定向移動動
　　　詞，答案是 (Б) летает。第114題的關鍵詞是前置詞до，前
　　　置詞在本句的意思是「到」，所指的是「從一點到另一
　　　點」，是定向的移動，應選答案 (A) летит。第115題有詞組
　　　в разные страны，意思是「到不同的國家」，所以是「飛來
　　　飛去」，當然為不定向的動作，所以答案是 (Б) летает。

★ Таня иногда *летает* в Париж.
　 譚雅偶而去巴黎。

★ До Парижа самолёт *летит* 3 часа.

  到巴黎的飛行時間是三個小時。

★ Антон – лётчик. Он *летает* в разные страны.

  安東是機師，他飛行到不同的國家。

---

116. Вот идёт Антон. Он ... тебе словарь.

117. Мальчик едет на велосипеде и ... футбольный мяч.

118. – Куда поставить цветы? – Вот Марина ... вазу.

選項：(A) несёт (Б) везёт

分析：先看選項。選項 (A) несёт的原形動詞是нести，是定向的移
　　　動動詞，而不定向的移動動詞為носить，是「帶」的意思，
　　　為「步行」的「帶」。選項 (Б) везёт的原形動詞是везти，是
　　　定向的移動動詞，而不定向的移動動詞為возить，是「載、
　　　運」的意思，為「乘車」的「載、運」。第116題有「步行」
　　　的「走」，所以答案也是「步行」的 (A) несёт。第117題有
　　　「乘車」的「走」，所以答案也是「乘車」的 (Б) везёт。第
　　　118題前句問說「花要放哪裡」，後句稱「帶著花瓶」，合理
　　　推斷是「步行」的移動，所以答案是 (A) несёт。

★ Вот идёт Антон. Он *несёт* тебе словарь.

  安東正走來，他帶了辭典給你。

★ Мальчик едет на велосипеде и *везёт* футбольный мяч.

  小男孩騎著自行車並載著一顆足球。

★ – Куда поставить цветы? – Вот Марина *несёт* вазу.

  – 花要放哪裡？ – 瑪琳娜正帶著花瓶走來。

119. Лена каждый день ... с собой словарь.

120. Ты не знаешь, куда Антон ... мой стул?

121. Саша идёт в гости и ... с собой цветы.

選項：(А) несёт (Б) носит

分析：選項 (А) несёт的原形動詞是нести，是定向的移動動詞。選項 (Б) носит的原形動詞是носить，是不定向的移動動詞，是「帶」的意思，為「步行」的「帶」。第119題有關鍵詞組каждый день，所以必須搭配不定向的移動動詞，答案是 (Б) носит。第120題有關鍵疑問詞куда。疑問副詞是「去哪」的意思，是定向的移動動作，所以答案是 (А) несёт。第121題有定向的移動動詞идёт，所以後面的動詞也應該是定向的移動動詞，應選 (А) несёт。

★ Лена каждый день *носит* с собой словарь.

蓮娜每天帶辭典。

★ Ты не знаешь, куда Антон *несёт* мой стул?

你知道安東要把我的椅子拿去哪裡嗎？。

★ Саша идёт в гости и *несёт* с собой цветы.

薩沙帶著花去作客。

122. Трамвай ... к остановке.

123. Саша взял свои вещи и ... из аудитории.

124. Иван ... домой поздно.

選項：(А) подошёл (Б) пришёл (В) вышел (Г) вошёл

分析：這幾題考動詞的詞意。先看選項。選項 (А) подошёл的原形動詞為подойти，意思是「走近」，後通常接前置詞к＋名詞第三格。選項 (Б) пришёл的原形動詞為прийти，意思是

「抵達、返回」，後通常接前置詞＋名詞第四格，若是接人，則用前置詞к＋人第三格。選項 (В) вышел的原形動詞為выйти，意思是「走出」，指「從一個空間出去」，後通常接前置詞＋名詞第二格。選項 (Г) вошёл的原形動詞為войти，意思是「走進、進入」，後通常接前置詞＋名詞第四格。第122題答案為 (А) подошёл。第123題的答案是 (В) вышел。第124題答案為 (Б) пришёл。

★ Трамвай *подошёл* к остановке.
電車駛近了車站。

★ Саша взял свои вещи и *вышел* из аудитории.
薩沙拿了自己的東西，然後走出了教室。

★ Иван *пришёл* домой поздно.
伊凡很晚回到了家。

---

125. Борис ... от окна и включил телевизор.

126. Саша ... к столу и взял салфетку.

127. Сергей ... на работу ровно в 9 часов.

選項：(А) перешёл (Б) отошёл (В) пришёл (Г) подошёл

分析：選項 (А) перешёл的原形動詞為перейти，意思是「跨越、穿越」，後通常接前置詞через＋名詞第四格，或是直接接第四格。選項 (Б) отошёл的原形動詞為отойти，是定向的完成體移動動詞，意思是「遠離」，指得是「從一個表面離開」，通常後接前置詞от＋名詞第二格。選項 (В) пришёл與選項 (Г) подошёл的解釋請參考上題。第125題答案為 (Б) отошёл。第126題的答案是 (Г) подошёл。第127題答案為 (В) пришёл。

★ Борис *отошёл* от окна и включил телевизор.

  巴利斯從窗邊走開，然後開了電視。

★ Саша *подошёл* к столу и взял салфетку.

  薩沙走近桌邊，然後拿了一張紙巾。

★ Сергей *пришёл* на работу ровно в 9 часов.

  謝爾蓋在九點整來上班。

128. Анны нет сейчас в городе. Она ... в Англию на неделю.

129. По дороге домой я ... к подруге.

130. Таня здесь больше не живёт. Она ... на новую квартиру.

選項：(А) переехала (Б) заехала (В) уехала

分析：選項 (А) переехала的原形動詞為переехать，是定向的完成體移動動詞，它與перейти的詞意相近，都是「通過、越過」的意思。另外，依據句意，該動詞還可以當作「搬家」之意。選項 (Б) заехала的原形動詞為заехать，是定向的完成體移動動詞，意思是「順道去某個空間並作短暫停留」。選項 (В) уехала的原形動詞為уехать，是定向的完成體移動動詞，意思是「離開」，也可以是「前往某地」，通常後接表示「移動」狀態的副詞或是前置詞＋地點第四格。第128題答案為 (В) уехала。第129題的答案是 (Б) заехала。第130題答案為 (А) переехала。

★ Анны нет сейчас в городе. Она *уехала* в Англию на неделю.

  安娜現在不在城裡，她去英國一個月。

★ По дороге домой я *заехала* к подруге.

  回家途中我去找了一下朋友。

★ Таня здесь больше не живёт. Она *переехала* на новую квартиру.

  譚雅現在不住這裡了，她搬到新的公寓了。

秀威經典　　　　　　　　　學習新知類　PD0057　學語言14

俄語能力檢定「詞彙與語法」解析（第一級B1）

編　　著 / 張慶國
責任編輯 / 杜國維
圖文排版 / 楊家齊
封面設計 / 蔡瑋筠

出版策劃 / 秀威經典
發 行 人 / 宋政坤
法律顧問 / 毛國樑　律師
印製發行 / 秀威資訊科技股份有限公司
　　　　　114台北市內湖區瑞光路76巷65號1樓
　　　　　電話：+886-2-2796-3638　傳真：+886-2-2796-1377
　　　　　http://www.showwe.com.tw
劃撥帳號 / 19563868　戶名：秀威資訊科技股份有限公司
　　　　　讀者服務信箱：service@showwe.com.tw
展售門市 / 國家書店（松江門市）
　　　　　104台北市中山區松江路209號1樓
　　　　　電話：+886-2-2518-0207　傳真：+886-2-2518-0778
網路訂購 / 秀威網路書店：http://store.showwe.tw
　　　　　國家網路書店：http://www.govbooks.com.tw

2017年11月　BOD一版　　　ISBN:978-986-94998-7-3
定價：510元
版權所有　翻印必究
本書如有缺頁、破損或裝訂錯誤，請寄回更換

讀者回函卡

感謝您購買本書，為提升服務品質，請填妥以下資料，將讀者回函卡直接寄回或傳真本公司，收到您的寶貴意見後，我們會收藏記錄及檢討，謝謝！如您需要了解本公司最新出版書目、購書優惠或企劃活動，歡迎您上網查詢或下載相關資料：http:// www.showwe.com.tw

您購買的書名：＿＿＿＿＿＿＿＿＿＿＿＿＿＿＿＿＿＿＿＿＿＿

出生日期：＿＿＿＿＿年＿＿＿＿月＿＿＿＿日

學歷：□高中 (含) 以下　　□大專　　□研究所 (含) 以上

職業：□製造業　□金融業　□資訊業　□軍警　□傳播業　□自由業
　　　□服務業　□公務員　□教職　　□學生　□家管　□其它＿＿＿

購書地點：□網路書店　□實體書店　□書展　□郵購　□贈閱　□其他

您從何得知本書的消息？

　□網路書店　□實體書店　□網路搜尋　□電子報　□書訊　□雜誌

　□傳播媒體　□親友推薦　□網站推薦　□部落格　□其他＿＿＿＿＿

您對本書的評價：（請填代號　1.非常滿意　2.滿意　3.尚可　4.再改進）

　封面設計＿＿＿　版面編排＿＿＿　內容＿＿＿　文／譯筆＿＿＿　價格＿＿＿

讀完書後您覺得：

　□很有收穫　□有收穫　□收穫不多　□沒收穫

對我們的建議：＿＿＿＿＿＿＿＿＿＿＿＿＿＿＿＿＿＿＿＿＿＿

＿＿＿＿＿＿＿＿＿＿＿＿＿＿＿＿＿＿＿＿＿＿＿＿＿＿＿＿＿＿

＿＿＿＿＿＿＿＿＿＿＿＿＿＿＿＿＿＿＿＿＿＿＿＿＿＿＿＿＿＿

＿＿＿＿＿＿＿＿＿＿＿＿＿＿＿＿＿＿＿＿＿＿＿＿＿＿＿＿＿＿

11466
台北市內湖區瑞光路 76 巷 65 號 1 樓

秀威資訊科技股份有限公司　　　收

BOD 數位出版事業部

....

（請沿線對折寄回，謝謝！）

姓　　名：＿＿＿＿＿＿＿＿＿　年齡：＿＿＿＿＿　性別：□女　□男

郵遞區號：□□□□□

地　　址：＿＿＿＿＿＿＿＿＿＿＿＿＿＿＿＿＿＿＿

聯絡電話：(日) ＿＿＿＿＿＿＿＿＿　(夜) ＿＿＿＿＿＿＿＿＿

E - m a i l：＿＿＿＿＿＿＿＿＿＿＿＿＿＿＿＿＿＿＿